結局、戦争はなくならなかった。
でも、変化はあった。
――超大型兵器オブジェクト。
それが、戦争の全てを変えた。
鎌池和馬
KAZUMA KAMACHI
イラスト・オブジェクトデザイン
凪良
人が人を滅ぼす日(上)

INDEX

000010　序　章

000016　第一章　白き魔女の舞う天空で
>>北欧禁猟区境界線海上攻撃戦

000098　第二章　戦場で幽霊が見えたら
>>ツングースカ方面亡霊部隊迎撃戦

000248　第三章　四方の欺瞞が砕ける日
>>テベレ方面信心組織『本国』防衛介入戦

000344　終　章

【レトロガンナー】Retro Gunner

『情報同盟』軍所属の第一世代オブジェクト。

一〇年前に最前線から退き、スクラップになるまで耐久テストや新型兵装技術の試用運転等に用いられた旧式機。

球体状本体を一本脚とスキー板状の細長い接地面で支え、大型ドラム状の金属車輪による移動を行う。錆びたカカシとも揶揄されるロートルだが、主砲の三連レールガンをはじめとして、人間相手には十分以上の戦力となる。

今回の戦線ではこの旧式機に謎の秘密兵器『ゴーストチェンジャー』が貸与されているらしいが……？

Designed by Hirokazu Watanabe(2725 Inc.)

もう、逃げられない。

『クリーンな戦争』の破綻から、

目を背けていられない。

――とあるな戦地派遣留学生の嘆き

ヘヴィーオブジェクト
人が人を滅ぼす日(上)

鎌池和馬
KAZUMA KAMACHI

序章

レポート#３８０００９１Ａ（緊急を要す）。

第三七機動整備大隊司令官・フローレイティア＝カピストラーノ少佐より報告。

実機『ベイビーマグナム』を使った現地での地盤測量と電子シミュレート部門が導き出した予測結果が符合しました。これにより、以下の懸念が認められます。

＊総重量二〇万トンに及ぶオブジェクトの瞬発的な高速機動の連続は、大地の地盤に深刻な荷重と刺激を与える。
＊限界値は各地の地質やプレートが溜め込んだエネルギー量によっても変わってくるが、この値を超えた場合、極めて甚大な震災や噴火の人為的トリガーとなり得る。

誘発地震という言葉があります。事実として、例えば西米セントラルヴァレー方面にある世界最大のフーバーダムでは大量の水を一ヶ所に呼び込んだ事でプレートへ異常な負荷を集中させた結果、立て続けに地震が発生しました。これは火薬の発破で直接震動を促す人工地震と違って、時と場所、そして規模を発生の瞬間まで予測できません。

つまり、オブジェクトの巨体がプレートに影響を及ぼしたとして、それは地域住人の事前避難という形では対応できないのです。『戦争国』で戦うオブジェクトの影響が地球の裏側にある『安全国』へ襲いかかる、という可能性もゼロではありません。

『正統王国』領内では八年前に三万人以上の死者を出したモスクワ大火の引き金となったボルガ方面大震災や、アマゾン方面で連続して三度も発生し周辺四都市二五万戸に壊滅的被害を与えたブラガンサ沿岸群発地震などがオブジェクトきっかけの誘発地震であった疑いが極めて大です。他勢力も含めれば、ここ二〇年で発生したマグニチュード五以上の地震の内、実に一五・五%がオブジェクトによる影響だったという計算もあります。この計算が正しければ人的損失だけで一九万人以上、その他被害額については計上不可能なレベルに達しております。そしてこの損失を無理に補う意味で発生した金品や資源の争奪戦なども存在します。こちらもまた、民間レベルの小規模な暴動や略奪であれば正確に統計を取る事が困難なほど大量発生しております。災害そのものより多くの人命や財産が失われているはずです。

この全ては、本来であれば必要のなかった犠牲なのです。

これが最もシンプルかつ直接的な懸念となりますが、副次的効果は他にも見られます。例えば二〇万トンもの巨体の高速移動は局地的な空気の移動、つまり暴風を生み出し、超高温の下位安定式プラズマやレーザービームを使った主砲砲撃の際には空気の温度差が急激に表出するため、空気の密度が変わります。これらは気圧差から集中豪雨を招く事にも繋がりかねません。

オブジェクト自身、総重量二〇万トンの塊です。その建造には莫大な鉄鉱石その他地下資源を必要とします。これらは建造ラッシュに合わせて一ヶ所からまとめて採掘する事が多く、これにより地方単位でスポット状の枯渇が見られています。点と点では変化が分かりにくいですが、実のところ惑星全体の埋蔵量も危険域に達していると考えてよろしいでしょう。

オブジェクトという兵器は、自然環境に大きな影響を与えます。それも惑星単位で。

この変化を自然からの警鐘と受け取るか、巧みに利用するかのご判断のきっかけになれば。


余談ですが、自称だけの完璧な学習法やダイエット法が毎日毎日発表・出版され続けているのと同じく、過去、自然を完全に制御した人間はたったの一人も存在しません。これらは一つでも成功した時点で次の仮説を述べるチャンスはなくなる訳ですから。自信家を装っている科学者達の言動に惑わされず、テクノロジーは万能ではないとお考えになられる賢明さを『本国』直轄の皆様に強く求めます。

以上です。

以上のレポートの完全削除を求める。

この『完全』には、場合によっては発言者や所属部隊のパージも含むものとする。

パリ、ロサンゼルス、ニューヨーク、ローマ。これは個別の軍の境を越えた、四大勢力『本国』の総意である。

すでに結論は出ている。オブジェクトの存在に疑問を持つ者が現れてはならない。

第一章　白き魔女の舞う天空で　〉〉北欧禁猟区境界線海上攻撃戦

1

マリーディ＝ホワイトウィッチ。

貴君を命令違反、作戦行動領域外での無許可の戦闘行為、及び作戦目標以外の国籍不明機への攻撃の罪で一時弊社『ロワイヤルエルフォルス.inc』の営倉送りとする。

これより先の処理は『本国』ロサンゼルスより御社『スカイブルー.inc』事故調査員が派遣されるまで無期限待機し、厳正なる『資本企業』軍規に従い軍法裁判の開廷に臨め。

以上をもって貴君への辞令とする。

……済まなかったな、だが私にはこんな事しか伝えてやれん。

「……、」

一二歳くらいの小さな少女だった。

長い金髪は冷たい床の上に広がり、胎児のように横倒しになったまま、色白の少女はぴくりとも動かない。およそ一辺五メートル程度の、特殊合金でできた立方体の空間。これが今の少女の世界だった。

何しろ北欧禁猟区、それも二月の話。

劣悪とは言っても一応は屋内だというのに、吐く息は普通に白い。エアコンのスイッチを切るとかそれだけで十分以上に拷問ではある。が、こんな主張をしたところで世間様の反応は『檻にぶち込まれた戦争犯罪者がエアコンだと？　えっらそうに』だろう。

本当に必要なものは、意外と共感を受けにくいものだ。

『マリーディ。マリーディ＝ホワイトウィッチ』

ガンガンと隣の房から鉄の壁が叩かれる。だがその勢いは弱い。娯楽に餓えているが、狭い独房の中ですっかり絞られてまともな体力は残っていない。そんな『常習犯』の音色だった。航空ＰＭＣ『ロワイヤルエルフォルス』社の厄介者。こいつも寒さを紛らわさないと心か体のどっちかが死ぬと本能で悟っているのかもしれない。

下品な男の声でそいつは言う。

『へっへへ。今度は一体何やった？　絵本の中のレディな騎士様、面白い話を聞かせてくれよ。うちの小汚ねえ営倉によそ様のゲストがぶち込まれるだなんてよっぽどだぜ』

「……やかましいな。お前と同じ、単なる軍規違反だよ」

小さな少女は硬い床の上に寝転がったままぼそっと呟(つぶや)くが、それがますます向こうの興味を引いたようだ。

『ウォッカを瓶で三本空けてから誰が作っても個性の出ねえステルス機を大空に飛ばしたこのクラハイト＝ルビィハンター様とおんなじだあ？　バカ言うな。体からアルコール抜いてる最中はお伽噺(とぎばなし)に餓(う)えるもんだぜ、ほれ、早く言えよ』

……こいつに必要なのは刑罰ではなく医者のカウンセリングじゃないだろうか。結構本気でマリーディはそう思うのだが、まあ戦場は過酷だ。常に万人に正しいケアが行き渡るとも限らない。

観念したようにマリーディは小さく息を吐いて、その白さにうんざりする。それからむくりと起き上がった。長い金髪がざらりと揺れて、肩にかかる。話に付き合いたいというより、あまり考えなしに冷え切った床へ頬を押しつけていると張りつくのでは、と考えたからだ。

「命令に反して北欧禁猟区の外に出た」

『何のために？』

「……『安全国』の大都市に向けて低空で飛んでいく潜行式巡航ミサイル(ロングショットCM)をたまたまキャッチしたからだ。地上のレーダー配備領域を器用に避けてS字に蛇行するタイプだった。あそこで落としていなければ東欧のワルシャワは消滅していた。弾頭は燃料気化爆弾(FAE)だった」

『あっはっはっひゃっは!!』

それはそれは楽しげな、クラハイトからの大笑いがあった。

操縦士エリートと同じテクノロジーで全身くまなくいじっているとはいえ、流石のマリーディもどこぞのエスパー研究にまでは手を染めていない。が、それでも分厚い金属壁の向こうで腹を抱えて転げ回る男の様子が目に浮かぶ。

『人が四角い箱の中で指先の震えと戦っている間に上じゃそんな絵本の物語が広がっていたのかよ！　ちくしょう、酒呑んでぶち込まれるタイミングを間違えたな。一緒に飛んでりゃあ一〇G弱で最高の一杯を楽しめただろうによ!!』

「……操縦桿振り回してコブラでも楽しんでんのか、土星の重力と同じ環境で酒が呑めるのも一種の才能だ」

『高G下で血管が縮むと酒の回りが変わるもんだ、お嬢ちゃんもオトナになりゃ分かるさ。天国で天使達と踊りながらの一杯を知ったらもう抜け出せなくなる』

人は自分の趣味と快楽のためならどんな努力でも成し遂げる生き物、だったか。とはいえ、酒を呑んだ事がないマリーディにはその執着について何か評価する資格はないかもしれないが。やたらと目つきの鋭いこの少女もコーヒーとチョコレートは一度知ってからずっと嗜んでいる。というより、特に意識して続けようとした覚えがないのに気がつけば続いてしまっている。多分アルコールについても『そう』なのだろうなという漠然とした予感だけあった。

ぎっ、という金属の軋む重たい音があった。

ずらりと並んだ独房の扉ではない。もっと遠い。おそらくは一直線に並んだ廊下の突き当たりにある出入口のものだ。

『裸の王様のおなりだぜ』

鼻で笑ったようなクラハイトの言葉通りだった。

時計の秒針よりも正確な足音が、カツコツと硬く響いてこちらへ近づいてきた。苦労なんてした事がありません、全てはデジタルな金融データで処理できます。ドアのスリットから見る限り、顔全体にそんな風に書いてある、いかにもスマートなタイトスカートのスーツを纏った美女だった。

裸の王様は裸の女王様だった。それだけで酒を愛する男の印象は変わったのだろう。下手くそな口笛が聞こえてくる。

興味がない事は意識にも入れないのか、無機質な女は眉一つ動かさずにマリーディの房の扉の前で腰に片手をやる。

「重罪人マリーディ＝ホワイトウィッチ」

「……それを決めるのは軍法裁判だろうが。まあ、どうせ最初から結果の見えているシナリオ通りの消化試合なんだろうが」

「私は『スカイブルー .inc』の事故調査員サマンサ＝ビーズキッス。つまり軍法裁判全体を統括し社の利益と積み上げてきた対外イメージに傷をつける社内不正を告発する立場であり、同時に多くの機密を含む中であなたを弁護する立場であるのをお忘れなく」

何がつまりだ。大会社が司法や立法まで掌握した『資本企業』はこれだからおっかない。

『つまり』と言ったら、もうその時点で公正な裁判なんて崩壊しているではないか。この女は原告と被告の間を自由に行ったり来たりできると言ってしまっている。いかに裁判官が公平であっても、検察と弁護士が裏で手を結んで法廷の展開を自由にコントロールできたら判決なんて右にも左にも舵を切れる。まさにやりたい放題だ。

女はクリップボードのようにタブレット端末を構えて指先でいじくっていた。ひょっとしたら各種法的な計算は全部機械に投げていて、この女は薄っぺらな端末を持ってくる係でしかないのかもしれない。だとしたら哀れ過ぎる、本人が自分の本当の立ち位置に気づいておらず選ばれし者だけの出世街道を歩いている気分になっている辺りも含めて。

今は空中戦もコンピュータの時代だ。本当に何の補助もなくジェット戦闘機を飛ばせる者などいない。だがパイロットにはまだ矜持がある、コックピットに乗り込んだ自分こそがこのじゃじゃ馬を支配して己の意思で天空を自在に飛び回っているのだという猛禽のプライドが。

「軍法裁判の前にいくつか確認しておきたい事があります」

「それは私を守る弁護士として？　それとも攻撃する検察として？」

「現地時間で二月三日一九時二〇分、あなたは『ロワイヤルエルフォルス.inc』との共同事業『フリーフォール作戦』展開中に地上管制の指示を無視して領域外へ脱出、さらに同三〇分前後、北欧禁猟区外を高速で移動する国籍不明機を所属の特定もせずに攻撃、撃墜した」

「……記録なら全部レコーダーに詰まってるよ」

「国籍不明機は残骸すら見つかっておりません。今も地上で調査活動が続いていますが芳(かんば)しくありませんね。となると軍用機ですらなく、民間機を撃墜した可能性すらある」

「馬鹿馬鹿しい、あれはワルシャワを狙って低空を飛ぶ潜行式巡航ミサイル(ロングショットCM)だった。無線なんぞに応じるはずもない。あのタイミングで撃墜していなければ一八〇万人が焼かれていた」

「それを客観的に証明する手段がなければ、状況はあなたに対して不利に働くでしょう」

……独房に閉じ込められたままどこにも連絡を取れないこの状況でどうやって？　流石(さすが)にそれを口に出すほどマリーディは愚かではない。ようは、とっとと裁判を閉じて音もなく葬(ほうむ)ってしまいたいのだ。この『事件』を。

鼻で笑ってマリーディはこう告げた。

「ミサイルが怖いのか？」

「何ですって？」

「S字に蛇行して地上のレーダー施設を器用に避けていった潜行式巡航ミサイル(ロングショットCM)だ。つまり、ご自慢のオブジェクトをもすり抜ける。今の平和な時代を守りたい『スカイブルー』社の重役、あるいはもっと上の連中からすれば、ミサイルの恐怖なんて蒸し返してほしくはないんだろう？　何故(なぜ)なら……」

「確たる証拠もなく臆測と妄想でモノを語る癖は直した方が良(い)いですよ。検察側を怒らせてミスを誘う作戦でもない限りは」

「ミサイルの恐怖は、そのままアレに対する恐怖と直結する。オブジェクトなんてゲテモノを普及させて、人類がようやっと克服したはずのアレだ。今回は燃料気化爆弾(FAE)だった。だけどももっと威力の高い弾頭を積む事だってできるよな。例えば、かく兵k

ガイン!!!!!!　と。

何か、金属の悲鳴があった。

ひょっとしたらサマンサ＝ビーズキッスは腰から抜いた拳銃でそのまま鉄扉(てっぴ)を撃っていたかもしれなかった。

ぴくりとも眉を動かさず、しかし確かに女は言った。

「滅多な事は口に出さないように。心証を悪くします」

「……、」

「あなたは国籍不明機を無許可、無確認で一方的に撃墜した。事実はそれだけです。それ以外の全ては根拠のない臆測であり、軍法裁判で適用される事はありません」

この世界は病んでいる、とマリーディは思う。

表面上で克服したと感じている核への恐怖は、実際には何ら癒えていない。本当に核が遠い昔の化石なら、そもそも『核に対抗できる』オブジェクトをこれだけ世界中で展開する訳もないのだ。

怖いから、躍起になって予防する。

しかもその事実に自分で気づいていない。

まるで毎日鎮痛剤をガパガパ呑(の)みながら、胃が荒れているから薬が必要だと言い張っているようなものだ。恐怖の原因はどこにあるか。そしてそれは、外から指摘されると途端に過剰反応へと結びつく。

自分で自分を馬鹿だと自嘲するのと、他人の口から言われるのが大きく違うように。

「ふふっ。レーダー網を器用に潜(くぐ)り抜(ぬ)ける潜行式巡航ミサイル(ロングショットCM)の存在ですか。そんなものが軍法裁判で認められると良(い)いですね」

「アレは存在した。……撃墜した私自身が言っているんだぞ？」

「私としては、この現代の戦場でニンジャを生け捕りにするのと同程度の可能性だとは思いますけど」

鉄扉(てつぴ)越(ご)しの女は気にする素振りもなかった。

同じ『スカイブルーinc』の社員など守る気はない、と顔に書いてあった。こいつが守りたいのは会社そのものだ。

女はやけに太いアンテナのついた衛星携帯電話を取り出しながら、

「こちらサマンサ、『接見』は終わりました。まあ書類上必要な最低限の儀式でしかありませんが。まったく北欧禁猟区は最悪です、すぐに社用機に戻ってシャワーでも浴びて、え……っ、何ですか？　もしもし、ちょっと声が遠くて……」

「おい」

「軍法裁判は予定の通りに。ええ、始めから結果の見えている密室裁判です。では、はい？　あの、もしもし？」

「おいっ!!」

ドアのスリットから必死に叫ぶマリーディに、サマンサは鬱陶しそうに舌打ちして衛星携帯電話を耳元から離す。

「……何ですか？　今さら異議を申し立てたところで状況が変わるとでも」

「そうじゃない。……電波の入りが悪いのか？　これだけＰＭＣから渡されている専用装備の衛星携帯電話で？」

「そうですけど、それが何か……？」

「……まずい」

マリーディ＝ホワイトウィッチは天井を見上げて低く呻いた。

ベッドの下になんて潜っても意味はないだろう。考え、分厚い壁で囲まれた独房の中でも一番角……つまり構造的に一番堅牢な箇所で小さな体を丸める。

「まずいっ!! うっすらと万遍なくじゃなくていきなり突発的に来たって事は、こいつはオーロラの影響でもない……。お前も早く伏せろ! 早くッ!!」

「?」

きょとんとしているサマンサ＝ビーズキッスはおそらく最後まで気づかなかっただろう。

すでにマリーディは散々言ってきたはずだ。敵は低空で大きく弧を描いてレーダーの網の目を潜り抜ける巡航ミサイルを使っている、と。

そして言うまでもないが、空飛ぶ異物は電波を遮断する。

固定のレーダー網を避けるようにプログラミングされていたとしても、イレギュラーに飛び交う通信電波までは対処できない事もあるのだ。

2

つまりこうなった。

その日、『資本企業』軍『ロワイヤルエルフォルス.inc』ヨツンヘイム空軍基地に一〇四発の巡航ミサイルが一斉に着弾した。

3

天井の高さがいきなり半分になった。

まばらに点滅する蛍光灯が完全に死に、薄闇に包まれたのはせめてもの救いか？　いいや、見えない圧迫感はよりきつくマリーディの胸に襲いかかる。

分厚い鉄の扉が内側に向かって吹っ飛び、爆風の代わりにマリーディの背丈より巨大で尖(とが)った鉄筋コンクリートの塊が飛び出してくる。

（っ⁉　どこの馬鹿だか知らんが、本当にやりやがった……‼）

数は多い。外の様子は不明だが、爆発の響きからして今回は燃料気化爆弾(FAE)ではなかったようだ。もしそうならマリーディも死んでいる。連中にとっても虎の子という訳か。

サイレンなんか聞こえなかった。

自分の耳がやられたのだとマリーディは信じたい。そっちの方がまだマシだ。空襲警報を鳴らすだけの設備すら残っていないとは思いたくない。

「くそっ」

そこで持(も)ち堪(こた)えられなかった。

さらに天井が落ち、独房の床面積の内、半数以上が押し潰される。パイプを組んで作った箇素なベッドや陶製の便器がめきめきと音を立てて形を失っていく。人間が巻き込まれればどうなるかは明白だ。

「……い、おおい……」

と、そこでマリーディは呻き声のようなものを耳にした。

やはり自分の耳は正常だったのだ。気づいて氷のような少女は舌打ちする。

相手は吹っ飛んだ鉄扉の向こう側にいるようだ。そしてやたらと陽気な太い男の声だった。

『ロワイヤルエルフォルス』社の問題児（……児？）クラハイト＝ルビィハンターだ。

「はっはー、神の思し召しだぜ。あれだけクソ忌々しい扉が開きやがった!!」

「……おい酔っ払い、だからって表に出ていないだろうな？　脱獄はそのまま銃殺だぞ」

「そんな事言ってる場合かよ」

？　と白い息を吐いてマリーディが首を傾げた直後にこう来た。

「炎が出てる」

もう半分潰れて圧迫感がマシマシな天井を見上げるしかなかった。

「どうすんだッ!?　出口はコンクリの塊で塞がっているぞ！」

「普通の兵士ならお陀仏だろうよ。けどお前さんだけはちがーう。いいからその小っちゃい体を子猫みたいに丸めて隙間を潜れよ、熱で炙られてコンクリがまっかっかになってからじゃ手遅れだぜ」

「あの高学歴女は!?」

「知らねえけど、『スカイブルー』社のスマート調停役の腕だけ千切れてこっちまで飛んできてるぜ。例のタブレット付きだ」

ひとまず緊急避難のために一歩外へ出た途端にニヤケ面で銃殺、なんて話にはならないようで結構。マリーディは一度だけ深呼吸して気持ちを落ち着けると、汚い床に手足をついて頭を下げる。竜の乱杭歯(らんぐいば)みたいな有り様だったが、確かにコンクリの塊は噛(か)み合(あ)わせが悪い。あちこちに隙間があった。

(……本当に大丈夫なんだろうな。こういう運任せが一番怖いんだ、何も計算できん)

三角形の隙間に頭を潜り込ませ、ゆっくりと這(は)う。

もう予想外が来た。

頭の上からどろりとした何かが伝ってくる。

「……、」

じっと止まり、無言で顔を上げると目が合った。

潰れたサマンサ＝ビーズキッスはほとんどコンクリートの塊と一体化していた。

「う」

ズズンッッッ!!!!!!　と。

追加の空爆でもあったのか、世界が大きく揺さぶられた。サマンサが言いたかった事は聞き取れない。とにかくそれでギザギザのコンクリート同士が軋んでぶつかり合い、人間が生きたまま噛み潰された。

閉所の恐怖が三六〇度全方位からぐっとマリーディの心臓へ迫ってくる。が、後ろに下がっても活路はない。この穴が塞がってしまえば、どっちみち逃げ場のない独房で炎と煙にさらされて燻製にされるだけだ。人体丸ごとベーコンにしてもらったら死体は三週間くらい腐らないかもしれないが、一二歳のマリーディはまだまだお肌の衰えを気にするお年頃ではない。

鉄錆臭い匂いにまみれながら、ぐっ、と歯を食いしばる。

そのまま這って、ぎしぎし軋む穴を抜けていく。

べきんという鈍い音が響いた。

またどこかが崩れた。

ばぢっ‼　と。

電気系統がショートしたのか、小さな爆発めいた音と閃光が連続する。

「ぶはっ‼」

何とか穴を潜り抜けて広い廊下まで出たマリーディを見下ろしていたのは、汚い金髪に無精ひげのひょろひょろ男だった。クラハイト＝ルビィハンター。痩せているのに健康的な印象が全くないのは、やはり自他共に認める酒呑みだからだろうか？

「はっは、そりゃ返り血かよ！　伝説のエース様が汚ねえご尊顔をさらしやがってえ？」

「……スマート女の腹が破れなかっただけマシだ。クソとゲロと内臓にはまみれずに済んだ」

サマンサについてはそれで終わった。

軍人とは嫌いな上官の末路に対してはとことん淡白になる生き物である。

通路側の空間的な広さが贅沢品みたいに感じられる。マリーディはゆっくりと深呼吸し、氷点下まで冷え切った空気を肺いっぱいに吸い込む。

煙っぽい匂いに顔をしかめた。

炎はさほどでもないようだが、フルマラソンを終えた直後に塩素まみれの水道水が入ったコップを渡されたような気持ちで、マリーディは片手で自分の頭を押さえながら呻く。

「あのミサイル攻撃、一回で終わらなかったぞ。表は今どうなっているんだ……」

「外に出てみりゃ分かるさ」

さっきまでよりはマシだが、それでも廊下もひどいものだった。まず照明が死んでいる。非常口や火災報知機を示すランプもない。分厚いコンクリートの壁には太い亀裂が走り、天井の蛍光灯は落ちて、導線同士がぶつかって派手な火花を散らしている。もう当たり前に火災報知機やスプリンクラーは作動していなかった。もっと大きな、『ロワイヤルエルフォルス.inc』ヨツンヘイム空軍基地を支える根幹のシステムが破壊されている。いつ倒壊するか分からない建物にいるのに、外を確かめる事への緊張や重圧をマリーディは感じ取る。

（懲罰を受けていたのは私一人……。リーダーの欠けたアイス飛行隊はスケジュール通りなら『スカイブルー』社のオーロラ航空団に組み込まれて鉱山の防衛に回っていたはず。大丈夫、うちのバカどもは空の上だ。地上で空爆には巻き込まれていない、だから大丈夫……）

「なあ、なあ」

この環境で呑気（のんき）に両手を頭の後ろにやって歩いている男が話しかけてきた。極めて不謹慎だが、まあこれはこれで肝が据わっているとも言えるのか。

「これってつまりどういう事だと思う？」

「なに？」

「やべーのはこのオブジェクトの時代に先祖返りしやがった巡航ミサイル（CM）だってのは分かったよ。アンタは嘘（うそ）つき少女じゃなかった、正しさが証明されて良かったネ。……それじゃあ本題だ、こいつはただの感情的な『報復作戦』か？　それとも冷たい計算に基づく別の目的でもあんのか」

束の間（つかのま）、言葉の冷酷さにマリーディは少しだけ驚いた。クラハイト＝ルビィハンター、酒に負けた男とは思えない鋭さだ。

金髪少女はそっと白い息を吐いて、

「……ミサイルを使った連中は、『資本企業』軍が空を制圧している間はご自慢の秘密兵器が使えないって事実に気づいた。そして誰かは観察していたんだ。ミサイルを撃ち落とした私が、このヨツンヘイム空軍基地へ着陸していくのを」

「つまりクソ野郎の計画はまだ終わっていない？」

「ミサイル本体はともかく、燃料気化爆弾(FAE)は数に限りでもあるのかもな。邪魔な空軍基地(AB)を吹っ飛ばして道を開けたら次が本番だ。くそっ、それじゃワルシャワ攻撃はまだ生きているぞ！」

今さらだが、サマンサ＝ビーズキッスが掴(つか)んでいた衛星携帯電話が恋しくなってきた。千切れた腕とセットになっていたタブレット端末も液晶画面が砕けて使い物にならない。まったく厄介者は死んだ後まで役に立たないときた。こっちは地球人口の総数よりもスマホやタブレットが溢(あふ)れ返(かえ)ったこの時代にわざわざ自分の足で歩いて司令官サマに報告だ。発見イコール銃殺とならないよう祈ってサッカーグラウンドより広い滑走路を横断し、管制塔(CT)まで誰もが嫌がるバッドニュースをデリバリーするしかない。

そんな風に考え、歪(ゆが)んだ鉄扉(てっぴ)から営倉の外へマリーディは顔を覗(のぞ)かせた。

北欧の夜、切り裂くように冷たい二月の空気が柔らかい頬に当たる。

現実が想像を超えた。

わあっっっ!!!!!!　と。

ハードロックのコンサートの大歓声とは似て非なる、大地を震わす音の塊に少女は思わず頭を引っ込めた。夜の闇に包まれた空軍基地が何かおかしい。というか野球場みたいな大型野外照明で終始照らされているはずの滑走路が何故闇に包まれているのだ？

首を引っ込めてマリーディは舌打ちする。

「何で地上部隊の戦車が外周のフェンスをバキバキ踏み越えているんだ、くそっ!!」

「なに遠くからの空爆だけじゃ終わらねえの？　これ本格的な戦争？？？」

かたんという小さな音が聞こえた。

何気なく外からこちらを覗き込んだ兵士の顔面にマリーディは自分の拳より大きなコンクリ片を叩き込んだ。しかも小指より太い鉄筋のおまけつきだ。勢いをつけて鈍器ごと人影を薙ぎ倒すと頭蓋骨の中身が床に散らばっていく。

無精ひげの男は死体が握ったままの銃を眺めて、

「九ミリ拳銃にアサルトライフルの照準補整のコンピュータについてはスコープに集中じゃなくて各パーツで並行処理か。何だあ？　『正統王国』軍かよ」

「でもこいつ『戦利品』を拾ってやがる」

マリーディが掴み取ったのは使い慣れた『資本企業』側の通信機や携帯端末だった。返り血にまみれている。おそらく持ち帰って中身のデータを漁り、『正統王国』軍へ手柄の一つでも献上したかったのだろう。

マリーディは外の様子を気にしながら、手慣れた動作でロックを外した。暗闇の中だと液晶から洩れるバックライトがおっかないが、背に腹は代えられない。

「管制、管制!! こちら『スカイブルー.inc』所属マリーディ＝ホワイトウィッチ、今は営倉前。いい加減に人の話を聞く気になったか? この攻撃は空飛ぶ巡航ミサイルを一本道で確実に目的地まで通すための地均しだ!! どうやら先祖返りを使うのは『正統王国』のようだが……」

『……じじじ、がが、レーダ、角度……手動……変えた、ザリザリザリ……!!』

ノイズがひどい。

マリーディは舌打ちする。この現象は前にも見た。サマンサの通信ノイズの直後にミサイルの雨は降ってきたはずだ。

まだ終わりじゃない。

『「次」が迫っている……。司令官より伝言を通達、滑走路に残っている機体ならどれでも良い、全地上職員へ搭乗許可を出す。飛べる者は空に退避。繰り返す、飛べる者は一人でも空に退避せよ!! じじーがッッッ!!!!!!』

ずんっ!! という激しい震動と通信途絶が奇妙にシンクロした。

響きからして、おそらく戦車の一二〇ミリ砲か何かが管制塔に直撃したのだろう。

(くそっ……)

歯噛みするマリーディに、歪んだ鉄扉の隙間から外へアサルトライフルを突き出していた酒呑み男が喚いていた。

「わあっ!?　何だこりゃ、同じ『資本企業』から弾が飛んできてねえか！」

「『正統王国』側のオモチャでパカパカ派手に音鳴らすからだバカっ」

慌てて銃を下げさせる。

無駄に注目を集めてしまったし、だだっ広い滑走路は『正統王国』の戦車や装甲車が我が物顔で闊歩している。何か考えて手を打たないと、出口から一歩出た瞬間に蜂の巣どころか挽肉にされてしまう。

もちろん戦車砲相手に分厚い壁で守りを固めようとしたって意味はない。マリーディ＝ホワイトウィッチは身を屈め、倒した兵士の死体と向き合って、

「……スモークグレネードが二発に信号弾が一、それからこっちのは発煙筒か？　最低でも戦車の目は潰しておきたいところだが……」

「おいおい、遮蔽物のない滑走路が何本交差してると思ってんだ、サッカーグラウンドの五倍くらいあるんだぜ。んなもんで一面を煙で包めるかよ」

そうなのだ。この崩れかけた営倉を出ればそれでおしまいではない、滑走路に残っている航空機に乗り込んで飛び立たなければ生き残れない。

『次』が来ると管制塔のオペレーターは言っていた。巡航ミサイルが何百発と降り注ぐまで、もう時間がない。

ただし、

「……そのアサルトライフル、弾は何発残っている？」

「マガジン二本。アウェイに奇襲仕掛ける側のストック数じゃねえな。そこの死体さん、補給車か牛型ロボットでも従わせてたのかね」

「バッテリーは気にするな、センサーを全部使えば素人(しろうと)でも一線のスナイパーになれるはずだ。とはいえ野球場みたいな野外照明なんかみんな死んでいるぞ、暗闇の中だ。良く狙って撃てよ、一〇時方向六〇〇メートル先」

「そっちでギャリギャリ鳴ってんの『正統王国』印の戦車(MBT)ですけど!?」

マリーディは病的に痩せたクラハイトからライフルを奪って素早く構えた。

だからその戦車を撃つのだ。

「ぎゃあっ!?」

当然ながら普通の鉛弾では戦車に勝てない。発砲音と同時に酒呑(さけの)み男が情けない悲鳴を上げていた。自分の背丈より大きなヒグマに小石を投げたらどうなるか。そんな想像でもしているのかもしれない。

でもこれで良(い)い。

ぼわっ!! という白い綿菓子みたいなもので戦車が覆われた。マリーディが撃ち抜いたのは砲塔側面に取りつけられた発煙弾発射機だったのだ。つまりでっかいスモークグレネード。この手の煙は化学薬品や金属粉などを混ぜ、通常視界だけでなくセンサーやレーダーまで封殺する機能がついている。

元々は戦車の天敵である攻撃ヘリから身を隠すための命綱だが、自分で自分を覆ってしまえば戦車自身が行動不能に陥ってしまう。歩兵の近くでスモーク防御するとついうっかりで仲間を轢き殺しかねない、なんて北欧禁猟区では珍しくもないあるある教訓だ。

ひたすら広い基地全域を封殺する事はできない、なら一番厄介な戦車を中心にその周囲だけをピンポイントで煙に包んでいけば良い。

「行くぞ」

マリーディは空いた手でクラハイトに九ミリの拳銃を投げ渡すと、その辺に落ちていたペットボトルをダクトテープでアサルトライフルの銃口に固定した。もちろんこんなものでサプレッサーの代わりになるとは思えないが、マズルフラッシュの形や銃声の音色を変えておかないと同じ『資本企業』から誤射されかねない。

表に出る。

夜。

冷え切ったアスファルトの平面に、植物の育ちにくい北欧のぶよぶよした黒土。

空軍基地は言うまでもなく広い。そして効率的に航空機を運用するよう、邪魔な障害物を徹底的に排除した平面は身を隠す場所がない。鉛弾に対してはとことんまで相性が悪い立地だ。

マリーディが自分の口で言った通り、大規模な野外照明はもうない。

予備の電源も含めて全部掘り返されているのだ。これだけで端的に空軍基地(AB)全体の深刻なダメージを想像させてくれる。

暗闇の中、別の戦車の砲塔がこちらへ回る前に、マリーディのアサルトライフルが側面についた発煙弾発射機を的確に撃ち抜いていく。記者会見のシャッター連写みたいな銃口のマズルフラッシュの激しい閃光(せんこう)に心臓を締めつけられるのが自分で分かる。

そちらに集中している少女を狙おうとした『正統王国』の兵士の頭を酒呑み男(さけのみおとこ)が拳銃で吹き飛ばす。

二人の位置を交差させ、それを素早く繰り返していった。

敵より対応が一秒遅れればこちらの命が散る、地獄の戦場だった。さっきも言ったが遮蔽物はない。暗闇なんて何のメリットにもならない、最新センサーどころかマズルフラッシュだらけの戦場は普通にマリーディ達の輪郭を闇の中からくっきりと浮かばせるはずだ。

光と言っても『安全国』の街を飾る大型液晶や電飾看板とは違う。

この一発一発が、生きている人間に向けられている鉛弾の発砲とセットなのだ。

まるで虚構の手品で現実の鉛弾を防げと言われるようなものだ。誤魔化しが利(き)かなくなった途端に真正面から鉛の雨を浴びて死ぬ。

自前のスモークに邪魔され、まともに照準もできない戦車からあらぬ方向へ一二〇ミリ砲が飛び出した。それはマリーディ達ではなく、辺りに展開していた『正統王国』の兵士を粉々に爆破していく。反射で伏せたくなるのを堪えてマリーディは細い顎を使って指した。

「あれだ……Zig-27。おい、お前の所属は？　酒瓶片手に大空を飛ぶって嘯いたんだ、まさか今さらガンナー専門で操縦桿は握れないなんて話じゃないだろうな？」

不意に酒呑みが横に逸れた。

マリーディは目を剝いて、

「おいっ」

「……ちょっと離れた場所に爆撃機がある。あっちの寝ぼすけエンジンを起こせりゃ俺達パイロット以外にも生き残る道ができるぜ。定員は二名だが広々とした爆弾倉を開放すりゃ一〇〇倍以上詰め込めるはずだ、ダクトテープか何かで床か壁に体を固定して、ボンベのチューブくらいは口に咥えるべきだろうが」

こちらが止める暇もなかった。言うだけ言うとクラハイトは身を低くしたまま鈍重な爆撃機の方へ向かってしまう。長い長い主翼を胴体に這わせるようにして後ろへ流す事で矢の鏃のように鋭く尖った、全高度全速度対応の可変翼式爆撃機 Rev-51 だ。

暗闇の中でマリーディはその背中を視線で追いかけ、そっと白い息を吐いた。

それからヤツには絶対聞かれないように小さく呟く。

「……ふざけた野郎だとは思っていたが、意外と根っこはまともじゃないか」

直後に戦車砲の爆発と粉塵が酒呑み男をまともに呑み込んだ。

うー、とマリーディは自分のこめかみを指先で押さえて、それから戦闘機のコックピットへ這い上がる。脚立がないので特徴的な流線形の機首へ上るだけでもちょっとしたボルダリングだ。こっそり涙目の子は黙って唇を噛む。

(……人がちょっと親切心を出すとすぐこうだっ。これだから戦争ってヤツは!!)

いちいちお上品にぱたぱたフラップやラダーを動かしてテストしている場合ではない。手順を省略し、マリーディはいきなりエンジンを噴かして戦闘機Zig-27を前に押し出した。いったん加速が始まってしまえば、真っ赤な高級車よりも速い。

「ちぇっ。またヘッドセットみたいな酸素チューブか。ちょっと活躍し過ぎたかな、あちこちで普及してやがる」

エンジンの炎は暗闇の中だととにかく怖い。

スモークの壁を突き抜けた戦車の砲口がこちらを狙う。

地上にいながらマリーディは緊急回避用のフレアをありったけばら撒いた。丸い光の塊が次々と機体の後ろから吐き出され、滑走路の上を何度も跳ね回る。派手な閃光や余計な熱源に照準を翻弄された戦車砲があらぬ方向へと突き抜けていく。

離陸可能速度まではもう少しだった。

そこへ『正統王国』の歩兵が担ぐロケット砲が飛ぶ。

元々は対戦車用の簡易装備なので誘導機能はない。機体そのものへ当てるというより、前方にある滑走路を掘り返そうとしたのだろう。列車を止めるために線路を取り外すのと同じく。

アスファルトがめくれ上がり、使える距離が半分以上奪われる。

マリーディはごくりと喉を鳴らして速度メーターに目をやった。時速二〇〇キロに届かない。大型の制空戦闘機ではまだまだ不安定だが、操縦桿を引き上げるしかない。

ゴッ!!　と。

車輪が浮き、ギザギザに尖ったアスファルトの先端を掠めかけ、そしてZig-27が重力を振り切った。風を切って蓄えた揚力が大型トレーラーより重たい金属塊を一気に持ち上げていく。意外と思うかもしれないが、戦闘機の離陸にたくましさはない。実際に運命を共にする飛行機乗りからすれば、まるで風に翻弄される凧のように不安定で、薄っぺらい。

それでも生きて離陸した。

上下関係が逆転する。地上では最強の戦車や装甲車も、最も脆弱な屋根をさらす空中からの攻撃にはとことん相性が悪い。反撃するなら今だ。

『……ジジッ。こちら「資本企業」軍「ロワイヤルエルフォルス.inc」地上指揮管制車両、ジョン＝フォックストロット中佐。管制塔瓦解につき略式で済まない。君の信号は画面に移っている。一機でも上に上がったか……』

「アイスガール1より地上各員へ。誤射防止カードを掲げてもう少しだけ堪えろ、今から翼にぶら下げたもん全部ヤツらの頭上に落としてやるから!!」

『そいつは空対空装備だよ、こっちは良い……。「スカイブルー」社の君がそこまで付き合う必要はない。アイスガール1、君は何としても生き残れ。そしてこんな場当たり的な撃った撃たれたじゃない。もっと根っこの部分に噛みつく意味で、どうにかして一矢を報いるんだ。ザザッ!!「安全国」を、頼む。ワルシャワを守れ。ジジジ、そのためにできる事は何でも自由にやって構わん。これより君が行う全てを私が許可する。アイスガール1、これは共同事業を展開してきた我々「ロワイヤルエルフォルス」社ヨツンヘイム空軍基地一同から君に送る最後の命令だ、君と一緒に仕事ができて良かった』

「うるせえ自分の死を美化してんじゃねえよッッッ!!!!!! 金が全ての『資本企業』に自己犠牲なんか似合わないぞ。そもそも私がこの基地に着陸したのが災いの始まりなんだ。だからケリくらいはつけさせろ。いいか貴様がどんな権限を使って何と言おうが必ずこの私が全員助ける!! だから……」

しかし大きく旋回して空軍基地敷地内全域を改めて支援する暇はなかった。

夜空が裂けた。

傷は一つではない。同じ方向から立て続けに細長い飛行機雲が尾を引いて、そして巡航ミサイルのシャワーが一斉に地上を襲う。その時マリーディは無謀にも正面からミサイルの雨に突っ込んだが、一発落としたくらいでは意味がない。あらかじめ『正統王国』の身内の間でだけ決められていた退避スポットを除いて、サッカーグラウンドの何倍と言われた空軍基地の敷地が隙間なく面を埋め尽くすような爆風の中に呑まれていく。

苦い交差ののち、暗闇の世界が下から白く塗り潰された。

元から半ばからへし折れていた管制塔は、今度こそ土台の堅牢な要塞部分ごと消え去った。どこに装甲車を改造した指揮管制車両があるかなんて見えなかった。

燃料気化爆弾ですらない。気位の高い『正統王国』軍の『貴族』サマからすれば、この程度の標的なら虎の子を出す必要もないという事らしい。

その程度の出し惜しみで、ホームが消える。

ヨツンヘイム空軍基地は消滅した。

今から航空支援を始めても意味はない。そしてマリーディ自身も安心してはいられない。瓦礫の山を占拠した敵軍が放つ対空ミサイルにチャフを撒いて旋回し、こんな高度まで舞い上げられた書類をかわす。

「っ」

歯噛みするが、ここでは死ねない。

地上からの攻撃は怖くないが、そもそも飛んだは良いがどこにも着陸できない状況だ。最寄りの航空PMCの空軍基地まであと何百キロだ、それまで燃料は保つか、敵味方の勢力図や対空網は。マリーディが頭の中で素早く計算していると、レーダーに光点があった。

ミサイルではない。もっと大きく、そして鈍重だ。

ベルトで強く固定された体だとこういう時もどかしい。怪訝に思ってマリーディが首を回し、そちらに視線を投げてみると、だ。

『おおい、おおい』

完全に軍規を無視した通信があった。しかも営倉でも耳にした掛け声だ。

マリーディは舌打ちして、

「アイスガール1より不明機、お前っ生きていたのか⁉」

『戦車砲だろ？　しかも一点を撃ち抜く徹甲弾だ。こんなの北欧禁猟区あるあるだぜ、専用の榴弾でなけりゃあ爆風の殺傷圏内でも案外何とかなるってな。それにアンタが派手に注目を集めてくれたおかげで、こっちは悠々と空を飛ぶ事ができた』

戦闘機とは全く異なるエンジン音がマリーディの耳に届く。

隣に並ぶ。

同じ空に飛んでいる。重量にしてZig-27の七倍以上ある爆撃機が。言うまでもなく、あれだけの乱戦の中でクラハイト＝ルビィハンターが二一五トンもあるRev-51を飛ばしたのだ。飄々としているがこの男、あるいは悪運だけならマリーディ以上かもしれない。

「……何人回収できた？」

『八五人』

パイロットから外周警備まで含めれば二〇〇〇人以上が詰める空軍基地(AB)からすれば、それは微々たる数だったかもしれない。全体を大きく眺めれば惨敗(ざんぱい)以外の何物でもないのだろう。

だが、操縦桿(そうじゅうかん)を握るマリーディ＝ホワイトウィッチは小さく笑っていた。

この戦い、誰の命も拾えない訳ではなかった。

それだけで外道どもの吠え面(ほえづら)が目に浮かぶ。

「アイスガール1より不明機。……その八五人、何があっても死なせられん」

『オーバーサイズとでも呼んでくれよ、テキトーだけど』

「特大だと？　おいふざけんな、お前がデカチ〇ってツラかよ」

『爆撃機の大きさの話をしているんですうクールむっつりちゃん。それからこっちのデカいアンテナで秘密の通信を傍受。暗号化された内容までは分からねえが、発信源の座標は特定できるぜ。きっとふんぞり返って花火大会をおっ始めた「正統王国」の司令部(HQ)だ。おっとシートの隙間にウィスキーを発見。はっは！　雲の上でこっそり呑(の)んでるのは俺一人じゃねえって事？　まったく俺だけ叱られんのは不公平だぜ!!』

「ちょっと待て今なんて言った？」

『ふえー？　ダンシングドランカーの一三年ですけど何か？？？』

「酒の話じゃない!!　オーバーサイズ、おまえっ、その重たいケツを振ってまだ戦う気か!?　お前はさっさと安全圏まで退避しろ、その八五人は死なせられんと言っただろう!?」

『……ふざけてんのかお嬢ちゃん、テメェ管制(CT)からの最後の命令をもう忘れたのかよ。本当に人生最期(さいご)の時だ。レーダーの角度を変えたって言ってやがったし、基地に向かって突っ込んでくる巡航ミサイル(CM)の光点だって上官達には見えていただろう。自分が死ぬまであと何秒か、正確にカウントダウンできていたんだよ。それを、あの生真面目バカどもは家族や恋人に遺(のこ)してやりたかった遺言を全部呑(の)み込(こ)んで、ただただ空を舞う飛行機乗りへ自由に戦う許可を与えるためだけに震えを堪えて必死で喉から言葉を絞り出したんだぜ。まさかと思うが、テメェあれだけの決意がその小さな胸まで届いてねえなんて話じゃねえだろうな？』

「……、」

『ま、そこまで自分を曲げるこたねえさアイスガール1、誰よりアンタがキレてる事は酔っ払いの頭でも分かる。利用できるものは使えよ、大体こいつは輸送機でも偵察機でもねえ、爆撃機だぜ？　あとな、一二歳のガキが雛鳥(ひなどり)みてえに可愛(かわい)がってる大事な八五人とやらも口を揃(そろ)えて言ってるよ。……何でもするから、お願いだから俺達にも戦わせてくれ。死ねと言われれば鉛弾を止める盾になるからってな。「最後の命令」を聞き遂げてえのは別にアンタ一人だけじゃあねえ、「資本企業」のＰＭＣが振り込みも明細もいらねえっつってんだ。子供の遠慮で大人のプライドなんてへし折るもんじゃあねえぜ』

　飛べない空軍。

　酔っ払いが拾った地上職員は航空ＰＭＣと言っても本来ならいつも清潔なジャケットを着た

ビジネスマンで、地上のコンピュータと向き合ってデータを処理する専門家のはず。（『正統王国』や『信心組織』と違って待遇改善でゴネまくるため）食事だって食堂で調理された子羊のソテーや白身魚のムニエルなんかのファミレスよりはマシなディナーばかりで、簡易食のレーションなんて袋を開けて齧(かじ)った事もないだろう。肩書きこそ軍人であっても、訓練以外に銃を握る機会がないまま退役していくケースだって珍しくない。

（……それでも軍人は軍人か）

牙は折れていなかった。

無慈悲な奇襲攻撃を受けて消滅していく空軍基地(AB)を見て、何も思わない訳ではなかった。

せっかく救ってもらった命をもう一度どぶへ投げ捨てると分かっていながら、それでも同じ飛行機に乗れなかった同僚の無念を汲(く)み取(と)るくらいには。

マリーディは保護カバーで守られた操縦桿(そうじゅうかん)の頭を親指の腹で軽く撫(な)でて、

「その爆撃機、具体的に何を積んでる？」

『二五〇キロのスマート爆弾に空対地ミサイル(ASM)が一式。あと聞いて驚け、何ともハッピーな事にやたらとでっかい燃料気化爆弾(FAE)があるぜ。これで搭載容量の半分くらいだってんだから恐れ入る。ひっく、それから対空防御にゃあ機銃(レギュラーガン)と短距離空対空ミサイル(ショートレンジAAM)かね。うー、つまみが欲しい……』

「そうか」

早くも呑(の)み始(はじ)めているらしい馬鹿の言葉に、しかしマリーディは小さく笑った。

頭を押さえるものが何もない、丸い月だけが全てを照らす自由な夜空。

そこでやりたい事をやっているのは彼女も同じか。


「……了解オーバーサイズ。なら腹に抱えたものを全部吐き出すまでの道のりは、この私が切り開いてやる」


これは事前の地均(じなら)しだ。

邪魔な空軍基地(AB)を潰した後は、本命の巡航ミサイル(CM)が東欧ワルシャワの大都市に降り注ぐ。

その前に一矢(いっし)を報いる必要があった。

『安全国』を頼む、ワルシャワを守れ。

そのために必要な事は何でも自由にやって構わん。これより君が行う全てを私が許可する。

……ヨツンヘイム空軍基地からの最後の命令は、まだ生きているのだから。

4

マリーディの戦闘機Zig-27よりはるかに大型、高性能なレーダーやコンピュータを搭載した爆撃機Rev-51が未解析の暗号通信の出処を逆探知した限り、『正統王国』軍の巡航ミサイル部隊は三ヶ所に分けてある。さらに扇状に展開されるランチャー車両の発射部隊どもの中心点に、全ての命令を送る司令部が存在するらしい。

『オーバーサイズよりアイスガール1、どいつをやる？』

「一つ残らず」

（ハードロック聞きたくなってきた、音楽が恋しい。くそ、私もこの酔っ払いと大して変わらんか……）

　こちらだけ一方的に把握している訳ではない。

　いきなりマリーディ機のレーダーに光点が増えたのは、ステルス機がなりふり構わずエンジンを噴かして急加速したからではない。

（……ランチャー車両を流用して、地上から戦闘機そのものを真上に打ち上げやがったか？）

　よくやる、と口元のチューブから酸素を吸いながらマリーディは逆に感心していた。移動式のランチャーを使っている以上『正統王国』側はできるだけ居場所を隠しておきたい、だから各種レーダーにすぐ映る防空部隊を頭上でぶんぶん飛ばしておく訳にはいかない。そういう話なのだろうが、それにしたって高G負荷の問題を何も考えていないシステム構成だ。ひょっとしたらパイロットは使い捨てなのかもしれない。

『「正統王国」め、ヤ○漬けの不良軍人でも超法規的ご褒美で釣ってんのかね？　はっは！

支給品の貨物タグは応急麻酔薬か？　あるいは戦意高揚ドリンク？？？』

「……マッハ一・四の世界でも酒瓶を手放せないお前が言うとちっとも笑えん」

　スクランブルでマリーディ達の元へ急行してくる光点は都合八つ。

　ここは北欧禁猟区だ。警告通信ののち威嚇射撃して速やかな空域離脱を促す……なんてお行儀の良い展開など待っているはずもない。ロックオンイコールミサイル発射。視界に入れば針を突き刺すスズメバチどもの死闘がいよいよ始まる。


「アイスガール1、エンゲージ」

『オーバーサイズ、同じく』


　ゴッッッ!!!!!!　と。

　マリーディはスロットルを解放し、併走状態から爆撃機の前へ一気に飛び出していく。クラハイトはわざと速度を落として距離を取るつもりらしい。

　高度七〇〇〇メートルの夜空が意識の中で灼熱の戦場として切り抜かれていくのが分かる。

　先も言った通り、敵の数は八機。

　ヘッドオン状況、真正面からヤツらは塊のまま編隊飛行でこちらへ迫ってくる。

　空中戦はテクノロジーの世界とはいえ、やはり多勢に無勢は否定できない。しかもマリーディ側は爆撃機の護衛作戦という太い鎖まで繋（つな）がっている。空の上では自由度を狭（せば）められて身動きが取れなくなった者から落ちていくのがドッグファイトの鉄則だ。

普通に戦えばまず勝てない。

そして北欧禁猟区で十分に鍛えられたマリーディ＝ホワイトウィッチが『普通に戦う』なんて話は絶対にありえない。

「機銃発射（アタックガン）」

気軽に言って、空対空ミサイル（AAM）より先にいきなり機銃（レギュラーガン）を発射する。

当然、近接用の鉛弾ではミサイルの射程外にいる標的を狙って当てる事はほぼできない。

しかしそれで、相手の動きを絞る事はできる。

塊のまま編隊飛行で飛ぶ八機の左翼側、ギリギリの所を曳光弾（えいこうだん）の列が突き抜けていく。当てる必要はない。ようは向こうがビビって『そちらには旋回できない』と思わせられれば良い。

ヘッドオン状況なので、そうしている間にも互いの距離は縮む。

レーダー波を浴びせ、先にロックオンを決めたのはマリーディ側だった。

「照射完了（アタックブラヴォー）」

（……ま、ランチャー車両から直接発射できるって事は単発の小型機だろうしな。大型の制空戦闘機と比べればレーダーなんかの設備はどうしても弱くなるだろうが）

「続けて誘導開始（アタックチャーリー）」

躊躇なく操縦桿のボタンを押す。

ふぁしゅっっっ!!　と主翼下から解き放たれた空対空ミサイルが夜空を引き裂いていく。互いに真正面から突っ込むヘッドオン状況では攻撃の命中率は下がるが、マリーディは事前に布石を一つ打っている。

当たりもしない機銃掃射によって、外側へは旋回できないよう避けられる方向を制限していた点だ。

そして機体間隔が極端に短い編隊飛行中であれば、内側に向けて急旋回はできない。それをやったら味方機と衝突してしまうからだ。

機銃のラインと味方機。

双方の板挟みになって身動きの取れなくなった敵編隊の一機が、何もできずにレーダー上から消えた。

「そして着弾確認、撃破だ」

しかもそこで終わらない。

散開前に攻撃できたのは幸いだった。空中でぐしゃぐしゃにひしゃげていくつかの塊になった残骸が、数メートル間隔で飛んでいた別の戦闘機へまともに覆い被さったのだ。たった一発のミサイルで、立て続けに二機、三機と『正統王国』軍機が爆発していく。

『ひゅう!!　コスパで言ったら記録更新じゃねえの?』

「感心してる場合か。ヘッドオン状況だぞ、今度はヤツらが懐に飛び込んでくる番だ」

死の花が大きく開くようだった。

細かい破片を浴びたものの未だ残った五機は、レーダー画面上で編隊飛行から個々が広がり、大きく弧を描いてこちらを包囲してくる。

もうレーダー画面に目をやるまでもない。

狙いはもちろん爆撃機 Rev-51 の方だろうが、先行するマリーディ機から直接肉眼で見える距離で『正統王国』の小型機が空気を引き裂いて交差する。いかにも『正統王国』の連中が好きそうな、主翼と水平尾翼が一体化したデルタ翼機だ。

（っ？　連中が主力で使ってる S/G-31 よりかなり小さい……。機能を絞って低価格帯に路線変更した、高速道路から離陸できるとかいう S・Cu-25 辺りか？）

こちらとしても、あれもこれもと欲張っても仕方がない。マリーディは急旋回して五機の内の一つを切り分けるような格好で後ろを取りながらも、

「オーバーサイズ、そっちにも行くぞ!!」

『なに俺に華でも持たせてくれんのか、ひっく？』

鈍重な爆撃機と思って油断していた『正統王国』軍の小型デルタ翼機 S・Cu-25 が慌てて身をよじった。逃げる戦闘機を追いかけるように花火のような光のラインが追い回していく。爆撃機 Rev-51 の腹に取りつけられた対空防御用の機関砲の曳光弾だ。

一発一発が口径で言ったら金槌の頭ほどもある。それが毎分三〇〇〇発以上。まるで光の滝をぐりぐり回すような猛攻だが、しかし、それだけで小回りの利く戦闘機を落とせる訳ではない。

格下の相手からの攻撃で傷つけられる事を嫌ったのだろう。一転して、いやに慎重な素振りでデルタ翼の小型戦闘機は爆撃機の真後ろにビタリと張りつく。

ドッグファイトでは一番危険な位置取りだ。

だがクラハイト＝ルビィハンターは笑っているようだった。

間抜けな掛け声と同時だった。

『あらよっと』

ぶわりっ!!　と。左右の可変翼を限界まで広げた上で機首をほぼ垂直になるまで引き上げる。爆撃機ではありえない特殊挙動、コブラ。そして猛烈な空気の塊が爆撃機の主翼から真後ろに流れ、見えない打撃をまともに浴びた敵戦闘機S・Cu-25の機体がブレる。一時的に揚力を奪われ、失速したのだ。

機首を下にして、錐揉み状に落ちていく。

デルタ翼には様々な利点があるが、一方で、爆撃機に合わせて速度を落とすと挙動が不安定になるデメリットもある。そして鋭く曲がる飛行機というのは、言い方を変えれば良くも悪くもバランスを崩しやすい飛行機とも言えるのだ。

『テメェら粗チ○な戦闘機とは翼の面積、空気を動かす力が違うんだぜ？　迂闊(うかつ)に真後ろなんかに張りつきやがって、人工的な風の塊の影響力とか分からねえのか。局地的な乱気流に呑(の)まれて踊りやがれ』

　そしてそこでは終わらない。

　巨大な爆撃機の腹から、マリーディ達が使うのと同じ細長い空対空ミサイル(AAM)が飛び出した。ここ最近の輸送機や爆撃機はこうした対空兵装(カウンターウエポン)を装備しているが、実際に本気でこちらを狙ってくる戦闘機を撃ち落とせる可能性は皆無と言って良いだろう。

　ただし一時的とはいえ揚力を奪われ、錐揉(きりも)み状(じょう)に落ちていく失速機であれば話は違う。ろくに回避行動も取れないまま、『正統王国』のデルタ翼機が大きく爆発していく。

『着弾確認(アタックデルタ)、撃破(ストライク)だっけか？　ははっ、爆撃機が戦闘機を落としやがった！　こいつも記録更新じゃねえのか？』

「呑気(のんき)に喜ぶのは全部終わってからにしろ!!　オーバーサイズ、七時と一一時!!」

『なら流行(はや)りのスマート戦争だ。アイスガール１、「耳目」は預ける』

　マリーディは舌打ちすると自分が追い回していた敵機にミサイルを撃ち込んで黙らせ、それから操縦桿(そうじゅうかん)を一気に引き上げた。

　爆撃機Rev-51の機銃(レギュラーガン)やミサイル防御(カウンターAAM)は完璧ではない。大きすぎる自分自身の機体が邪魔になって死角が生まれるからだ。当然ながら、鈍重で大きく曲がる爆撃機では戦闘機がやるような『後ろの取り合い』もできない。

巨大な左の主翼の下、そうした死角の一つに潜り込んでご満悦な『正統王国』軍の小型デルタ翼機S・Cu-25。だがそこへ、爆撃機の真下を抜けたマリーディの操るZig-27がレーダー波を浴びせかける。

「電波照射(アタックアルファ)、照射完了(アタックブラヴォー)、ロックオンだ」

『了解アイスガール1、照準共有(リンク)成功、同じく照射完了(アタックブラヴォー)』

ふぁしゅ!! と爆撃機からありえないタイミングにありえない角度で空対空(AAM)ミサイルが飛んだ。死角を確保していたはずの『正統王国』軍のデルタ翼機を正確に追いかけて粉々に爆破する。

マリーディ機のロックオン情報を爆撃機が共有し、ミサイルを発射したのだ。

声を重ねてマリーディとクラハイトは同時に言った。

「『着弾確認(アタックデルタ)、撃破(ストライク)』」

飛行機乗りにとっては賛否両論ではあるが、今時のテクノロジーを使えば地上のレーダー施設の情報を参考にロックオンし、空母から命令を出して空飛ぶ戦闘機の翼から遠隔でミサイルを発射させる事もできる。パイロット本人の発射ボタンすらいらない訳だ。

『オーバーサイズよりアイスガール1。気づいたかよ？　ヤツら、意外なくらい近づいてからじっくり空対空(AAM)ミサイルを撃ち込もうとする変なクセがある。でなけりゃ空気の力なんかで揺さぶられるかよ』

「それが？」

『上を見ろ、オーロラや磁気嵐にビビってんだ。巡航ミサイル（CM）があれだけのロングシュートを決めてるんだぜ？　実際にゃあそんなそこまで影響は出ねえのによ。気象条件に翻弄されて「かもしれない」の迷信だけでおかしな挙動を繰り返しているって事は、こいつらよそ者か……？』

　防空部隊八機の内、最初のヘッドオンでマリーディが三機、爆撃機の空気の揺さぶりと空対空ミサイル（AAM）で一機、マリーディが追加で一機、二人の共同作業で一機落としている。

　S・Cu-25は残り二機。

　マリーディ＝ホワイトウィッチは操縦桿（そうじゅうかん）の表面を親指の腹で弄びながらこう伝えた。

「アイスガール1よりオーバーサイズへ。後は私の方で引きつける、お前は空爆準備を」

『おいおい大丈夫かお嬢ちゃん？　それじゃそっちは一対二だぜ。俺はやだよ、クールな金髪レディがゴリゴリのマッチョどもに前も後ろも挟まれてタイヘンな目に遭うトコ見るのなんか』

　返事の代わりに、すれ違いざまに機銃掃射で敵戦闘機を一機落とす。

　残りは一機。一対一。

「機銃発射（アタックガン）、撃墜（ストライク）。……爆撃機のアクロバット飛行なんぞに頼っている方が異常事態なんだ。いいから私に自分の仕事をさせろよ」

『了解アイスガール1。うー、それじゃあ本番前の景気づけだ、もう一杯呑(の)んでおくかあ。ダブルダブル、と……』

……こいつはアジアの大国辺りの酔っ払い拳法でも極めて空中戦に組み込んでいるのか？
実際にエースパイロットから見ても（絶対に本人には言いたくないが）舌を巻くほどの腕前を知ってからだと、なおさらちゃらんぽらんな酒呑(さけの)みの部分が信じられなくなってくる。
『正統王国』側もマリーディ達の攻撃目標には気づいているだろう。だが一対一の状況だと、マリーディが喰(く)らいついて『決闘』に引きずり込む限り、最後の一機は爆撃機を追う作業に移れなくなる。

そうこうしている内に、爆撃機Rev-51は機体を水平に保ち攻撃モーションに入った。

『兵装選択スマート爆弾、風向きその他問題なし、機体の速度・角度は許容範囲内。それじゃ始めるぜ。投下軌道準備(オンユアマーク)、爆撃準備開始(スタンバイ)』

照準情報は互いに共有している。

金属反応や熱源など、塗り潰したように真っ暗な地上に白く浮かび上がった車両や兵士の影がぱっちりと映る。

（多いな……。森の中にちょっとしたキャンプ場ができてやがる）

まあ一度の攻撃で一〇〇発以上の巡航ミサイル(CM)の雨を降らせるのだ。重量一・二トン、地上すれすれを飛んで確実に爆発物を届ける巨大なミサイルが三ケタ。三ヶ所に分散しているとはいえ、コンテナ状の発射車両から予備弾薬、クレーンやトラクターなどの再装塡機材、暗号通信部隊、電源や燃料給油、それから簡易式の兵舎や食堂に外周警備まで。全部合わせれば小さな村くらいはできるかもしれないが。

　マリーディ側のモニタにも爆撃機の地上攻撃マーカーが重ねて表示されていた。予想落下地点の爆発圏内が赤い楕円形(だえんけい)とウニのようなトゲトゲで描かれていく。爆撃機が飛ぶ直線的な侵攻コースに合わせ、爆炎、爆風、破片まで含めた予想被害範囲で全てが埋まっていく。一本道の破壊予定が小さな画面を満たしていく。黒々とした森から浮かび上がった白い影を例外なく呑(の)み込(こ)む格好だ。

『スリー、ツー、ワン、投下開始(シュート)……。有効妨害なし、全弾GPS誘導は予定通り。目標ライン、正常に進行』

　全部その通りに現実の大地が爆炎で埋まっていった。

ドグワッッッ!!!!!!　と。

二月の北欧、その冷たい夜の空気が焼き焦がされていく。

高度が高度だ。

戦争なんて何も知らない人達が暮らす『安全国』を容赦なく狙い、邪魔する空軍基地(AB)を一方的な奇襲作戦で消滅させたクソ野郎どもの悲鳴や怒号が七〇〇〇メートル先の夜空まで聞こえる事はない。だが夜の闇が拭われ、針葉樹の森を大きく抉って、四角いコンテナを乗っけた巨大なトラックが空中に舞い上げられて分解されていく様を見るだけでも十分だった。

『ひゅーう!! 着弾確認よし。全弾起爆完了、不発ナシ！ 良いねえ地球に優しい戦争だ!!』

いかに高度情報化された最新鋭のドッグファイトでも、パイロット自身の動揺はやはり完全払拭できないのか。地上軍が消滅したタイミングでわずかに敵機が硬直したのをマリーディは見逃さず、機銃掃射で真後ろからそのエンジンとデルタ翼を噛み砕いて吹き飛ばしていく。

「機銃発射、撃墜。こっちも今のでラスト、復讐は虚しいね」

『ひっひ。最強ちゃんはクールだな、エース様のニヤケ面が透けて見えるようだぜ』

「それより今ので爆弾使い切っていないだろうな？ まだまだ破壊目標はたくさんあるぞ、わふわふ」

『やっぱりこいつが一番楽しんでやがる』

5

とはいえ、一見こちらが優勢ではあるが実際には危険な綱渡りが続いている。そもそも地上攻撃に特化した爆撃機を空中戦に引きずり込んでいる事自体が、護衛作戦としてはほとんど致命的に近い。とはいえ複数方向から同時に迫られると、マリーディ一機だけでは庇い切れないのも事実だ。これぱっかりは技量でカバーできる問題でもない。

(そうなると、どうにかして追加の護衛機を調達したいところだが……)

「ふむ。……確か隣の空域にはヤツらがいたな」

『あん？』

「アイスガール1よりオーバーサイズ、次の破壊目標に向かう。三つある巡航ミサイル発射部隊の二つ目だ。それから一つおねだりしたい」

『何だ、珍しい。高飛車に上から目線で命令じゃなくてか』

「その爆撃機、防御用に分厚いフレアやチャフも積んでいるよな？　今度は私の言うタイミングでわざと一発向こうに撃たせろ。そうすれば戦況が変わる」

『……おい、まさかお前まで呑んでねえよなちびっ子？　そりゃ作戦の要になってる俺様がミサイル直撃して落ちりゃあ戦況は大きく変わるだろうさ!!』

「だから飛んできたミサイルをよけるのも織り込み済みだクソ馬鹿酔っ払い。いいから、後で苦しみたくなければここは私の指示に従え。こいつはアリとキリギリスだよ」

『正統王国』軍はすでに巡航ミサイル発射部隊の一つが空爆で消滅した事は把握しているはずだ。マリーディ機のレーダー画面にも、追加の光点がいくらか浮かび上がっている。地上のランチャーから、パイロットの寿命を削って全身の毛細血管を破る格好で複数の迎撃戦闘機が打ち上げられたのだ。

機影はひとまず六機。

イマドキの北欧禁猟区では誰が作っても似たような設計になって性能差の出にくくなったステルス機よりもＥＣＭ装置の搭載機の方が優遇される傾向にある。が、赤外線や妨害電波をばら撒く（まく）ＥＣＭは、裏を返すと自分から機影の位置や数を教えかねないリスクも備えていた。

どんな技術であっても使いようだ。

まだロックオンもされない距離からジャミングを仕掛けても特にメリットはないというのに。

さらに直接狙われてはいない別の発射部隊からも戦闘機が打ち上げられた。距離が離れている分だけ時間差はあるが、仮に全部合流したら一五機以上の大部隊になる。

単純なスペックだけなら大型で高級な制空戦闘機であるZig-27の方が有利だが、これだけの数になると小柄で廉価版のデルタ翼機S・Cu-25に貪り食われる羽目になってしまう。

『来たぞ、来た来た……』

「まだだ。もっと引きつけろ。座標一四七の五五二から座標一五三の五五二へ、南に向かって真っ直ぐ（ますぐ）飛べ。優先は計器だ、雲に突っ込んだくらいで方向感覚惑わされるなよ」

『さっきよりも大分決断が速いよ、連中それだけ警戒してくださっているって訳だ！　次は油断して隙なんか見せてくれねえぞ。「恐怖」ってのは一番やべえ戦争の起爆剤なんだ!!』

「分かってるよオーバーサイズ。だがここが土俵際（どひょうぎわ）なんだ」

『あん？』

「『恐怖』は度が過ぎるとデメリットにもなりえる。外から他人の手で良いように操られるための窓口を、わざわざ自分から開放してくれる訳だ」

マリーディは操縦桿を倒して機体をねじり、左側に大きく旋回した。

わざと爆撃機から離れて攻撃を誘うための下準備だ。

『おいっ、ほんとにレーダー波浴びてるよ？　警報！　ロックオンされてるッ‼』

「全部予定通りだろ。ほら欺瞞用意」

ヘッドセットみたいなチューブから酸素を吸うのを忘れる。マリーディにとっても緊張の一瞬だ。

狙い通りに行かなければ何の工夫もない殴り合いに呑み込まれる。そうなった場合、二対一五では流石に手の打ちようがない。しかもこちらは片方爆撃機だ。

「……ビビるな。三時方向だ、そっちからミサイルを撃たせろ。撃たせた上で確実によけろよ、それで道が開く」

『見ているだけのわがまま姫は簡単に言ってくれるぜちくしょうが。来たっ、照射完了‼　ミサイルが来る‼』

花火大会のように丸い光点が大量にばら撒かれた。

爆撃機 Rev-51 が防御用にばら撒く囮の熱源、フレアだ。

とはいえ絶対の精度とまでは言えない。騙し切れなければ容赦なく空対空ミサイルは爆撃機の腹を食い破る。

ギュン‼　と。

白い煙の尾を鋭く引いて、半導体でコントロールされた爆発物が爆撃機のすぐ上を横切っていった。欺瞞が働いていなければ近接信管が作動して爆風に喰われているところだった。

『おっかねえ‼‼‼』

「だが当たってない。きちんと報告だオーバーサイズ、回避に成功、交戦維持」

『簡単に言ってんなよな‼　一発よけても状況は変わらん、もうおしっこ漏れそう！』

「それはお前の度胸と飲酒の問題だバカ。状況が変わらないだって？　そいつはどうかな」

そして望むタイミング、望む角度から放たれたミサイルを無事回避さえできれば、次はこっちの番だ。

たった一回死の賭けを乗り越えるだけで、一〇〇度の危機を安全に突破するためのカードが揃う。

「……連中と何度かぶつかって分かったが、『正統王国』のヤツら、空対空ミサイルに自爆機能を実装してない。外したミサイルは何の処理もされずにどこまでも飛んでいって、燃料が切れたら切れたで勝手に地上へ落ちていくアブない設計だ」

技術がないとは思えないから、おそらくは重量軽減か金銭的なコストカット目的だろう。だがおかげでつけ入る隙ができた。

　つまり、

「ここは担当空域の端だ。よけたミサイルが目には見えない地図のラインを割ってしまえば、隣のエリアの連中は自分達が攻撃されたと判断する。最低限のエチケットをケチる『正統王国』のアホどもにその気がなかったとしてもな」

　マリーディ＝ホワイトウィッチは意地悪く笑ってこう言ったのだ。

「狙いはこうだ。『容疑者』の私の手を離れて別の航空団に組み込まれていたアイス飛行隊の馬鹿どもに大義名分を与え、私達の戦争に引きずり込む。それで護衛機を確保できるさ」

　新しいレーダー波が戦場に解き放たれ、横合いから飛んできた複数の空対空ミサイル（AAM）が『正統王国』軍のデルタ翼機S・Cu-25を殲滅（せんめつ）していく。

　確かにマリーディ側の目論見（もくろみ）は当たったが、それにしたって対応が速過ぎる。

　おそらくは担当エリアの内側ギリギリであらかじめ待機し、マリーディが扉を開ける瞬間をじっと待っていたのだろう。

　やりたいだけでは軍の兵士は動けない。

　ヨツンヘイム空軍基地の連中が死を賭（と）してマリーディに自由を与えたように、助力を求めるならそれなりのお作法が必要になってくる。そしていったん鍵を手に入れてしまえば、後はこちらのものだ。

『アイスソード2。着弾確認（アタックデルタ）、繰り返す、着弾確認（アタックデルタ）で撃墜（ストライク）!!』

『アイスホース3よりアイスガール1へ、我々も夜の乱交パーティに交ぜてもらっても？』

『こちら「スカイブルー.inc」アイスバーン4、オーロラ航空団の隊長は教科書を指差し確認するだけの退屈な男でした。ほんとに下の毛生えてんのかあのオヤジ』

口の悪さは相変わらずだ。

指摘するとリーダーに育てられたと冤罪（えんざい）を押しつけられるのでいちいち声には出さないが。

爆撃機から不思議そうな声があった。

『あれ？　アイスバーンだけ綴（つづ）りがICE系じゃなくね？』

「アイスガール1よりオーバーサイズ、他に良（い）いのがなかったんだ。アイスペール4にすると言ったらお願いだからやめてくれと泣きつかれてな」

マリーディは小さく笑って、

「首輪は外したぞ諸君。二五〇キロ爆弾（スマートボム）と空対地ミサイル（ASM）を使って今まで良（い）いようにやられてきた借りを返すだけの簡単なお仕事だ、ちょっと付き合え」

『アイスソード2。わお、美味（おい）しいトコだけもらってしまって良いのか？』

マリーディ含め、護衛機が四機に増えるとできる事の幅が一気に変わる。何しろ高級で大型なZig-27が四機だ。アイス飛行隊が操る戦闘機はもちろん、データリンクで爆撃機の迎撃システムとロックオンの情報共有さえできれば、動きの遅いオーバーサイズが積んでいる空対空ミサイル(AAM)でも迫り来る敵機を逆に撃ち落とせる。

　小回りの利(き)く戦闘機がロックし、積載量に優れた爆撃機の火力に頼る。

思わぬ反撃に敵編隊が動揺すれば、そこを改めてマリーディ達がつついていく。

　第一陣の六機はアイス飛行隊の合流時に撃破してある。第二陣、離れた発射部隊から派遣された九機を殲滅(せんめつ)すれば、後はもう丸裸だ。

　逃げ惑う敵地上部隊の真上を爆撃機が通り抜け、一拍空けて爆破の花が連続的に咲き乱れていった。一つ一つが直径一〇〇メートルを超える灼熱(しゃくねつ)と衝撃波の塊、地獄に咲く花そのものだ。その繰り返しで良い。

『着弾確認(ストライクチェック)完了、オーバーサイズより各機。全弾起爆完了、不発ナシ。これで三つ目の発射部隊も全滅だぜ!!』

「アイスガール1よりオーバーサイズ、だがまだ終わりじゃない」

　今までは、扇の端を順番に潰していっただけだ。

　全てを束ねる中心点には、冷徹に発射命令を下していた司令部(HQ)がまだ存在する。

　手足をもいだら勘弁してやるなんて話にはならない。『ロワイヤルエルフォルス.inc』ヨツンヘイム空軍基地を襲った『正統王国』軍は、こちらが頭だけでは抵抗できないと分かっていながらその靴底で容赦なく踏み潰していった。きっちり借りを返すためには、こちらもヤツらの頭を潰さなくては帳尻が合わない。

『オーバーサイズより各機。よお、着弾確認(ストライクチェック)用の対地観測カメラが面白いもん捉えたぜ、そっちのモニタにも共有してやる』

「おいよせ、変なもんシェアしてくるなよ。二五〇キロ爆弾(スマートボム)で粉々に吹っ飛んだグロ死体なんぞに興味はないぞ」

『違う。これ見ろよ、兵士の千切れた腕だ』

結局グロ画像ではないか。

回されてきたのは爆撃機の腹に取りつけられたハイスピードカメラの分析画像だ。抉(えぐ)れて消滅した針葉樹の森に、ガソリンや火薬が誘爆して炎に巻かれる人間のシルエット。そんな中に、クラハイトが丸く印をつけて囲った何かがあった。

軍服ごと千切れて転がっている男の右腕だった。

重要なのはそこではなく、衣服についた部隊章だったが。

『ここだ、何か分かるかも？』

太い鎖を潰し切る、分厚いハサミの意匠。それを見てマリーディは柄にもなく呻(うめ)いた。

「……ちくしょう、チェーンカッター部隊だ。各機要警戒！」

『ひっく、お嬢様のお知り合いか？』

「悪名高き、ってヤツだよ。『正統王国』軍の汚れ仕事担当、北欧禁猟区出身で大好評につき世界デビューしていった部隊だ。陸軍ベースだが実際の標的は陸海空全部。仕事の内容は兵站(へいたん)関係(かんけい)の『切断』。こいつらは相手が武装した兵士かどうかなんて考えない。ボランティアだろうが医師団だろうが、自分にとって不利益な荷物を運んでいると判断すれば迷わず『切断』に入る。……ウチら『資本企業』も軍民問わずかなりやられているはずだ。チェーンカッター部隊が無秩序にばら撒(ま)いた地雷のせいで古代エジプトのピラミッドまわりは向こう三〇年観光客を呼べなくなった。ヤツらはやるだけやって勝手に撤退し、今も推定四万個の爆発物が埋まったままだ。多分実際にはもっと多い」

『陸が専門っつーと、オーロラにビビってた防空部隊は外からの借り物かね』

『アイスソード2よりアイスガール1へ、つまりちょっとは歯応えのあるクソ野郎って事か？』

「ああ。陸海空全部って言ったろ、これで終わりじゃない。空路を断ち切るためのオモチャを現場に持ち込んでいるとしたら、レンタルだけじゃ済まさない。まだ何かあるぞ……」

　不気味だが、『かもしれない』だけで引き返すほど悠長な状況でもない。これは適当に被害を出して脅しとしての政治効果を見せたら後はのんびり撤退するだけの、いわゆる『遊覧飛行』ではないのだ。どちらかが焼けた鉄くずになるまで続ける、本気の殴り合いである。

　同じ戦場で出くわしたら、生きて帰るのは片方だけで良(い)い。

　空中戦とはそういうものだ。ヤツらチェーンカッター部隊はそんなエースの理(ことわり)を踏(ふ)み躙(にじ)った。

そして卑怯者（ひきょうもの）は、自分が生き残る事にかけてはとことん創意工夫を展開させるはずだ。

では具体的に何がある？

（……、）

思案するマリーディとは別に、味方間で通信電波が飛び交っていた。

『アイスホース3よりオーバーサイズ。うちのカワイイお嬢が世話になった。ついでに尋ねたいんだが、敵司令部（HQ）は本当に扇の内側にあると考えて良いのか？』

『オーバーサイズ。電波の発信状況はそう示してるよ、暗号通信の中身は暴けねえがいつどこから電波が出ているかは分かる。シンクロニシティ？　このタイミングの良さで何度もやり取りしてんだ、発射部隊の動きとリンクしてねえはずがねえ』

『アイスバーン4より各機。……でもそうなると、海に出ますね？』

僚機の言う通りだった。

エギル湾。北欧禁猟区はやたらと湾や海峡が多いのでも有名だが、この一帯は大陸北側とスカンジナビア半島に挟まれた北欧禁猟区の『内海』だ。なまじ下手に石油やレアアースが眠っているものだから、ただでさえ危険な火薬庫が不発弾化している事でも有名である。扇状に展開されたミサイル発射部隊（CMランチャー）から等距離の『扇の中心』を求めると、真っ暗な海の上に出てしまう。

海には人工物が多い。

大型の探査船や掘削船はもちろん、海底油田のプラットフォーム、洋上風力発電や太陽光発電の群体プラント、さらには取り出した海底資源を陸まで届ける大小無数の輸送船まで。爆撃機Rev-51と情報共有した結果白く浮かび上がる影の群れは、ここが海の上である事を忘れてしまいそうなくらい密集している。

中でも一際目立つのがこれだった。

『オーバーサイズより各機。見つけたぜえ、一〇時方向五〇キロ先、ＦＳＰＯだ』

「採掘用メガフロート？」

益体もない思案を切り、怪訝な顔で会話に加わるマリーディ。

『厳密にゃあ違うな。プラントキャッスル、「正統王国」系企業のエネルギー複合施設ってヤツだよ。個人の尖った専門店じゃなくて、何でも揃ったショッピングセンターって感じかね』

クラハイト＝ルビィハンターはくつくつと笑いながら、

『ベースはもちろん海底に眠ってる石油の吸い上げだが、周囲の海に太陽光のパネルと風力のプロペラをでっけえ花みたいに広げてる。いつ殺して民間会社から奪ったんだか知らねえが、つまりサッカーグラウンドより巨大な発電機のオバケだ。連速ビームだかレールガンだか、とにかくそそり立ってる電動オモチャを固定すりゃ何でもフルスペックで使えるはずだぜ』

マリーディは感心というよりも半ば呆れていた。

「固定砲……。連中、どうやって自分自身を莫大な衝撃波や放射熱から守るつもりだ」

『まあイロイロあんじゃね？　即席とはいえ向こうだってテメェの命がかかってんだ。例えば自分から溶ける事で熱を逃がすアブレーション加工を一発ごとに使い捨ててるとか。スペースシャトルを熱圏から守っていたのは貧弱なプラスチックだったって話知ってる？』

『アイスソード2。冗談じゃない、それじゃヤツらご自慢のナニに薄いゴムを被せて安全確保してるって事か』

『アイスバーン4よりオーバーサイズ、これだけ人工物で溢れ返った汚い海で何でそのフロートだってピンポイントで断言できるんすか？』

『そっちのパッシブレーダーは反応なしか？　さっきから真っ直ぐロックオンされてる。おそらく気圧差識別、航空機が空気を突き破って作ったラインを逆に辿って標的の現在位置を探るヤツだ』

慌ててマリーディがZig-27の操縦桿を掴み直した直後だった。

ガカァッッッ!!!!!!　と。落雷にも似た閃光が少女の網膜を真っ白に焼いた。もちろん光の速さで飛んでくる対空レーザービームを目で見て捉える事はできない。夜空に焼きついているのは、あくまでも五感の乱れが生み出した残像に過ぎない。

自覚的な動作でかわせる相手ではない。

戦闘機にかき乱される空気の流れそのものを追尾して逆に辿っていく気圧差識別ならECMやジャミングなどの妨害電波で狙いを外せる方式でもない。

にも拘らずアイス飛行隊が生き残った理由は、彼女達が護衛している爆撃機にあった。

レーザービーム照射のギリギリ手前で、爆弾倉が開いたのだ。何もない夜空に放り出されたのは特大の燃料気化爆弾。エアロゾル化した可燃物が着火し、空間一帯の酸素を呑み込みながら直径二キロの空間を超高温で焼き尽くす戦術兵器だが、これだけあれば大気条件そのものに干渉できる。

そして空気の温度差による密度の断層が生み出す光学屈折現象が、いわゆる蜃気楼。最新テクノロジーと言っても魔法ではない。軽く一〇〇年以上前から知られている物理現象には逆らえない。

レーザー兵器が直撃寸前で不自然に曲がらなければ、アイス飛行隊の誰かが死んでいた。それはマリーディかもしれなかった。

『ひゅう!!　オーバーサイズより各機、死にたくなけりゃ頭を下げて散開しな。ビル風なんかと一緒で気圧差識別は障害物に干渉されやすい。こんなのは何度もタイミングを合わせられるもんじゃあねえぜ!!』

「分かっているんだろうなオーバーサイズ、連中の最優先目標はどう考えたってお前だぞ!?」

『だから火酒が必要なんだろが馬鹿め。途中でバカスカ落としていったとはいえ、こっちが腹ん中に爆発物を何十トン抱えてると思ってんだ。制空権の確保も終わってねえ対空射撃だらけの低空なんぞシラフで飛べるかよっ。花火大会のトリにはなりたくねえ!!』

明かりのない真っ暗な海。

しかも石油採掘系を中心にそこらじゅうは人工物だらけ。

こんな中を海面すれすれまで降りていくのは自殺行為も同然なのだが、しかし、だからこそマリーディ達に活路を生み出す。不純物の多い潮風や波の飛沫はレーザーの屈折を促し、各種プラントや大型輸送船はそれ自体が敵照準から身を隠すための遮蔽物として使える。

『オーバーサイズより各機。プラントキャッスルがフル稼働なら発電能力は九八万キロワット以上だ。あのフロートだけで街一個分くらいは余裕で賄える計算だな。このオーロラのお美しいフィヨルドだらけの北欧禁猟区でだぜ、下手に電気を作り過ぎたせいでかえって買い手を探すのに苦労してるようだがね』

『アイスバーン4。九八万って、もうそこらの原発と肩を並べてるじゃないっすか……』

『アイスホース3より各機。それでもオブジェクトの動力炉には劣るだろうが、全部集めりゃ副砲の一つ二つくらいなら賄えるエネルギーだ。しかも相手は悪名高い「正統王国」のチェーンカッター部隊、これだけで終わるとも限らん』

僚機どもの言う通りだった。

しゅどあ!!　という火薬めいた発射音が響いたと思ったら、例のプラントの周囲でレーダーの光点が増えた。またランチャー車両から迎撃戦闘機S・Cu-25が打ち上げられたのか。そう考えるマリーディだが、様子が違う。

レーザービームで守られた空に上がった戦闘機は四機。

だが射程外からロックオンもせず、いきなり翼からミサイルらしき小さな光点が二つずつ解き放たれていく。いいやミサイルではない。謎の飛翔体は戦闘機の周囲を併走した後、まるで獲物を追い立てる猟犬のように独立した挙動で戦場を大きく囲い込み始めたのだ。

これまでのS・Cu-25とは明らかに挙動が違う。

死の花が開き、そして大顎が閉じるようにマリーディ達を包囲していく。

『アイスソード2よりアイスガール1へ、ありゃ向こうのエース様か？』

「アイスガール1より各機、敵機の詳細は不明。同機影から先行射出されたのはおそらく遠隔操作モデルのUAVだ！　ロックオンされるなよ!!」

マリーディ自身もやっていたはずだ。

戦闘機Zig-27と爆撃機Rev-51の照準データを共有し、ロックオン作業を省略して放った爆撃機側のミサイルで邪魔な敵機を落とす。

それと同じ事をアンノウンは戦闘機と無人機でやっている？　レーダー電波を吸収して、あるいは別方向に逸らす事で管制の画面から消えるステルス機対策として開発されていたUAV連動機を航空ショーのパンフレット通りに？

（いいや……）

先ほどのレーザービームを見なかったのか。小さくてすばしっこいUAVが非武装であってもロックオンされたら最後、照準情報が共有された瞬間に光の速さで飛んでくる固定の光学兵器に迷わず機体をぶち抜かれてしまう。

これでは固定のプラントキャッスルだけ意識して輸送船や採掘プラットフォームを盾にしても、レーザー兵器のロックオンから逃げられない。上から無人機で覗き込まれたらその瞬間にアウトだ。

(単純に重量が軽くて有人機の耐G限界も気にしない……。この可動域の少ない海面すれすれの低空で、いったん追い回されたら振り切るのは至難だぞ。いいや諦めるな、UAVにロックオンされてもデータが母機やフロートに届かなければばかわせる。例えばチャフやジャミングなんかができれば)

『オーバーサイズ。ういー、それよりもっとヤバいの見つけたよー?』

「今度は何だっ⁉」

『軍関係の暗号通信は中身を読めねえが、民間レベルなら話が別だ。なんか欧州まわりの航路がざわついている。感じからして、おそらく民間管制レーダーに映らない軍用機を通すために旅客機の航路を空けろって要請が出ているな。これまでの流れと無関係だと思う？』

「……それ、どこからどこへの航路変更だ？」

『東欧のワルシャワ国際空港から北欧禁猟区内「情報同盟」軍スノッツリ空軍基地。民と軍の境なんか余裕で越えてる、こいつは民間の旅客機って感じじゃあねえぜ。おそらく秘密の輸送機だ。だが実際に変更されたとすると、もうすぐうちらの頭の上を横切る飛行コースだぜ？』

マリーディは思わず物理的に狙われている事を忘れそうになった。

そうなると、だ。

「ワルシャワ空爆は……本命じゃ、なかった？」

『おそらく輸送機の身元は「情報同盟」だ。まずスノッリ空軍基地へ安全に降りられる飛行機なんてヤツらだけだし、「情報同盟」の連中、慈善活動やプロパガンダが得意でここんところお茶の間の好感度を上げてるからな。他の勢力からの軍事要請なら民間空港側がもっとゴネてる』

「それじゃチェーンカッター部隊は、巡航ミサイル（CM）を使ったワルシャワ空爆もヨツンヘイム空軍基地襲撃も、全部が全部『情報同盟』の輸送機一つを狙うためだけに話を進めていたって事になるのか。標的を確実に航路変更し、自分の『巣』に誘い込むために……」

サマンサは頑なに巡航ミサイル（CM）の存在を認めなかったが、『情報同盟』軍は違うらしい。困った事にきちんとビビっている。

『オーバーサイズよりお利口さんへ。俺達みたいな超絶エース様ならともかく、何も知らねえのんびり輸送機にいきなりあの対空レーザービームをぶつけてみろ。一発で蒸発確定だぜ』

『アイスソード2より各機。そこまでして絶対落としたい積み荷ってのは一体何かね？』

『アイスホース3。どうせお偉いさんが後生大事に抱えてる金では買えない何かだろ、悪夢みたいにぐねぐねした美術品とか排ガスの基準をぶっちぎったクラシックカーとか誰かさんの愛人とか』

言うまでもなく、マリーディ＝ホワイトウィッチは『資本企業』軍の人間だ。『正統王国』はもちろん、今狙われている『情報同盟』とも敵対関係にある。戦場で鉢合わせしたら迷わず銃を抜いて胸に二発撃ち込むならともかく、わざわざ助けてやる義理なんて一個もない。

だが。

一対一の殴り合いではない。最初から抵抗できないと分かっている相手をただ一方的に、寄ってたかって攻撃し続け、無傷で勝とうというその上から目線の『貴族』っぽさがマリーディはどうにも納得いかない。もちろんそれが合理的で効率の良い戦争なのだろう。にも拘らず強い嫌悪と反発感が先立つのは、やはりマリーディ＝ホワイトウィッチが天空を舞い、後ろを取り合って、磨き抜かれた敵勢力のライバル達と無言の会話を行うエースパイロットだからか。

よって、躊躇はなかった。

元々、世話になった『ロワイヤルエルフォルス.inc』ヨツンヘイム空軍基地を消滅させたチエーンカッター部隊に一矢を報いるために戦っている。あの輸送機の中身が何かは知らないが、無事にこの空域を通過させれば『正統王国』全体に大きなダメージを与えられるのだろう。だとすれば、それは『小さな』戦場で敵兵の頭へミサイルや爆弾を落とす以上の『大きな』効果があるはずだ。

だから言った。

「……アイスガール1より各機。例の国籍不明機、推定『情報同盟』輸送機が当該空域へ侵入する前にケリをつける。残り時間は？　騎士道精神をすっかり忘れた『正統王国』のクソ野郎どもに、どれだけ戦争がスマート化しようが絵本の英傑はいると教えてやれ」

『アイスホース3。俺はどっちかというと西部劇の決闘のイメージだったんだが』

『アイスバーン4、どっちも一対一の殴り合いが好きなのは変わらないでしょ。いちいちケンカしないで下さいよ』

『オーバーサイズより各機。バーカウンターで馬鹿笑いしながら楽しい夢を語りてえなら今は急げよ。丸々太った七面鳥の機影自体は見えねえが、民間空港のざわつき加減から察するに二〇分もなさそうだぜ』

　ぴんっ、と。

　多目的モニタの端に警告アイコンが点灯したと思ったら、合成音声の派手な警告ボイスが繰り返し鳴り響いた。

　マリーディの頭上で十字を描くように、ほとんど空対空ミサイル（AAM）と変わらない細長いUAVが横切っていった。普通の戦闘機ならこんな位置取りで交差してもミサイルは曲がり切れずに外すだけだが、無人機側はそんなセオリーなど考慮しない。

「照射完了（ディフェンスブラヴォー）、ロックオンされた!!」

叫んだ直後だった。

バジュワッッッ!!!!!!　と。溶接の光をひたすら大きくしたような閃光の塊と共に、すぐ隣にあった野球場より大きな石油プラットフォームが溶けた飴のように吹き飛ばされ、レーザービーム砲が襲いかかってきた。

離れ小島のように分断されたレーダー照射領域を共有すると、間にどんな障害物があるのかは逆に見えなくなるのだろう。

事実として、間に不純物が挟まった事でわずかにレーザービームが屈折し、マリーディは助かった。だがそんな事でホッとするはずもない。高級自動車の三倍以上の速度で低空を突っ切らなければ大量の瓦礫に呑まれている。つまりそれだけの民間施設が容赦なく崩れていくのだ。現在進行形でサーフィンの大波のように崩れていくプラットフォームの真下を潜りつつマリーディが怒気丸出しで吼えた。

「野郎ッ⁉」

『アイスソード2よりアイスガール1へ。この辺のプラントはほとんど無人化されている、オペレーターが詰めてるコントロール室に直撃さえしなければ人的被害はないから安心しろ』

そして会話をしている間にも戦闘機 Zig-27 や爆撃機 Rev-51 は常に前に進んでいる。

マッハの世界で生きるマリーディ達にとって、たかが五〇キロなんて目と鼻の先だ。

『アイスホース3よりアイスガール1へ、狙いは⁉』

「アンテナや通信設備。とにかくプラントキャッスルの固定レーザービーム、戦闘機、小型UAVの連携を断ち切れ!!」

叫び、マリーディは危険を承知でZig-27の機首を上げる。

海面すれすれから高度を上げ、まるで海に浮かぶ城のように尖った煙突をいくつも突き出したメガフロートの真上を突き抜ける格好で攻撃態勢に入る。

（そもそもが空対空装備で無理矢理当てるんだ。一面デカい金属の塊だから電波や赤外線で個別にロックオンはできないか。なら画像識別、狙いは一際目立つパラボラアンテナ!!）

一つ一つの大きさは直径五メートル以上。いくつかの丸いお皿を密集させ、リボルバーのシリンダーや蜂の巣のようになった特殊なアンテナを風景から切り取る。狙いを定め、撃ち込むというより空間に置いて落とす感覚で空対空ミサイルを無理矢理地上目標に叩き込んでいく。

そのはずだった。

しかし実際には手前の何もない空間でいきなりミサイルが破裂した。

「っ？」

『アイスソード2よりアイスガール1へ、ヤツは未だ交戦維持だ。何かに遮られた!!』

レーザービームではない。金属を無理矢理焼き切った時に生まれる、あの溶接より凄まじい閃光が伴わなかったからだ。

何か別の仕掛けがある。

『アイスホース3より各機。自由落下の爆弾も効かない、手前で誤爆している』

『アイスバーン4よりアイスガール1へ、あの野郎、なんか殺人的にレーダー出力上がってないっすか⁉　煙突の螺旋階段(らせんかいだん)で「正統王国」の兵士が焦げてるっぽいんすけど‼』

マリーディ達はいったん標的のプラントキャッスルの真上を突き抜けていく。

再び高度を下げて海面すれすれに逃げ、逆襲として襲いかかってきたレーザービームをやり過ごしながら大きく旋回してもう一度機首の向きを海上の固定目標に揃(そろ)えながら、だ。

『オーバーサイズより各機。おそらくてっぺんにあるあのレーダーだぜ。普段は戦闘機やUAVから照準データをリンクするために使っちゃいるが、ピンチになると瞬間的に出力を跳ね上げて分厚い電磁波の壁を作る。ミサイルはもちろん誘導機能のない爆弾でもダメだ、信管そのものが誤作動して破裂するんじゃ突破しようがねえ』

『アイスソード2よりオーバーサイズ。機銃掃射で破壊する線は⁉』

『多分無理。ハイスピードカメラの分析待ちだが、あのアンテナかなり分厚いぞ。積層構造で八〇センチ以上だとしたら戦車の前面装甲並だ、機銃(レギュラーガン)で薙(な)いだ程度じゃ真っ二つにできん』

一番初めに壊しておきたい最優先目標そのものが着弾を邪魔してくる。何かしら対策を練らないとこちらが追い詰められるだけだ。

『オーバーサイズより各機、イースタンユーロ気象台からブーイングの通信だ！　例の「見えない輸送機」が雨粒レーダーを遮ったんだとしたら最後のラインを割るまで一〇分‼』

（……どうにかして電磁波の壁を無効化し、分厚いアンテナにミサイルか爆弾を直撃させて破壊する方法は？）

そこまで考え、マリーディは自分で否定した。

（……いいや、その一点に囚われるな。あくまでも目的はオブジェクトにも使われている対空レーザービームを無効化してチェーンカッター部隊を壊滅させ、間もなくここを通過していく『情報同盟』の輸送機を無事にスノッリ空軍基地へ着陸させる事。分厚いアンテナや電磁波の壁に固執する理由は実はない。戦争という言葉の意味まで考えろ、私は『資本企業』軍の人間だぞ）

「アイスガール1よりオーバーサイズ。ご自慢のハイスピードカメラの画像をこっちに寄越せ」

『具体的に何の写真を？　風防越しにアンタのカワイイ横顔までばっちり捉えているけど』

「戦闘機から切り離された例の小型ＵＡＶ。……あと爆撃機の中でうずくまってる八五人はデスク仕事の得意な内勤職員だったよな？　そいつらと繋いでくれ、専門家にアドバイスを聞きたい」

『？』

傍らの多目的モニタにいくつかの写真データを表示させ、特徴的な尾翼やエアインテークを素早く精査していく。

（……流石にロットナンバーがそのまま打ち込んであるほど甘くはないか。だが感じからして

飛行機よりも巡航ミサイル寄り、『正統王国』系だとエリヴァーン社辺りか)

ゴッッッ!!!!!! と爆音が突き抜けた。

レーザービーム兵器で塞がれた窮屈な夜空を、チェーンカッター部隊側の迎撃戦闘機だけが悠々と飛んでいる。もちろんメインは照準リンクによる固定の対空レーザービーム砲だろうが、ヤツ自身が戦えない訳ではない。

機銃掃射で追い立てられ、遮蔽物のない高い高度まで誘い出されれば即死確定だ。光学兵器でやられる。

睨まれ、狙いをつけられたと理解しながらマリーディは迷わず言った。

「オーバーサイズ。お前の通信機器はこっちよりも強力だったよな? 今から言う魔法の弾丸を電波に乗せて北欧禁猟区の外まで撃ち込んでやれ、入力するのはヴィクトリアB宛て入力番号1502-9163-XXXX-0853から6374-0081-XXXX-4517、動かす数字はひとまず一〇〇〇、必要なら追加あり」

『おい、それって』

「良いから早く。それで勝てる!!」

警報が鳴り響く。

こちらがろくな反撃もできないと分かって、自由な空からチェーンカッター部隊の迎撃戦闘機がマリーディを狙っているのだ。

「アイスガール1よりオーバーサイズ。内勤の兵士達を叩き起こせ。爆撃機なら気象条件だのコリオリの力だの、各種投下計算のために馬鹿デカいコンピュータを積んでいるだろ。ご自慢の大規模通信設備と組み合わせるんだ、サイバー攻撃準備」

『どうやって⁉　映画の世界とは違うんだぞ、「正統王国」軍のネットワークへの窓口なんかどこに転がっているっていうんだ⁉』

「だから」

ぽん、とマリーディは多目的モニタに人差し指を置いた。

それだけで必要な情報は全て開示される。

「開発に関わったエリヴァーン社を丸ごと買収した。ヤツらは筆頭株主の私に社内情報を隠しておけない」

マリーディが連絡をつけたのは暇な『安全国』で待機している会計士だった。命令は『身分を偽造してこの時間でも開いている『空白地帯』だけど『資本企業』の色が強いホノルル市場に介入し、預けた金で（『空白地帯』の取引市場だと思って油断している）『正統王国』の防衛企業を買収しろ。

もちろん軍需と密接に結びついた大会社だ、こんな小細工はものの数分でバレる。

だがその数分間の間だけは、会社の頂点としてどのような機密情報であっても自由に引っこ抜く事ができる。ここ最近の高速インターネットを駆使すれば盗み出せるデータ量は単純にケタ違いとなる。

『それにしたって筆頭株主って……。一体どれだけ札束積んだらそんな事できるんだ』

「ああ、働いてばかりで金の使い方が下手くそだとよく言われるよ。だから使いもしない口座には金が溜(た)まっていく一方だ。正直ヴィクトリア銀行の口座番号をまだ覚えていた自分に驚いてる」

曲がりなりにもエースパイロット。特別枠の操縦士エリートほどではないが、戦う事それ自体を生き甲斐(いがい)とし、物欲がなく口座に入金されるばかりだとしたら、さて具体的に何ケタの数字が並んでいた事か。

「……これが『資本企業』の戦争だ。私達は金で弾丸を買って金のために死んでいく愚かな生き物なんだよ、『正統王国』」

八五人の内勤職員も軍人は軍人だ。

爆撃機 Rev-51 が積んでいる大型通信機器と演算装置は宝の山だろう。

得意としているデスクワークを駆使して、脆弱性(ぜいじやくせい)の露呈したＵＡＶネットワークに侵入、速やかに無力化していく。

『オーバーサイズより各機、モヤシどもからの伝言だ。敵軍データリンクの切断に成功、空は取り戻した!!』

　ゴッ!!　と。

　マリーディは一気に操縦桿（そうじゅうかん）を引き上げ、同時に不自然なまでにエンジンを急激に噴かせた。

Zig-27は海面すれすれからほとんど垂直に飛び上がり、呑気（のんき）に上空からじっくり狙いを定めようとしていたチェーンカッター部隊の迎撃戦闘機と正面から向き合う格好になる。

　交差の瞬間、マリーディにはヘッドオン状況で真（ま）っ直（す）ぐこっちに突っ込んでくる戦闘機のコックピットまではっきりと覗（のぞ）けるほどだった。

　そもそもパイロットを守る透明な風防（キャノピー）なんかなかった。

ただの丸い装甲が無機質に輝いているのを見て、複雑なシャッターで瞬（まばた）きするカメラレンズを眺め、マリーディは失望のため息をついた。

「……お前『も』リモートか」

　冷めた顔で呟（つぶや）き、そして操縦桿（そうじゅうかん）のトリガーを引いた。

　陸がベースという事は乗っているのは素人同然で、そいつを地上からネット越しに分厚くサポートしていたのだろう。

　機械に頼りきりのマニュアル人間相手にエース同士の会話はなかった。ただただ機銃（レギュラーガン）の風穴が立て続けに敵機を噛（か）み砕（くだ）いていく。

　交差が終わり、マリーディ＝ホワイトウィッチは二度と振り返らなかった。ただ後方で爆発が起きて命を持たない兵器が吹き飛ばされていった。

ガカアッッ!!!!!!　と。

落雷じみた閃光(せんこう)と共にプラントキャッスルから対空レーザービームが突っ込んでくるが、先ほどまでと比べれば精度は甘い。温度差はもちろん、水分、潮風による塩分濃度、煤煙(ばいえん)の粒子、とにかく何でも使える。『空気の濃淡の差』を利用した断層さえ意識すれば、レーザー兵器は曲げられる。

そしてその全ては、『高度三万メートル以上から誤差二〇センチ以内で正確に爆弾を落とす』爆撃機の投下条件計算コンピュータがあれば丸ごと暴ける。それはアイス飛行隊全体で共有できる。

マリーディは冷静に言った。

「アイスガール1より各機。狩りの時間だ、プラントキャッスルを沈めるぞ」

今度は彼女達が、上を取って襲撃する番だ。

プラントキャッスルには対空レーザービームの他にもあらゆるミサイルや爆弾の信管を誤作動させて無力化させる分厚いレーダーがあるが、逆に言えばそこさえ狙わなければ攻撃は通る。

マリーディ達は影響の受けない機銃(レギュラーガン)を選択すると、石油採掘施設なら必ず存在する大型の貯蔵タンクに狙いを定めた。

光の滝を首振りさせるような、曳光弾(えいこうだん)のラインが何本も落ちていった。

巨大な爆発によって巨大なジャングルジムのように入り組んだフロート上にいた兵士達が燃えながら海に落ちていく。重油火災ならそれでも火は消えないだろうが。施設自体が大きく傾き、一部は水没を始めていた。そう、固定のレーザー兵器など沈めれば良い。一度に一万トン以上の石油やガスが引火する大爆発だ。冗談抜きに、夜の海にきのこ雲が生じるほどだった。

だが向こうにとっても命懸けだ。

燃える松明(たいまつ)になりながらも、肩に担(かつ)いだ筒で狙いを定める兵士がいた。

携行式の対空ミサイル(パーソナルSAM)だ。

「くそっ!!」

操縦桿(そうじゅうかん)を握るマリーディに緊張が走る。放たれたミサイルの命中率は、実際さほど高くない。爆風に煽(あお)られて倒れかかってきた巨大な煙突にぶつかって食い止められた。だがそれでも、鉄釘(てっくぎ)より鋭い破片の雨が隙間なく降り注いでくる。戦闘機なんて銃弾やミサイルからエンジンや燃料タンクまで可燃物だらけだ。いかに装甲板で守られていると言っても、この速度の世界で大量に引っかかれれば致命傷になりかねない。

その直前だった。

巨大な影が間に割り込んだ。クラハイト＝ルビィハンターが操縦する爆撃機Rev-51だった。

『あらよっと』

「何してんだっ、オーバーサイズ⁉」

『そりゃこっちの台詞だぜ。最後の最後でヘマしやがって。ま、冷たいカンペキ人間よりゃ愛着は持てるがな……』

　ぐっ、と。

　数メートル間隔の超至近で併走する爆撃機が明らかにバランスを欠く。落ちていくのだ。見れば禍々しい黒煙が後ろに向けて尾を引いていた。自動消火機能が働いているかどうか、こちら側からでは見えない。

「オーバーサイズ‼」

『ははっ、まあ、遅かれ早かれこうなっていたさ。……悪りぃな、けほっ、そろそろ酒の味だけじゃ痛みを誤魔化しきれなくなっていたところなんだ』

「……おまえ、まさかかっそうろでせんしゃほうのばくはつにまきこまれたときにはもう……？」

『助けてやった八五人が死にたくない今すぐ降ろしてくれって泣き喚いてくれりゃ、うっぷ、まだ躊躇ったかもしれん。だが馬鹿どもめ、自分達も絶対に最後まで戦うなんて言っちまうんだもんなあ……』

　いいや、落ちていくのではない。

　クラハイトは明らかに自分で操縦桿を握っている。これ以上上がらないと分かっていながら、それでも落ちていく方向だけでも操って燃え盛るプラントキャッスルへ爆撃機 Rev-51 の巨体を合わせていく。

これから大きく突き放すように上空へ退避するマリーディ達とは、真逆に。

『遊んでくれよ、チェーンカッター!!　テメェらが邪魔な障害物を横にどけるくらいの気持ちで地図から消したヨツンヘイム空軍基地にはなあ、俺の恩師も友達もいた。かはっ、こんなろくでなしを心配してくれるカウンセラーのお姉ちゃんだっていてくれたんだ。あんな最低な基地でも小さな村だった。俺達は生きていたんだよおおおおおおおおおおおおお!!!!!!』

止められなかった。

真っ直ぐ突き刺さるというよりは、平べったいフロートの上に腹を擦りつけるような格好で滑り、激しく火花を散らしながら、表に立っていた兵士達をすり潰していく。

音速以上の速度で炎と黒煙の中を突っ切っていくマリーディには、その顛末を最後まで見届けられない。まるで間に生きる者と死ぬ者を隔てる川でもあるように。

そしてまだ終わりじゃなかった。

そもそもクラハイト達はどうしてあそこを狙ったのだろう？　答えが出た。ＦＳＰＯ、いったん通り抜けた巨大な採掘フロートから新たな光点がレーダー上に浮かんだのだ。

脱出用のティルトローター機だった。

飛んだという事は、オーバーサイズはぎりぎりで喰いそびれた。敵も味方も大勢死んだ。なのにオーバーサイズが見せたあれだけの決意を軽くあしらい、舌を出して無傷で安全圏に逃げようとするチェーンカッター部隊の指揮官どもはまだ生き残っている。

ヤツらは反省なんかしない。新しい兵士を補充し、育て上げ、モラルを忘れさせて、そして悲劇だけが広がっていく。

強く、静かに、少女は操縦桿を握り直す。低い声でマリーディ＝ホワイトウィッチは呟いた。

「……アイスガール1より総員へ通達。これは最優先だ、必ず狩り殺すぞ」

しかしそこで予想外の出来事が起きた。

ガカァッッッ!!!!!! と。燃え盛り、今まさに沈んでいくプラントキャッスル側から闇夜を切り裂く勢いで純白の閃光が解き放たれたのだ。

対空レーザービーム。

ただしマリーディ達を狙ったものではない。火柱となって逃げ惑う部下達を見殺しにし、おっかなびっくり離陸したティルトローター機。そこを狙って真っ直ぐ光学兵器が突き進み、機体を丸ごと焼き切ってしまったのだ。

蒸発。

あっけないくらいあっさりとした終わりだった。

そしてチェーンカッター部隊のレーザービーム砲に干渉できる存在は一つしかない。武装のない小型ＵＡＶの制御を乗っ取ってティルトローター機をロックオンし、因果応報の一撃を撃てるとしたら……。

『じじ。こち……オーバーサイズ……ザザザ』

そっと息を吐いた。

そしてマリーディ＝ホワイトウィッチが指揮するアイス飛行隊は鋭く機首の向きを変えると、Zig-27四機は揃って燃え盛る巨大なフロートに向かっていく。

改めて。

やはり、殺すためより守るために戦う方が気持ちは良い。

『ははっ、あれだけド派手に遺言叫んだっつーのに死に損なっちまった……。そんな訳で追加の航空支援よろしく。地面に落ちた角砂糖に余計なアリどもが群がらねえよう、空から機銃でも撃ち下ろしてくれーい』

6

意外なほどあっさりと終わった。

抵抗が予想よりも少なかったのは様々な原因が絡み合っていたからだろう。

チェーンカッター部隊の指揮官クラスが揃ってティルトローター機で爆死したため組織的な運用が不可能になった事、本拠地として使っていた採掘フロート・プラントキャッスルが空爆を受けて沈没した事、何より今まで北欧禁猟区から全世界に出張して散々後ろ暗い活動を自覚的に行ってきたチェーンカッター部隊としては敵国に捕まって過去の罪状を洗いざらいしゃべる訳にはいかなかったのだ。外交問題で大ダメージを被る。

その多くが撤退した。

重度の火傷で動かせない者、あるいは武装を解除してライトや発煙筒で自分の居場所を示して海から迫る『資本企業』側へ投降しようとしたと思しき者の額と心臓には鉛弾が撃ち込まれて冷たい海面に浮いていた。それは『正統王国』側の銃が使われていた。

『アイスソード2よりアイスガール1へ、残弾は機銃のみ、燃料はもうじき帰還基準に達する。海で震えてるオーバーサイズ達は「資本企業」系の海上警備に拾われたらしい。俺達は良く働いたよ、海の話は後続に任せよう』

「……結局」

口元のチューブから酸素を取り込みつつ、マリーディは併走する僚機ではなく、どこか違う場所に目をやっていた。

撤退準備を進めるアイス飛行隊のZig-27四機、そのさらに頭上を悠々と交差していく別の航空機があった。『情報同盟』の大型輸送機だ。

「結局、ヤツは何を積んでいたんだろうな？　敵も味方もこれだけ死んで、あの七面鳥だけが無傷だ。今回の件で、一番弱くて一番中心にいたはずの輸送機だけが……」

『アイスホース3よりアイスガール1へ、やるべき事はやった。それはまた別の話さ』

第二章　戦場で幽霊が見えたら　≫ツングースカ方面亡霊部隊迎撃戦

1

そしてクウェンサー＝バーボタージュとヘイヴィア＝ウィンチェルの馬鹿二人は二月の北欧の海で半分凍って死にかけていた。今なら暗い海に浮かぶ板切れ一枚のために殺し合いができる極限状況っぷりである。

言うまでもないが、彼らは『正統王国』軍の人間だ。

正確には、第三七機動整備大隊。

「……ぶ、ぶごふ。ぶほぶふう……」

「こ、これだよ北欧禁猟区は……。『クリーンな戦争』のセオリーなんか何も通じやしねえ。やっぱ、こんなオブジェクト無用のガチ泥沼なんぞに関わるべきじゃなかったんだ……」

当然ながら、クウェンサー達もこんな所では死ねない。

オブジェクトのない北欧禁猟区では戦闘機や爆撃機が普通に幅を利かせている『古い戦場』がそのまま広がっている。この時代に真面目な顔して感動的に戦争やっている訳だ。搭載装備次第で対空も対地もいけるマルチロールな大型戦闘機のZig-27に、地上攻撃専門の攻撃ヘリまで揃ったらほとんど死神どもの食べ放題パーティだ。その上、今は『資本企業』軍の海上警備が船からサーチライトを暗い海に向けている真っ最中。『正統王国』軍で雑にひとくくり、悪名高いチェーンカッター部隊と同列視されているのなら、捕虜としては扱ってもらえないかもしれない。

大量の石油を頭から被って生きたまま火柱にされた仲間達の断末魔は、今も耳にこびりついている。

クウェンサーは現金な人間だ。つくづくそんな自分に嫌気が差す。

ドッグタグの回収すらできなかった仲間達を可哀想と思うだけでなく、ああならなくて良かったと考えてホッとしている己を否定できないのだ。

「うぷっ、寒い……。こりゃあ、岸まで泳いでいくのは無理だぜ。おいモヤシ野郎、ひとまずその辺の採掘プラントに上がるぞ。話はそれからだ」

「民間施設だよっ。バレたら軍による無差別攻撃を予防するとか何とか難癖つけられて『資本企業』に殺される！　ヤツら民営の『プラントキャッスル』も普通に攻撃してたろ‼」

「つまりバレなきゃ生き残れんだろ。かくれんぼのルールに何か変更あったかよ？」

そもそも不慣れな北欧禁猟区入りとはいえ、第三七機動整備大隊のジャガイモ達がガイド役を外部に求めたのが間違いの始まりだった。チェーンカッター部隊。あそこまでやるとは、クウェンサー達にも想像がつかなかった。同じ『正統王国』のやる事とは思えない、やはりガラパゴス的に隔絶された北欧禁猟区のやる事はどこかおかしい。ワルシャワ空爆はブラフで構わなかったはずなのに、あの暴走丸出しの部隊はクウェンサー達三七の知らない所でわざわざ弾頭を本物に差し替えてから攻撃を始めた。『プラントキャッスル』も勝手に殺して接収していた。こんなのは絶対に『クリーンな戦争』なんて呼べない。

「クリーンな戦争、か……」

「あん？　何だってモヤシ野郎」

梯子を上がって採掘プラントへ。

海水でべとべとになった体は、外気にさらしておくと軍服ごとシャーベットになりそうだ。二月の北欧は甘くない。クウェンサー達は震えながらエアコンの効いた屋内へ潜り込む。

見つかったら相手を殺さなくてはならない極限状況だ。その相手がたとえ民間人であっても。だからクウェンサーとヘイヴィアの二人の胸に、余計な緊張まで上乗せされる。

兎にも角にもまず報告だ。

そしてこの状況だと軍用無線は絶賛捜索中の『資本企業』の注目を集めるだけだ。バレたらチェーンソーより効率的でおっかない武器を抱えた連中に囲まれる。採掘プラントの民間設備に頼り、どこでも飛んでいる普通の無線ＬＡＮにすがる。

この通信は間違いなく傍受されるだろう。

それで構わない。クウェンサーは防水の袋から古臭い耐水紙のマニュアルを取り出した。高度で複雑な数学だけが暗号ではない。ため息に足跡、衣擦れや頭を掻く音。適当な世間話の言葉以外の何気ない生活音の中に本当のメッセージを込めておけば、上っ面の言葉の内容だけを探ろうとする『資本企業』がどれだけスパコンをフル稼働させたところでこちらの真意が洩れる恐れはない。他の全ての人は疑問に思わず右から左へ流してしまうとしても、ワードリストをまとめた手帳を持つ者同士だけの間で通じる秘密の会話ができる。

その法則性に従い、誰でも持っているプリペイドの携帯電話宛てに送ったメッセージはこうだ。

『こちらクウェンサー＝バーボタージュ戦地派遣留学生。作戦は失敗、友軍（笑）のチェーンカッター部隊は勝手に消えました。攻撃ヘリの複眼みたいな対地センサーを見る限りは生き残れないでしょうけど。例の輸送機は当該空域を通過し、手出しの難しい北欧禁猟区の奥深くへと雲隠れです。つまり、「アレ」はもう事前に破壊できない。「アレ」が「情報同盟」のオブジェクトに組み込まれるのを誰にも止められない……』

これでも完璧ではない。

当然ながら『資本企業』にも大がかりな課報組織は存在する。こんな古典的な方法はとっくに暴かれているかもしれない。そうだとしたら即座に感知されてこの民間採掘施設は包囲される。場合によっては何も知らない民間人まで巻き込んでしまうかもしれない。

一髪千鈞を引く、とはこの事か。

極限の緊張の中でクウェンサーはこう囁いたものだった。

もちろん話を聞いた誰もがくだらない世間話だとして捨て置くであろう無難な声を被せた上で、だ。

『フローレイティアさん、お姫様に伝言よろしく。ゴーストチェンジャーは健在。最大限に警戒せよ、と。……次の相手は、「幽霊」だ。これはもう間違いない』

2

攻略難度が二つ繰り上がりました。

兵員死亡率が四〇%上昇しました。

「……、」

　オブジェクトの操縦士エリート、ミリンダ＝ブランティーニ。通称『お姫様』は口を小さな三角にしてその光景を目の当たりにしていた。

『正統王国』軍第三七機動整備大隊、北欧禁猟区ギリギリ外側にある古い港湾部に設営した整備基地ベースゾーンの話だ。

　腰を下ろして長い脚を組んだフローレイティア＝カピストラーノのお尻が横倒しで這いつくばったクウェンサーのほっぺたを押し潰している。この一八歳は将校用のタイトスカートの軍服を内側からぐぐっと盛り上げるメリハリの利いたボディが最大の特徴である一方、相当の和風マニアで口元には細長い煙管、長い銀の髪を彩るべく何本ものカンザシが頭に差してある。……上着のボタンを一つ外しただけで鉄拳制裁も辞さない規律の厳しい軍隊内部において堂々と私物持ち込みや制服アレンジをやらかしている辺りにケンリョクを感じていただきたい。

　細長い煙管を手にした鬼が言う。

「……ほんとどうすんだこれクウェンサー……？？？」

「ぶぎゅうー。お、俺は逃げずにきちんと帰ってきた、全てを受け入れる覚悟で……。その潔さくらいは評価に加えていただけませんかね⁉」

　ただまあの地獄から救出されただけでもクウェンサー達はまだまだ幸せ者か。そう、音もなくやってきた味方回収部隊から二月の海に再度放り投げられ、ほとんど自殺紛いの人間魚雷にまたがって暗く冷たい海を渡る羽目になった事は大変幸せな話なのだ！

電子シミュレート部門が弾き出した結果は冷酷だった。しかもこちらはまだ、『情報同盟』オブジェクトの正確なスペックまでは把握しきれていない。ここからさらに『予想外』が押し寄せてくるリスクまである。

ゴーストチェンジャー。

今回のケースだと、オブジェクトそのものより『追加兵装』の方がおっかない。

「ま、まだこの料理は何とかなります、取り戻せるっ。そう例えばカレーマヨネーズで和える的な処置を施せば……」

「当初の予定は何にも残ってないけど。反省会を兼ねておさらいをしようじゃないか、クウェンサー」

「ふぁい」

「半月前、『戦争国』オルノス方面で『正統王国』と『情報同盟』の衝突があった。火種は毎度お馴染みの交通要衝の独占、パナマ運河を使わず南米大陸を越えるのに必須な『最南端海洋航路』を巡る戦いよ」

「もぎゅ、南半球って言ってももう南極に近い辺りだから、逆にメチャクチャ寒いって話でしたよね。北半球のアラスカ的な……」

「まあな。正直に言えば重要度はさほど高くなく、『正統王国』優位で片がつく流れができていた。リオのカーニバルも迫っていたしね、一月中にケリがつかなければ一時的に休戦しようかなんて話も出ていたらしい」

　ぐりぐりとタイトスカートのお尻を押しつけながらフローレイティアは今さらな話を続ける。

「それがいきなり急展開を見せた。『正統王国』の整備基地八〇〇名が一晩で全滅したんだ。銃撃の痕跡はあったが『情報同盟』の弾は見つかっていない、つまり全て『正統王国』同士で撃ち合っていたらしい。兵員の九九％以上が死亡、これは現場司令官や操縦士エリートも含む。弾痕を見る限り場当たり的な乱射が目立つが、火薬庫が味方の誤射で誘爆してからは戦いの質が変わったようだ。……弾切れになっても戦闘は収まらず、分厚い軍服の布地ごと肉を噛み千切られた死体も見つかった。肉は抉れ、歯形は骨にまでくっきりと刻みつけられていた。一つの死体に複数の歯形があったから、おそらくは寄ってたかって、だったんでしょうね」

「……マジですか。聞いていた話以上だぞ、みんな壊れてる。サイコホラーっていうよりスプラッターじゃないですか……」

「そんな地獄の中、かろうじて残った数名の兵士は例外なく重度のＰＴＳＤにやられて心を破壊されていた。……そして彼らは口を揃えて証言していたよ、『幽霊を見た』とね」

「……、」

　幽霊。

　物理的な鉛弾が飛び交う現実の戦場でそんな曖昧なものを見るようになったら、いよいよ戦場のモラルは末期だ。自分はもちろん周りにも無用な被害を出しかねない。

だけど見た者がいる。

いいや、あるいは見せられた、と表現するべきかもしれないが。

幽霊。ついに呪いや怨念まで戦争に顔を出してきた。

「発言の信憑性は公式には認められていないけど。この時、いつまで経っても戦争が終わらず業を煮やした敵軍上層部が『情報同盟』側のオブジェクトに向けて貸し与えたと思しき追加兵装が、通称ゴーストチェンジャー。詳細は不明。だがヤツらは確実にオブジェクトを使って『何か』をしている。そうでもなければ、人格も記憶も嗜好や信仰さえ異なる八〇〇名以上が一律全く同じタイミングで暴走して同士討ちの全滅など起きるものか。呪いだか憑依だか知らないが、まるで誰かが目には見えないスイッチでも弾いたような異変じゃない。心理学的に言ってありえない」

「『情報同盟』……情報を何よりも己の武器にする世界的勢力、ですか……」

「一体どういう訳か知らないけど、連中の間ではコンテナ一つに収まるらしいゴーストチェンジャーは一機五〇億ドルもするオブジェクトそのものより機密性の高い兵器として扱われている。文字通り、膠着した戦争に対する『切り札』なのさ。オブジェクトからオブジェクトへ、こいつは渡り歩くように次々と所属を変えている。通常、オブジェクトの兵装はそういう使い回しや互換性は想定されていないはずなんだが、機体を追っているだけでは『見えない』形を取っていたんだ。……仕事を終えて南米から立ち去る部隊は諜報部門に追わせていたが、例のコンテナだけは行き先がまるで違う。途中で何度もガワを変え、西へ東へジグザグ飛び回って必死に行方を晦まそうとしていた。それでもようやっと、次の輸送先の見当がついたところだったんだけど」

「ぐひぃ」

　こういう得体の知れない超心理学や超常現象の軍事利用は『信心組織』の独壇場かと思っていたが、意外や意外、合理性を極めた『情報同盟』も結構ヤッていたらしい。

　輸送機撃墜に失敗。このしくじりによって兵員死亡率は四〇％も上昇した。もう、ゴーストチェンジャー配備前に安全にケリをつけるといったチャンスはない。

　伝説ばっかりで詳細不明な謎の秘密兵器と、正面からかち合う。

「ウチの馬鹿どもの不手際に加え、北欧禁猟区のガイド役だったチェーンカッター部隊の悪ふざけで唯一のチャンスが全部ご破算よ。さあてクウェンサー、これから楽しい尻拭いが始まるぞ☆　何しろ上層部は『情報同盟』が幅を利かせ、危険なゴーストチェンジャー搭載機が高確率で顔を出すであろうヤバ過ぎる戦場なんぞにカワイイ秘蔵の部下を派遣したくない。だから責任を取らせる格好で、ヘマした三七にこう言うはずだ。お前達が、泥の中に手を突っ込めと」

　そんな訳で予定にない戦争への（懲罰的な）派兵が決まった。

　今度の舞台はユーラシア大陸の東側、内陸、寒さの厳しいシベリア。中でも謎めいた伝説を持つ事で知られるツングースカ方面だ。

大量の輸送機に基地の設備や大型車両を積み込み、一〇〇機以上の大編隊が北欧禁猟区を大きく迂回してモスクワ側からシベリアへ向かっていく。オブジェクトの『ベイビーマグナム』だけは飛行機に乗せられないので、海の上を時速五〇〇キロで疾走し、北極側から現場入りしてもらう形となる。

機内で改めてフローレイティア＝カピストラーノ少佐は仰られた。

ここから先は、クウェンサーやヘイヴィアも知らない情報だ。

また新しい戦争が始まった。

「『情報同盟』軍が総力を結集して罪もない美少女の命を狙っている」

馬鹿二人は渋い顔をした。

善も悪もぐっちゃぐちゃに混ざり合ったこのくそったれな戦争で、あまりにも分かりやすいお題目は逆に危険だ。裏に何かあると身構えた方が良い。

クウェンサーは恐る恐るといった調子で、

「どうやって手に入れたんですかその情報……？」

「もちろん捕虜に話を聞いて」

だから屈強なプロの軍人の口を割らせるためにどんなエグい真似をしたのだお姉ちゃん。

「(……一体どうしてしまったんだフローレイティアさん、膨らんだ亀頭みたいな顔して何か張り切ってるけども)」

「(しっ。疲れてんだよ、硬くなった乳首がいつもの柔らかさを取り戻すまでしばらくそっとしとけ)」

「全部聞こえてるぞこんな状況を作ったクソ野郎ども」

銀髪爆乳がギリギリ煙管(キセル)を嚙(か)みながら指摘してきた。

「エリナ＝シルバーバレット、年齢九歳性別女性。ネット教育だがすでにこの歳(とし)でコロンビア統合大学を首席で卒業し、今日までに合計六九本の論文を発表している。専門は地質学と環境工学、及びその周辺で衛星的に存在する三一の学問。どういう訳か人里離れたシベリアのログハウスでひっそりと暮らしている『情報同盟』の幼女を、これまたどういう訳か『情報同盟』軍が大部隊を派遣してでも捕らえるなり殺すなりしようとしているの」

「……えぇーっと、そりゃつまりどういう狙いで？　まあ、マティーニシリーズとか見る限り『情報同盟』は天才少女に目がない連中ではありそうですけど」

おっかなびっくりクウェンサーが手を挙げて発言すると、この場にいる全員から睨(にら)まれた。

あの弱気なミョンリまで容赦なしである。

馬鹿二人がヘマさえしなければ『懲罰的派兵』はなかったのだから仕方のない話だが。

フローレイティアは手持無沙汰な感じで細長い煙管(キセル)を小さく揺らした後、

「不明よ」

「……とびきりヤベえぞ、今回の戦争も。テメェの命を捨てて戦う目的が何一つ分からねえとかどう考えたって普通じゃねえ」

ヘイヴィアがうんざりしたように呟いた。

それくらいの皮肉でどうにかなる美しき少佐サマではない。

「ただしエリナはそもそも『情報同盟』生まれだ、身柄を奪うだけなら軍を派遣するまでもなくもっとクレバーなお役所の書類仕事で状況を詰められたはず。……さらに言えば、無類の天才とはいえガキ一人を何とかするために、『あの』ゴーストチェンジャーがひっそりと現場入りしている。このガキ、必ず何かある。エリナ＝シルバーバレットは、今まで徹底的に隠しおおせてきた『秘密兵器』と天秤に掛けてでも必ず手に入れたいと敵軍上層部を焦らせるだけの何かを抱えているって訳。それが何かは知らんが、周辺で展開された規模を考えると、おそらくエリナの人的評価額は操縦士エリート以上に設定されているのよ」

クウェンサーは頭の中で情報をまとめながら、上官に先を促す。

「からの？」

「何を抱えているかは知らんが、それほどの『大きな秘密』だ。私達が横から奪って手に入れてしまえば極めて高確率で『情報同盟』全体に大ダメージを与えられる。……ま、『本国』の制服組を説得する建前はこんなトコか？　そのガキ、捕まるにせよ殺されるにせよろくな目に遭わん。明らかにヤバい事態が進行しているというのに内政干渉だ何だとビビって誰も動かないから、これ以上失うものが何もない私達がやってやろうと言っているんだ。それじゃあ私達の手で一丁『平和的な亡命』とやらを手伝ってやろうじゃないか、見返りを求めず弱者を守って戦う正義の騎士様としてね」

「そ・こ・か・ら・の？」

クウェンサーがもう一回低めに念押しすると、フローレイティアはちょっと目を逸らした。

そして子供みたいに唇を尖らせて言う。

「……我々三七は、そもそもゴーストチェンジャーの一件で失点扱いを受けた。今回の栄光ある懲罰的派兵もそのためよ。であるならば、『情報同盟』のヤツらにせめて特大の嫌がらせをしてやりたい。連中的にはエリナ＝シルバーバレットが救われたら困るんだろ？　きっと普段は手の届かない敵軍高官の首が飛ぶような何かが起きる。だったらとびきりの愛情を込めて最高のハッピーエンドにしてやろうじゃない。それが一番の仕返しになるもの」

「なるほど結構、ようやく戦争らしくなってきたって訳ですね」

ぶっちゃけこれくらいの黒さがないと逆に安心できない。上官から一方的に通達される『正義のための戦い』ほど胡散臭いものはないからだ。知らない間に何をやらされているか分かったものではない。原材料不明でピカピカに輝いているハンバーガーよりもおっかない。

フローレイティアは細長い煙管を口に咥えてから、

「……ちなみに諜報部門と電子シミュレート部門の話によれば、シベリアの凍りついた森に展開中の部隊は『情報同盟』軍のフィッシュ第一機動整備大隊で扱うオブジェクトは第一世代の『レトロガンナー』。一〇年も前に最前線から退いて、スクラップになるまでの微妙な余生を耐久テストや新型兵装技術の試用運転なんかに使い回されている錆びついたロートルよ」

「ちょっと待ってください、ここにきて第一世代ですって……？」

「やっぱりそこ、『逆に』引っ掛かるよな？」

クウェンサーの呟きに、フローレイティアは意地悪く笑った。

第一世代、それも現役を退いたスクラップ寸前の旧式機。普通に考えれば最新技術で尖り切った第二世代と比べれば楽な相手と思うかもしれない、だがそれでは変なのだ。

お姫様には秘密よ、と呟く銀髪爆乳の上官はこう続けた。

「謎の秘密兵器ゴーストチェンジャーが顔を出すほど緊迫した局面よ、にも拘らず実際に派兵されたのは第一世代の中でも特にガラクタ同然の旧式機。どう考えてもおかしい、噛み合わない。ゴーストチェンジャーさえあれば楽勝だから問題ない？　違うだろ、逆なんだよ。とことんまで強大なゴーストチェンジャーが現場に投入された以上は万に一つも敗北は許されない、ゴーストチェンジャーは絶対に鹵獲されてはならないキーアイテムなんだから。それが今時のねじれたテクノロジーの戦争ってヤツだろう？　だったら、今この瞬間も最前線で活躍する現役最強機を素直に持ち出すのが筋なんだ。なのに『情報同盟』軍はそうしていない。何故？」

答えられない。

そう、誰にも答えられないのだ。

これから自分の命を払って戦争をするはずなのに。まるで得体の知れない悪霊(あくりょう)や呪いのように、こちらの命を奪いにくる存在が全く見えない。

何かが始まろうとしている。

すでに『幽霊』は、人の目の届かないツングースカ方面の原生林でクウェンサー達を待ち構えている。

「ゴーストチェンジャーにエリナ＝シルバーバレット。これだけでも意味不明な秘密だらけなのに、さらにこの上『レトロガンナー』にまでヤバい何かが隠れているかもしれない。……『情報同盟』は、その名の通り情報を扱う事にかけては右に出る者がいない勢力よ。書類通りの第一世代とはいかないかもしれない点だけ留意しておけよ」

3

クウェンサー＝バーボタージュはもう体育座りだった。どこに行っても針のむしろなのでひきこもるしかない。そして、最も落ち着く場所というとここだった。

ユーラシア大陸の寒い方に設営されたオブジェクトの格納庫だ。

「どけ馬鹿もん、儂ら整備兵にとっては最前線じゃぞ」

「いやああ!!　最後のユートピアから追い出さないでくださいいいいい!!」

「丸まって動かない肉団子なんぞに用はない。ここで自分の居場所が欲しけりゃ知識人の働きをする事じゃな」

整備兵の婆さんの足にすがりついて涙目で叫ぶクウェンサーを、特殊な襟や腰回りのポーチの群れのせいでどこかセーラー服っぽい意匠の体にぴっちりと張りつく特殊スーツを纏う小動物系のお姫様が、無機質な瞳ながらも不思議そうな感じで首を傾げながら眺めていた。ショートの金髪がさらりと揺れる。

「なんかはやっているの、そういうの？」

「そんな訳ねえだろ干し大根ばあさん女王様とかどれだけニッチを極めてんだッ！　俺は今何を何段飛ばしで萌えの最前線に飛ばされた訳？　こっちはお母さん萌えにも違和感を覚えながら必死に生きてんだぞ!!」

カッと両目を見開いたクウェンサーが婆さんに蹴飛ばされていた。

怒りは尾を引きそうだ。

と、お姫様は両手を後ろにやって、何やらもじもじしつつ、

「クウェンサー、なぞなぞ。2月って言ったら何だとおもう？」

「え、いきなり何？」

「ヒントはね、ばー、ばれー。ばーればーれ」

「？？？」

クウェンサーは首をひねるばかりだ。

そしてお姫様の情報源は大体整備兵の婆さんかフローレイティアだ。ガチかナンチャッテかはさておいて、『島国』まわりに偏りかねない怖さがある。

『島国』のお祭りに詳しい婆さんはそっと息を吐きつつ、

「アレは意図してアレンジされた行事じゃがね。って、誰じゃっ!!　三番のグリスなんぞ充填した愚か者は!?　これから向かう寒冷地でこんなもん使ったら凍りついて使い物にならなくなるぞ!!」

「グリス？　グリスねえ。こういうトコは核でも破壊不能なオブジェクトもおんなじなんですね」

「オブジェクトは特殊で異形な超技術バリアで守られている訳ではない。当たり前の基本を二〇万トン積み重ねた結果核攻撃に耐えられるようになったという、かなり乱暴な兵器じゃぞ」

「仕事ください何でもします。しかしオブジェクトが凍って動かなくなるっていうのはヤダなあ、間抜け過ぎて」

「何を言っておる。戦車も戦闘機も大概の兵器は凍結と戦ってきた歴史くらい持っておるぞ」

ぼーっとしていたお姫様がここで何か反応した。

彼女が言うには、

「こおる……。チョコアイスかー、わるくない」

「えっ、なにお姫様。もしかしてお菓子とか作れる系の人？」

「作ってほしい？　ふふふー」

「ぶ!?」

信じられない事態が展開中である。

巨大な消しゴムみたいに四角い味のないレーションだけで生きていく三七のジャガイモ達にとって、製造工程がはっきりしていて味覚を刺激してくれる物体はそれだけで至高の贅沢品である。ぶっちゃけ司令官クラスのフローレイティアか操縦士エリートのお姫様くらいしかその手の非効率な私物を持ち込む許可もない。

整備中の世間話の中で『二月一四日の島国伝説』を伝えた整備兵の婆さんは全く気づいちゃいねえ戦地派遣留学生を見てそっと息を吐いていた。

クウェンサーは降って湧いたチャンスにわなわなしながら、

「マジか女子の手作りなのか……？　ガソリンだの洗剤だの混ぜ混ぜする台所でできるナパーム爆弾の作り方とかじゃなくて、本当の本当に手料理、だとッ!?」

「クウェンサーがどうしてもと言うのなら」

「わーいわーい!!　これで久しぶりに四角いレーションからおさらばできる！　ただ生きてい

くだけの日々から一歩前に飛んでいるぅー!!」

4

そんな訳で地獄の戦争がまた始まった。

クウェンサーとヘイヴィアは横殴りの猛吹雪の中、白い息を吐いて突っ立っている。

「というか、何今の走馬灯？　ここどこだオイ……？」

「……冗談だろ、まだ軍用トラックを降りて五分だぜ？　もう遭難してんのかよ俺らは⁉」

二人して後ろを振り返り、慌てて来た道を戻ってもトラックどころかタイヤのわだち一つない。あるのは真っ白で分厚い吹雪のカーテンだけだ。

さようなら甘々お菓子時空。

そして特に呼んだ訳でもないのに得体の知れない戦争の香りが真正面から押し寄せてきた。

大勢いるはずの『正統王国』軍の仲間達も見当たらない。……そもそも真っ直ぐ来た道を帰る事ができているのだろうか？　クウェンサーはすでにそこから自分が信じられなかった。ひょっとしたら数メートル先も見通せない白い吹雪のスクリーンの中、いつまでも同じ所をぐるぐる回っているだけなのかもしれない。

「携帯端末もいきなりおかしくなってるぞ。三七の整備基地ベースゾーンまで一二〇キロだって？　『ベイビーマグナム』はすぐ近くにいるらしいけど、五〇メートルの巨体なんか見渡す限りどこにもいないし……」

「マイナス一五度だぜ？　電子機器なんていつどんな風に壊れたって不思議じゃねえよ。俺様はそこらの『平民』とは格が違う『貴族』なんだ、この寒さで貴重な精子が死んだりしねえだろうな」

「ティッシュにくるんで捨てるだけが偉そうな事言ってるよ」

馬鹿二人が元気に殴り合って体を温めていた。

クウェンサー達の目的は雪で覆われたツングースカ方面の槍みたいに尖った針葉樹の森のどこかにひっそりと隠れ住んでいる天才少女エリナ＝シルバーバレットの保護と回収。何かしらの理由で九歳の女の子をどうにかしたいらしい『情報同盟』軍やゴーストチェンジャー搭載第一世代『レトロガンナー』とは無理に戦う必要はない。ただし戦う必要ができたら皆殺しにしても構わない、多分テキトーな理由を作ってそうなる。

気温は氷点下一五度。

白く分厚い雪の層のせいで距離感や方向感覚すら見失いそうだ。まるで一面が合成映像のスクリーンで包まれたような異世界感だった。

休日の駅前くらいの混み具合で生い茂っているのは高さ二〇メートル以上ある杉の木だろうが、横殴りの吹雪のせいですっかりもこもこ膨らんでいる。クウェンサー達もまた、黙っていたらああいう樹氷の仲間入りだ。ご家庭の冷凍庫より冷たい環境だから、きっと春まで死体は腐らない。

文明の香りはしなかった。

家屋や店舗はもちろん、道路や電柱といったものも。

「その上……」

クウェンサー＝バーボタージュはちらりと横目で視線を投げた。

「『幽霊』か。全く非科学的だが、ツングースカという土地については面白い。原因不明の大爆発で二〇〇〇平方キロメートルが一瞬にして灰となった原生林。小惑星の空中分解説以外にも色々あるらしいからな」（兄スラッダー＝ハニーサックル）

「そういう風に過去の知恵を侮(あなど)ると足元をすくわれるぞ。無菌の研究室で作られる化学式まみれの薬なんぞ一千年以上前から木の根をすり潰す漢方の形で存在していたし、地上で重力の軛(くびき)から脱して天空へ旅立つというイメージもかぐや姫やジャックと豆の木など古来から続くお伽噺(とぎばなし)からイメージをもらったと言っても過言ではないはず」（妹ルイジアナ＝ハニーサックル）

無精ひげのおっさんと銀髪ロングの一七歳が揃って暗い笑みを浮かべていた。

『ブレイクキャリアー』のマスドライバー財閥を率いて自社保有第二世代オブジェクト『ブレイクキャリアー』を利用して『資本企業』から『情報同盟』へ亡命するために戦争を起こしたマスドライバー研究者・スラッダー＝ハニーサックル。

片や『資本企業』の頂点七社、7thコアの共同出資で設立したエレベーター連盟を踏み台とし、二〇万トンものオブジェクトの組織的・集団的運用によって歪みつつある地球の地軸を修正するために全長一〇万キロという特大のバランス制御用のオモリを用意しようとした宇宙エレベーター研究者・ルイジアナ＝ハニーサックル。

悪い意味での天才。

どっちも世界レベルの戦争犯罪者だった。アフリカ辺りの孤島の刑務所から死ぬまで絶対出してはならない類の、だ。

（……特異な頭を持った囚人どもの再利用とか、いくら兵士損耗率の高い正体不明のゴーストチェンジャー搭載機戦だからってマジかよ……。得体の知れない『幽霊』と戦うより厄介だぞ、こんなバケモノどものコントロールとか）

クウェンサーは思わずごくりと喉を鳴らしていた。

最低限の迷彩は施されているものの、衣服にポケットなどの『モノを隠せる』スペースは用意されていない。衣服の中に隠す可能性まで潰すためか、パラシュートに使うハーネスのようなベルトで全身をギチギチに縛り上げ、内部空間を無理矢理に埋めている。

頑丈で動きやすいが、軍服というより囚人服の方が近いのだ。

そして何より。

じゃらり、という太い鎖が擦れる音が聞こえた。左右の足首を長い鎖が繋いでいるのだ。両手についても手錠で縛められている。これでは現場へ連れていってもまともに戦えないように思えるが、基本的に貸すのは知識。細い指先で作業ができる程度の自由度と、後は最低限護身用の拳銃が撃てれば構わないと上から判断されているらしい。基本的には囚人、ぶっつけ本番で『幽霊』戦に駆り出されているところからも分かる通り、この辺の扱いはやっぱり雑だ。三七のジャガイモと同じくらいには。

(最低限とかそんな話じゃないいんだよ……。どんなチャチでも銃は銃だぞ、背中撃たれる側の気分とか分からないのか上の連中は⁉)

『正統王国』が解決した深刻な戦争犯罪の凶悪犯の再利用。

するとと当然こうなる。

「さ・あ・さ・あ、愛しの兄様。ついにわたくし達の共同作業が始まりますのね、ふふっ、くすくす、あはははははははははははは‼‼‼」(妹アズライフィア＝ウィンチェル)
「いやあああああッ‼　お願い誰かコレ猛吹雪が見せる幻覚だってゆってよおおおおおおお

おおおおおおおおおおおおおおおおおおおおおおおおおおおおおお!!!?⁇」(兄へイヴィア=ウィンチェル)

ついうっかりでへイヴィアまで凶悪犯枠に収まりかけたのはご愛嬌。

長い金髪をなびかせるお嬢様の正体は、名門貴族ウィンチェル家のご令嬢だ。ただし（お兄ちゃんに憧れ過ぎて）密造第二世代『デストラクションフェス』を用いて民間の豪華客船を襲い、対立貴族バンダービルト家のご息女とゴタゴタを起こした内憂発動者でもあるのだが。

いずれ劣らぬ、であった。

ある意味においてオブジェクトそのものよりも恐ろしい悪党ども。世界の果てにある刑務所の中で反省どころか、そのカリスマ性が逆に監獄全体の空気を汚染させかねないくらいの人の形をしたイレギュラーども。

こいつらのおかげでクウェンサー達だけ荷物運びの獣型ロボットもない。……装備を囚人に奪われたら大変だからだ。

「す、スクルドだのマリアージュだのが出てこなかっただけでもまだマシかな……」

「下見てほくそ笑むクセはやめろよクウェンサー、出世が遠ざかるだけだぜ」

「俺は正確には軍人じゃないんだ、ただの『学生』に出世もクソもあるかよ」

「うるせえそれ言ったら俺サマはそもそも名門『貴族』の嫡男ですでに世界のてっぺんに君臨してるっつの！　何でこんな凍った世界で敵もいないのに死にかけなくちゃならねえんだ!?」

「嫡男嫡男うるさいけど、結局へイヴィアって何人兄弟のどこにいるの？」

「ひとまず犯罪者枠に落ちたアズライフィアより順位は上なはずで、ぶっちゃけトップ三の圏内。軍で箔をつければ一等賞だ。ただウチは継承候補者だけで言ったら何百人いるかなんて俺も知らねえよ。身内のおっさんどもが中に出した回数なんかいちいち数えたくもねえ」

「……ち、血を分けた家族や親戚の話ですよねー？」

「ですよ。遠縁のスケベジジィなんかは継承問題なんぞ気にしねえからな、金にモノを言わせてメイドだの娼婦だの経営に行き詰まった養護施設の園長先生だのとにかくゴムも着けずに抱きまくるから家系図がメッチャクチャになる。血統を無視した自称だけの愛人だの隠し子だのまで入れたら一〇倍以上に膨らむかもな」

と、（お兄ちゃんに頬ずりできるくらい）すぐ近くで耳にしていたアズライフィアが手錠をはめたまま肩をすくめていた。

男の子達のゲスい話にケッペキなお嬢様が呆れている、という訳ではないようで、

「ウィンチェル家の女も女で継承争いの外に弾かれた暇を持て余し層は結構遊んでいるようではありますが、何しろ快楽に伴うリスクは男女で段違いですからね。こちら側の火遊びで知らない間に兄弟姉妹の数が増える事は稀だそうですわ。うーん、やはり表に出るなら香水ほしいですわね」

「おいおい、馬鹿一人の歪んだ価値観じゃないのかよ。ええー、ウィンチェル家は大体みんな

こんな感じなの——⁉⁉」

こんなもん入り口も入り口だ、とヘイヴィアは吐き捨てていた。彼らほどベタベタしないのかルイジアナの視線は呆れが強い。

「でもって首位争いのクソ兄弟から名前も知らねえ泡沫までその全員が揃って嫡男なんか名乗ってやがるって訳だ。まあ長男坊が無条件で家を継げるほど気軽な量の財産でもねえからな、ウィンチェル家は。だからこの俺様が軍に入って箔付けする必要があるんだよ！　これ本来ならハイパーVIP向けのお遊戯派兵だったはずなんだぜ？　レーダー分析官！　それがどうして世界で一番危ねえ超兵器撃破作戦に背中蹴られて送り出されてんだッ⁉　ありえねえ——‼」

早速迷子である。

誰も監視者のいない文明から隔絶された白い森の中、しれっと世界レベルに達しちゃった凶悪犯どもに囲まれてのピクニック。最悪であった。軍用トラックを降りて五分で看守と囚人の人数差が逆転するとかどうかしてる。護身用とはいえ、連中まで銃を持っているのだ。トランプの扇で顔を隠しながらニヤニヤ笑う光景が目に浮かぶようだ。革命待ったなしの状況である。

クウェンサーはもうちょっと頭をくらくらさせながら、

「ミョンリの野郎はどこ行った……？　こういう面倒極まりない雑用は実戦で使えるかどうかも分からん資格だらけで器用貧乏なあいつの出番だろ。どこ行った—野草ソムリエ⁉」

「何だ、君の部隊には売れるチャンスがなくて行き詰まったグラビアアイドルでも所属しているのか？ 野郎ウケしたいなら変に高度な資格より見た目はカンペキだけど実はおっちょこちょいなんですアピールした方が手っ取り早いと思うが。オフの日は脱ぎ散らかしてあられもない格好でお昼寝するとか、寝相が悪くておへそ丸出しとか」

「黙れルイジアナ、男の子はそんな計算にはなびかないっ。あと俺達は別に床に落ちてくしゃくしゃになってる服に興味がある訳じゃない、重要なのは服を着ているカラダの方だ！」

「へえ。いつぞやは人のブルマを食べておいてよく言う、下着までむしゃむしゃ頬張ったのに生意気な。甘い香りに脳までガツンとやられていたくせに」

ほほう、と歳の離れたスラッダーお兄ちゃんが意味深に笑った。近所の酒屋でビンテージのワインをたまたま見つけたというか、あるいはチェスで常識から外れた異質な一手を見るようなこと。まさかと思うが、天才には変態的行動が付き物だ、といった同族意識なのかアレは？

クウェンサーは顔を真っ青にして、

「あっあれはお前が人様の口に無理矢理ねじ込んだんだッ！ いいか、無線機のボタン一つで全身のベルトが殺人的に絞め上げられる事を忘れるなよ。スイッチを入れたら最後、ＧＰＳ信号の発信はもちろん夜光塗料と臭気のカプセルも弾ける。すぐ隣から不意打ち喰らわせて逃げようとしても即銃殺だ。この白い森のどこまで逃げようが、お前は軍用犬に辿られて必ず追い詰められる」

「ハーネスにしてはおかしな交差だと思っていたが、これ『島国』の亀甲縛りだったのか？

携帯端末は不調なようだが、構造の単純な無線機は無事だと良いな。ＧＰＳって事はスイッチオンで電波ばら撒き放題だろ。私も思わぬ誤作動で敵兵を大勢呼び寄せたいとは思わないし」

「ぐっ⁉」

「まあ心配はいらないよ、逃げるつもりは毛頭ない」

小さく笑って。

それからどこか陰のある顔で銀髪ロングのルイジアナは自嘲気味に吐き捨てた。

「……この星に逃げ場なんかないからな。二〇万トンもの塊をあれだけの数、あれだけの速度で振り回しているんだ。世界中で。地球環境なんてとっくの昔にバランスを崩しているよ、致命的にな」

「……、」

たわ言は良い。

これが民間の遭難者なら闇雲に動き回るよりも、じっと留まって体力を温存しつつ仲間達に気づいてもらう方法を探すべきかもしれない。だが彼らは軍事行動の真っ最中だ。つまり、タイムリミットがあるので『待ち』は使えない。

どれだけ意味があるのやら、ルイジアナは分厚い手袋に覆われた自分の両手に白い吐息を吹きつけながら、

「それにしても、ゴーストチェンジャーの対抗材料ね……。一体私達は上から何を期待されて

いるんだか。そりゃまあ、確かに高空や宇宙などではUFO目撃談が絶えないが」

「なに、高Gとか無重力とか、後は酸素量が人間の認識能力をおかしくさせます系？」

「人間の脳がそんな単純構造であってたまるか」

言うまでもないがゴーストチェンジャーの仕組みは誰も知らない。どれだけ胡散臭い伝説だろうが実際に整備基地ベースゾーンの八〇〇人が一夜で全滅した以上、『正統王国』的にも大至急分析が急がれる案件だ。もちろん仕組みについては生物、化学、物理などの基本的なジャンルの見当がつかないとなると、分析には多方面の天才を動員する必要がある。

が、一方で『正統王国』全体の宝である学者や技術者を無用に消耗するのは避けたい。

だからこそ捨て駒に使える天才肌に需要が発生した訳だ。鉄格子の中で才能を持て余している凶悪犯どもならおあつらえ向きだろう。一つの分野だけでなく、いくつもの分野に精通している十徳ナイフみたいな天才だとなお良い。

（……子守りさせられる側の気持ちも考えろよな、くそったれの上層部め！　もう雲の上過ぎて顔も分からないけどさ……）

今はとにかくツングースカ方面のどこかにログハウスを建ててひっそりと暮らしている天才少女エリナ＝シルバーバレットの確保だ。当然、謎のゴーストチェンジャー搭載機まで動員してきた『情報同盟』軍より早く達成しなくてはならない。

クウェンサーはそっと息を吐いて、

「……お姫様やミョンリ達も同じ現場にいるのは間違いないんだ。そして同じ場所を目指している。今は、目的地のログハウスまで近づけば自然と合流できるって信じるしかないか」

「つかここどこだ、目印は？　ちくしょう、ビビってUターンしたのは失敗だったかもしれねえな」

　ぶつくさ言いながらもヘイヴィアは針葉樹の木々の分布から地形の凹凸や水源などを調べて大雑把に紙の地図と照らし合わせる。

　クウェンサーは眉をひそめて、

「……そんなので何か分かるの？　どこもかしこもふわふわの白い雪で一色じゃん。厚さなんてメートル超えっぽいけど」

「景色から情報を読み取れよ。森の木々は斜面か平地かで育ち方の分布が違う、水脈が通ってなけりゃ育つもんも育たねえ。……っと、発見。今いるのはA9。だからY字に走る川に沿って二〇キロも南下すりゃあ衛星写真のログハウスとぶつかる」

「なに、検索エンジンで見つかる程度の秘密基地なの？」

「本来は生い茂る木々のトンネルで隠していたっぽいけどな。雪の重みで針葉樹が折れたんだ。映像はもちろん、赤外線から紫外線まで光を全部弾いてくれる分厚い雪の層がなくなったから熱源が丸見えになった」

　単純に白い色は人工衛星やドローンなど機械的な探査で良く使う近赤外線に限らずあらゆる

波長の光の吸収を拒んで最も弾きやすい性質を持つし、遠赤外線については内部に吸収する、つまりいずれにしてもログハウスを覆ってくれる。さらに言えば例えば『島国』のかまくらは雪の中にある空気の層が遮断効果を生み出す。

「じゃあなに？　丸々一年溶けない雪に守られてきたのか……」

「今日は死ぬなよ。ここで死んだら雪に埋もれて何年保存されるか分かったもんじゃねえぜ、マジで。世界の楽しい人体フェアとか博物館の面白展示の一つにされちまう」

極限の寒さにやられた携帯端末は信用ならない。木々の幹に張りつく苔は陽射しを避けて育つので北側が一番厚くなるらしい、というヘイヴィア豆知識を信じて方位を調べ、とにかくクウェンサー達は地獄の囚人どもと一緒に雪に覆われた白い森へ改めて踏み込んでいく。

びゅお!!　と。

塊のような風が吹き、白いカーテンの密度が変わるたびに立ち止まって耐えるしかない。クウェンサーは何度も何度も後ろを振り返っていた。来た道に未練があるという訳ではなく、全く信用ならない囚人どもの数や位置をいちいち確かめないと不安になるからだ。

手錠の金属が寒さで肌に張りつかないよう頻繁に両手を揺すりながら、スラッダーはニヤニヤしていた。

「何だ、そんなに警戒しなくても取って食べたりはしないよ。独房の生活もまあ悪くはなかった。鉄格子つきだけど窓はあるからね。じめじめした壁の亀裂と陽射しを組み合わせると、小さな花を咲かせる事ができるんだ」

「分かったスラッダー。恨みがあるならいっそもうストレートにお前絶対殺すって言ってくれないか？」

二〇キロ。

それにしたって二〇キロだ。普通に舗装された大都会でもハーフマラソン級、それも重量一〇キロ以上の兵員装備を背負ったまま一メートルを超える積雪の中を、である。まずログハウスに辿り着くまでで命懸けだった。こっちが助けを求める側にならない事を祈るばかりだ。

「我々は作戦の詳細を知らない。例えばエリナ＝シルバーバレットと合流したとして、回収はどうするつもりなんだ。猛吹雪の中とはいえ、オブジェクトが闊歩する戦場だぞ。つまり対空レーザービームの独壇場だ、ヘリコプターやティルトローター機は使えない」

「うるさいなスラッダー、男の亀甲縛りなんか視界に入れるなよ。だからへイヴィアが無駄な荷物を背負ってるだろ、強化ゴムのモーターボート。V字の峡谷の底まで下りて川伝いで逃げていけば、レーザービーム系を気にする心配もなく時速二〇〇キロ近くで戦場から離脱できる

……どふっ⁉」

危うく舌を噛むところだった。

いきなり視界が真下にストンと落ちたクウェンサーの腕をスラッダーがとっさに摑んでいなければ、少年はそのまま一〇メートル下の谷底に落ちていたかもしれない。単純な高さもそう

だが、この寒さでも凍結を拒むほどの急流に落ちたらどうなっていた事か。

「雪庇（せっぴ）だ。谷の縁から虚空（こくう）に向けて、吹きつける雪が固まって屋根や橋のように伸びた状態。簡単に言えば天然の落とし穴に近いかな、当然ながら踏み抜けば真っ逆さまだ」

「……、」

「君は看守役、言ってみれば我々囚人のお世話係なんだろう？　こんなモヤシ学者に体力面ですがるようになったらいよいよ全滅が近づいているぞ。こっちは楽して税金暮らしがしたいんだ、公務員はもう少ししっかりしてくれよ」

クウェンサーはいちいち答えているだけの心の余裕もなかった。ドッドッドッ!!　という心臓の音がただただうるさい。多分吊り橋（つりばし）効果でスラッダーに恋している訳ではない。

何が楽しいのか、手錠で縛（いまし）められた両手を口元にやってルイジアナが淡く笑っていた。

「ふふっ。液体酸素なんかの極低温酸化剤はもちろん、特に人工物表面に張りつく着氷は厄介なトラブル源として研究必須な内容だ。だから我々みたいな航空宇宙学関連の学者は等しく氷の組成や性質については詳しくなるものだよ。エレベーターだとワイヤーや滑車、マスドライバーだと飛翔体（ひしょうたい）の尾翼の制御でグリスを使うしね」

「あら、わたくしの方面で氷だのパウダーだの言うと覚醒剤や合成麻薬を思い浮かべてしまいますけれど。くすくす、アンフェタミンとか、ＭＤＭＡとか。まあもちろん、費用対効果なら麦の穂に菌をつければいくらでも麦角（ばっかく）を量産できるＬＳＤが一番ではありますが」

……そんなに天才だと言うのなら、一機五〇億ドルもする最新第二世代の密造費用を確保するためとはいえ、ソッチ方向が滅法得意になってしまったデンジャラス妹を見てへイヴィアがどんよりしている事実に何故気づかないアズライフィア？　えっちでかわゆい妹が道を踏み外してお兄ちゃん（対立貴族の婚約者つき）を虜にして尻に敷く日はまだまだ遠そうだ。

何度も言うが、二〇キロ先のログハウスに着いて九歳の少女を確保してからが本番だ。

遠足から帰れないのでは意味がない。

気は焦るが到着と同時に倒れ込んで一歩も動けない……ではダメなのだ。天才少女エリナ＝シルバーバレットの身柄を狙う『情報同盟』の大軍勢にゴーストチェンジャー搭載機『レトロガンナー』、これらをかわして峡谷から川沿いに戦場から離脱するまででワンセットである。

なのでクウェンサー達はこまめに休憩を取り、方角を確認しながら先へ進んだ。メートル超えの雪は、簡単に手で掘るだけで『島国』のかまくらのようなシェルターを作れる点では便利だ。

目印らしい目印がなく、合成写真の撮影スタジオみたいな白一色ののっぺりした景色だけが続くとにかく代わり映えがしない。自分が延々と同じ場所で足踏みしているかのような徒労感がすごかった。

そんな中、クウェンサーはびくついてあちこちに視線を投げる。視界なんて五メートルあれば良い方だと分かっていても。

「な、何か聞こえないか……？」

「風の音だろ。これだけ吹雪がびゅうびゅう鳴り響いているんだぜ、ほんとにボソボソ声が聞こえるような距離ならとっくに撃ち合いになってる」

何度目の休憩だろう。二回ほど味のないレーションを齧って、そしてクウェンサーは時間の経過を実感した。真上を見上げてみると、薄暗くなってきている。分かりやすい夕焼けはないが、陽が沈もうとしているのだ。

クウェンサーはげっそりしながら、

「……いよいよ『幽霊』が出てくる時間だぞ」

「ちょっと気を利かせて兄様の隣を譲りなさいよ。本当に『幽霊』なんてものがいるのであれば昼夜問わずだと思いますけど。ところで『平民』。その幽霊というのは、防寒装備で着膨れて最新のスナイパーライフルで身を固め、無線で互いに連絡を取り合いながら連携するモノですの？」

「っ？」

慌てて頭を低くして、クウェンサーはヘイヴィアとアズライフィアの二人から同時にその頭のてっぺんを叩かれた。仲良し兄妹は揃って呆れ顔。どうやら姿勢を低くするのは大事だが、慌てて素早く動くと周囲の分厚い雪の層を崩してしまい、かえって注意を引いてしまうらしい。

猛吹雪のカーテンのせいで、まともな視界なんて五メートルあれば良い方。

とはいえ吹雪の密度は均一ではない。風が弱まり、塊みたいな白い壁が真横に通り抜けたその刹那だ。ほんの一瞬だけ、何かの奇跡のように視界が一気に開けたのだ。

緩やかな斜面の下、だった。

クウェンサーは白い息を吐いて近くの木に寄りかかり、眼下に広がる景色を見下ろす。

雪にまみれた針葉樹の木々と、丸太を組んだログハウス。建物はワンルームよりちょっと大きい程度で、おそらく一階しかない。そしてその周りに、白系の迷彩で埋め尽くされた兵士達が複数確認できた。パッと見ただけで三人以上。裏手や周囲の森など、全体でどれだけ分布しているかは断言できない。

寒さ対策のせいか、身元を隠す意味でもあるのか。兵士達はみんな白い覆面ですっぽり頭を覆った上、目元にはスキーゴーグルまで掛けている。おかげで何か人間っぽくない。

当然ながら、九歳の少女がやたらとゴツくてもこもこした兵隊に身辺警護を任せているだなんて話は聞いていない。

つまりクウェンサー達より早く到着し、ログハウスを制圧している何者かがいる。あの密室の中で何が起きているのだろう？　クウェンサーの心臓が緊張で締めつけられるが、殺害が目的ならとっとと射殺して立ち去るだけだから『留まる』必要はないはずだ……と無理にでもポジティブ要素をひねり出す。

不良貴族が小さく舌打ちして、

「……何だありゃ？　どこの軍だくそったれが」

「『情報同盟』が先に展開しているという話ではなかったのかね」

ルイジアナの言葉に、ヘイヴィアはうんざり顔で首を横に振った。

「あの狙撃銃……『情報同盟』じゃねえし、俺ら『正統王国』でもねえ。テクノピック射撃競技の優勝モデルだなんて高級品、逆に採算が取れねえからプロの道具にゃならねえよ。四大勢力の正式装備じゃねえぞあんなの」

「……、」

スラッダーはどこかよそに目をやっていた。

クウェンサーは自分のリュックを気にしながら、

「つまりプラチナより高い『ハンドアックス』を使ってる俺と同じくらいにはスペシャルでイレギュラーな連中って訳か」

「自惚れんなモヤシ野郎。そして装備を変えて所属を隠したがる兵隊は大体ろくでもねえ」

「『情報同盟』がそれだけヤバい非正規作戦を展開しているか、あるいは『情報同盟』以外の第三者が戦場に潜り込んできている……？」

「どっちにせよ殺して良い。保護対象のエリナだけ状態を確認しようぜ。即座に人質に取られる位置取りでなけりゃ銃で制圧できる、そういう状況だったらエリナの周りにいる兵隊だけ先に排除して安全な位置取りを整えてから皆殺しにする。話は分かったな？　ひとまず窓の見える位置まで移動だクウェンサー」

名前を呼ばれてもクウェンサーは答えなかった。

怪訝に思ったヘイヴィアは事態に気づけただろうか。あるいはこれもまた、横殴りの吹雪の恩恵かもしれない。

普段は目に見える事のないレーザーポインターの赤い直線が、吹雪のスクリーンで乱反射したせいではっきりと浮かび上がっているのだ。都合一〇本以上のラインが縦に横にと交差し、まるで蜘蛛の巣で搦め捕るように風景を埋め尽くしていく。

「『幽霊』が出る森……」

当然ながら、全ての赤い光線が誰かの胸や額でピタリと停止していた。

生き残れる者はいなかった。

クウェンサー＝バーボタージュはゆっくりと両手を挙げて、

「……まさかと思うけど、俺達が『幽霊』になるって話じゃないよね、これ？」

5

絶体絶命だが、同時に不思議な状況ではあった。

全員の急所を照準完了しているのであれば、警告を挟む必要もなくさっさと射殺してしまえば良い。なのに謎のX部隊は殺さずに『待って』いる。妙な状況だ、そういえばこのX部隊は天才少女エリナ＝シルバーバレットについてもとっとと射殺して立ち去るのではなく、何かをするために『留まって』いる。

馬鹿二人はホールドアップのまま小さく呟いた。

「……クウェンサーちゃんの天才的頭脳が惜しくて協力を取りつけたい」

「……光り輝く俺様が有力貴族すぎて莫大な身代金が手に入ると考えた」

どちらも不正解だったらしい。

近づいてきた白ずくめの兵士にスナイパーライフルの銃口で背中をつつかれる格好で、クウェンサー達はログハウスの方に案内される。

（……？　ホールドアップはするけど、武装は没収しない？　携帯端末なんて『正統王国』軍の機密データや暗号解読キーでぎっしりなのに？？？）

武器も情報も興味なし。

しかしそれでいて殺さずに『密室』であるログハウスまではわざわざ連行する。

ますます意味が分からない。別に椅子へ体を縛りつけられて目薬だの耳かきだので延々拷問されたい訳ではないが、相手の狙いが見えないとそれはそれで不安が膨らんでいく。……最悪、見た事もない道具を使った拷問動画の素材にされるか、あるいは横一列に並べられて地雷掘りでもさせられるかもしれない。

X部隊はクウェンサーやヘイヴィアが実際に近づいてみても四大勢力のどこの兵隊か、全くカラーが浮かんでこなかった。そもそも彼らは正規の軍人なのか？　ゲリラやテロリストなどの可能性も否定はできない。

丸太を組んだログハウスは内装も簡素だった。

最低限バストイレを仕切っている以外は一個の空間しかない。ベッドとキッチンスペースが同じ空間に混在していた。おざなりに作った暖炉だけでは厳しい寒さを追い出せないのか、部屋の隅には追加で薪のストーブが設置してある。

そして暖炉のすぐ傍の揺り椅子には、小さな女の子が腰掛けていた。

肩まである金髪に、おそらく手製と思しきもこもこニットのポンチョやセーター、スカートなどで全身を膨らませた九歳の少女。素直に温かそうだが、あの徹底ぶりだと下着まで毛糸のぱんつの可能性もある。

謎の部隊に拘束されているようには見えない。というか、最新の狙撃銃で身を固めた白い覆面が二人、それぞれ揺り椅子の左右に直立不動で侍っている。

二つの編み棒の動きを止めて、少女は顔を上げた。

ちょっと眠そうな視線をこちらに投げる。どうしてこの状況でリラックスができるのだ？

「……こんな森の奥に二組目とは。今日はまた、随分と客人の多い日ですね」

「エリナ＝シルバーバレット……？」

「どのような作戦なのかは存じませんが、作戦目標の顔くらい事前に把握しているのでは」

もはや呆れたような吐息さえ混じっていた。

結局これはどういう話なのだ？　謎のX部隊は九歳の少女に危害を加えるつもりはないらしい。覆面で顔を隠して銃を持った連中が家の中をうろついているのだから自由のない軟禁状態に近いのだろうが、それにしては暖炉の前で微睡んでいる本人がやけにリラックスしている気もする。少なくともエリナの兵隊ではないのだろうが、じゃあ一体何なのだこいつらは？

一方で、エリナ＝シルバーバレットはクウェンサーではなく、別の人物に注目しているらしい。

「？」

ルイジアナ＝ハニーサックル。当の本人はきょとんとしたまま首を傾げているが、エリナの方はそれで何か納得したらしい。九歳の少女はぎしっと揺り椅子を小さく軋ませ、音もなく首を縦に振っていた。

何かを受け入れるようにゆっくりと瞳を閉じ、そして天才少女は小さく呟く。

「なるほど……。そういう話ですか」

勝手に納得されてしまうが、クウェンサー達は置いてきぼりだ。

ややあって、エリナは再び瞳を開くと編み棒の一つで傍らのX部隊を指した。

のですか」

「探し求めている品は『彼ら』と同じですか？　あるいは、まだそこまで辿り着いてはいない

「何だ……。一体何を言っている？」

「この言葉で理解が進まないという事は、後者であると判断します。『彼ら』の方が一歩早い。何も理解できないまま殺されるとしたら、それはそれで災難ではありますが」

物騒な言葉が出てきた。

クウェンサーは、自分達を取り囲む銃口が存在を強く主張してくるのを感じる。

「必要なものなら全てこちらに」

言って、九歳の少女はポケットから取り出した切手より小さなフラッシュメモリを指で弾いてこちらへ飛ばしてきた。

「元々、学会で異端者扱いされて握り潰された論文ですけどね。でも本当に的を射ていないのであれば、ここまで躍起になって潰すほどの焦りは見せない」

エリナは丁寧だけどどこか非人間的な、無機物臭い敬語でこう続けた。

「私の専門が何かはご存知ですか？」

「地質学と環境工学」

「他、三二の関連学問でも博士号を取っていますが」

しれっと自慢したいお年頃らしい。

瞳からは感情が読み取れないくせに、こういう所は妙に子供っぽい。

「ただしそれはあくまでも書類上の分類に過ぎません。私、エリナ＝シルバーバレットが一体何の専門家かと問われれば、内容は一つしかありません」

「……？」

「……私の専門は愚かな人間が考えなしに生み出したダムや高層ビルなどの巨大人工物が周辺自然環境に与える深刻な影響、特に表層のプレートを歪める事での誘発地震」

クウェンサーには答えられなかった。

だからこそ、九歳の天才少女の声を止める事もできなかった。

「つまり二〇万トンもの巨重を誇るオブジェクトの組織的・集団的運用がもたらす地球規模の人工災害について。『クリーンな戦争』が生み出す破滅的な欺瞞を暴く事が、私の人生の目標となります」

沈黙があった。

そしてクウェンサーとヘイヴィアは、改めて一人の人物に横目で視線を投げていた。ルイジアナ＝ハニーサックル。全長一〇万キロもの宇宙エレベーターを建造してまで彼女がやりたかった事は一体何だったたか。

「……たった一機で二〇万トン」

　エリナは歌うようだった。

　迂闊に口ずさめばそれだけで凶事を招く、不気味な子守歌のようだった。

「それが時速五〇〇キロなり一〇〇〇キロなりで、総合格闘技のフットワークのように絶えず小刻みに左右へ体を振って高速戦闘を行うのです。核でも破壊できないオブジェクトを一撃で貫く高威力の主砲も百発百中ではなく、流れ弾も多数発生するでしょう。これらが地球のプレートや、さらに言えば地軸そのものに与える影響はケタ外れです」

「……、」

　ルイジアナ＝ハニーサックルも似たような事を言っていた。

　あまりにも巨大なオブジェクトが世界中で暴れ回っているせいで、地球の自転そのものに少しずつブレが生じている。それが許容の値を超える前に、全長一〇万キロのバランス制御装置――つまりは宇宙エレベーター――を使って惑星の運動そのものを調律しようとしたのがルイジアナの戦争の全容だった。

　その解決に奔走した関係で、クウェンサーやヘイヴィア、第三七機動整備大隊の面々も『ルイジアナの主張』は耳にしている。

　が、どう噛み砕けば良いかまで共通見解は出ていない。

　オブジェクトの時代を否定した場合、『平民』でありながら王侯貴族を経済的に出し抜きたいオブジェクト設計士志望の戦地派遣留学生クウェンサーにせよ、戦場で箔をつけて当主の座を勝ち取る事で対立貴族同士の因縁を断ち切りたいヘイヴィアにせよ、あるいは他の面々だって、それぞれが本物の銃弾が飛び交う戦争に出てまで手に入れたい夢や希望を丸ごと放り捨てる羽目になるからだ。特に、オブジェクトと運命を共にしている操縦士エリートのお姫様には『ルイジアナの主張』そのものを話せずにいる。

忘れられるものなら忘れてしまいたかった。

天才と変人は紙一重。あるいはルイジアナ一人の妄想であって欲しかった。

でも、違う。

航空宇宙学分野のルイジアナ＝ハニーサックルに対して地質学や環境工学を得意とするエリナ＝シルバーバレット。全く別の角度から調べて同じ結果に至った天才がもう一人出てきたのだ。ルイジアナにせよエリナにせよ、その知能のレベルで言ったらクウェンサーなんぞ軽く凌駕するだろう。凡人の『当たり前』と天才どもの『当たり前』をかち合わせたところで、少年一人に勝ち目なんぞある訳がない。

もう、逃げられない。

『クリーンな戦争』の破綻から、目を背けていられない。

「……い、言っても机上の空論だろ？」

震える声でヘイヴィアが言った。

あれで笑っているつもりなのか、余計に切迫した心理を表に出していた。

「膨張を続ける太陽がいつの日か地球を呑み込んでいくとか、地球の地軸は長い年月をかけてゆっくりとズレていきますとか、そういう話と同じだぜ……。いつかは来るかもしれねえ。でも、俺らが今ビビって生活を改めるほどの事じゃあねえ」

「何故」

対して。

揺り椅子の小さな少女は無機質に首を傾げただけだった。

「『まだ』来ていないと考えるのですか？　『もう』その時は過ぎているというのに」

黙った。

あのヘイヴィアさえも二の句が継げなくなっていた。

切羽詰まっている状況だからこそ、オブジェクトで利益を生み出す側も追い詰められているのだ。『変化』が目に見える数字の形で表れているからこそ、躍起になって潰す必要に迫られているのだ。魚の漁獲やダイヤの採掘に支えられた国が、実は海洋資源や地下埋蔵量がすっからかんになったらどうするか。万に一つも、もう売り物はありませんなんて記事をすっぱ抜かれる訳にはいかない。国の皆を餓えや渇きから守るためなら記者の暗殺だって企てるだろう。

時間はない。

もう破滅の時は始まっている。

ごくりとクウェンサーは喉を鳴らして、

「……じゃあ、じゃあ何か？　ゴーストチェンジャー搭載機の『レトロガンナー』を引き連れてやってきた『情報同盟』の連中は、天才少女の頭脳が欲しかった訳じゃない。オブジェクト危険説を唱える有力学者の口を封じて軍需関係の利益を守るために大部隊を展開してでも確実にアンタを殺そうとしているって言うのか⁉」

「今日は『情報同盟』までやってきているんですか……。こちらの命を狙う彼らを庇う義理はありませんが、このケースでは『情報同盟』軍だけを悪者扱いするのは不適切でしょうね」

ぎしっと。

暖炉の前で揺り椅子を小さく軋ませ、ぽかぽかと温まった体を持て余すようにして、手足の先まで弛緩させたまま九歳の天才少女はこう続けた。

「直接的に暗殺作戦を展開しているのは『情報同盟』のようではありますが、四大勢力の総意が間接支援しているのでは？　オブジェクトの時代がもたらす莫大な利益を享受しているのは『情報同盟』だけではありません。『クリーンな戦争』が続いてくれた方が助かる人間は国の境を越えて全世界で多数派を握っています。よって、四大勢力は裏で手を結んで自分の利益を侵害しようとする者を共同で排除する。その証拠に……」

言って、彼女は改めて視線を投げた。

エリナ＝シルバーバレットが一目見ただけで状況を『納得』した理由はここにある。

つまりは、

「ルイジアナ＝ハニーサックル。本来なら『正統王国』管轄の特別監獄の奥深くに幽閉され、故に手出しの難しい彼女がこうして表の戦争に駆り出されている。たとえ戦場で戦死しても、他の凶悪犯達に紛れて目立たないよう配慮までされて」

「……、」

「つまり四大勢力の思惑はこうです。『クリーンな戦争』を否定する学者を一ヶ所に集めて、まとめて殺せ。ただし死体の並びから不都合な真実が浮き彫りになる事のないよう、丁寧に囮を撒いておけ。木を隠すなら森の中です」

エリナの左右に侍っていた白い覆面達が耳元に手をやった。無線で何かを聞き取って、そして慌ただしく動こうとしている。

でも遅い。

もしも外にいる仲間達が何かしらの『異変』を感じ取ったとしたら、すでにヤツが接近してきている。『情報同盟』軍の切り札であるゴーストチェンジャー搭載機、『レトロガンナー』。南半球、南米大陸最南端の凍った岬で『正統王国』軍八〇〇名の兵士達が同士討ちの末に自ら血の海へ沈んでいった、不気味な『幽霊』の伝説はすでに一帯を呑み込みつつあると考えた方が良い。

エリナはルイジアナを一目見た瞬間に『納得』していた。

だから慌てず騒がず、九歳の天才少女はこう言い切ったのだ。

「……可哀想(かわいそう)に。あなた達は、ただ誤魔化しのために用意された死体役だったんですね」

ゴバッッッ!!!!!! と。

直後に、外からの強烈極まりない打撃によってログハウスが紙箱のように押し潰された。

6

奇怪なオブジェクトだった。

まん丸の球体状本体を支えているのは、まさかの一本脚。パワーショベルやスタンドライトのような関節のついた脚の先に、スキー板にも似た細長い推進装置が伸びている。それも静電気式でもエアクッション式でもない。ロードローラーにも似た金属製の重たいドラム状の車輪がずらりと並んでいるのだ。それこそ、ローラースケートか何かのように。

おそらくは重く巨大な車輪を無数に並べる事で、二〇万トンの巨重を分散させて重量管理しているのだろう。そうでもなければ、いかに頑丈な金属車輪であっても車軸が保たないはずだ。

主砲は球体状本体前面上方に取りつけられた三門の大口径レールガン。平行に並べられた数

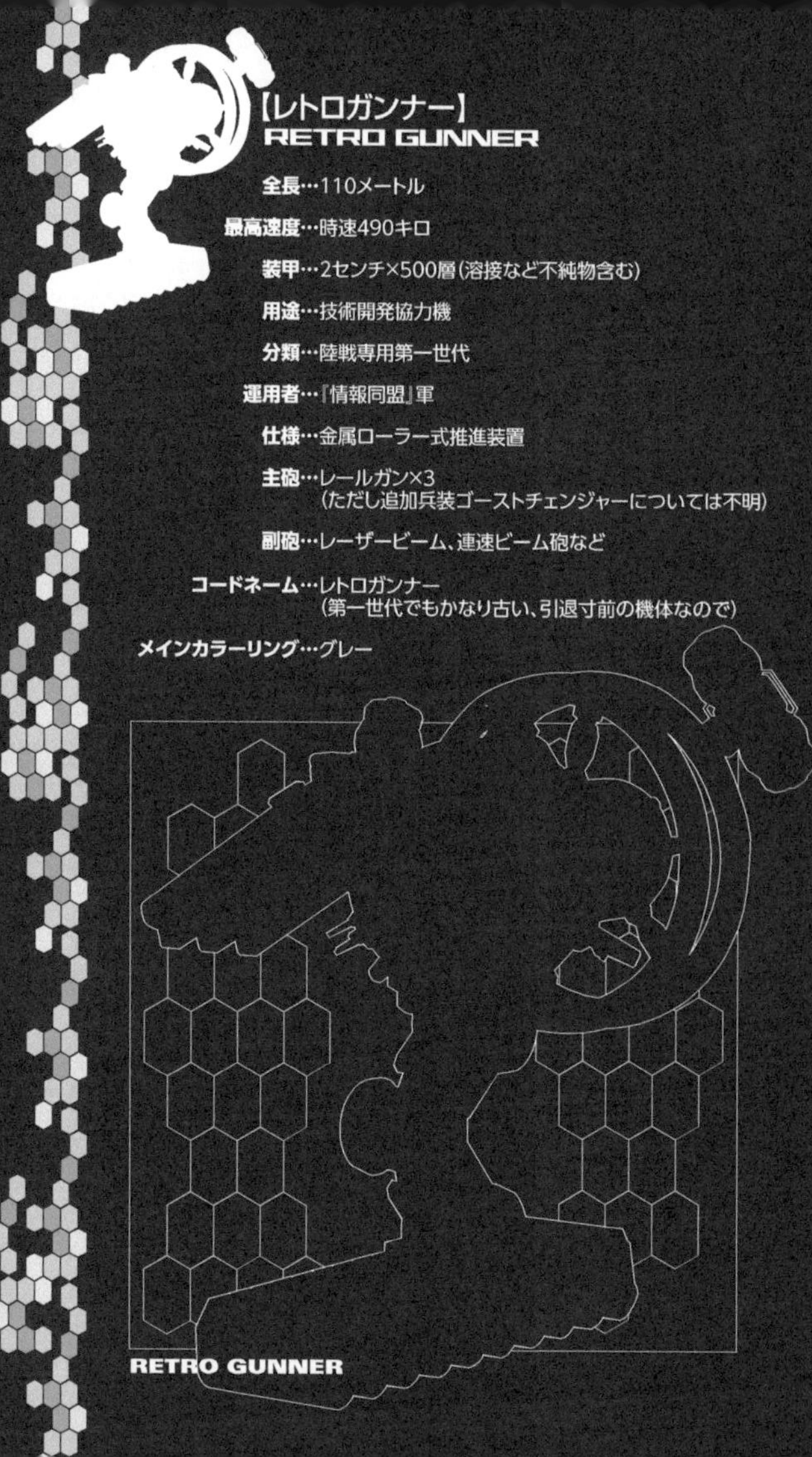

【レトロガンナー】
RETRO GUNNER

全長…110メートル

最高速度…時速490キロ

装甲…2センチ×500層(溶接など不純物含む)

用途…技術開発協力機

分類…陸戦専用第一世代

運用者…『情報同盟』軍

仕様…金属ローラー式推進装置

主砲…レールガン×3
(ただし追加兵装ゴーストチェンジャーについては不明)

副砲…レーザービーム、連速ビーム砲など

コードネーム…レトロガンナー
(第一世代でもかなり古い、引退寸前の機体なので)

メインカラーリング…グレー

の暴力に圧倒されそうになるが、これは逆に言えば命中精度の自信のなさが表れている、とも言い換えられる。一直線に敵機を撃ち抜く精度がないから、三門並べて大雑把に撃ち込み、多少狙いが外れても標的に直撃するよう工夫している訳だ。

錆(さ)びたカカシ。

『情報同盟』軍の中では、スクラップ同然の旧式第一世代。今では最前線を退いて試作兵装の試し撃ちやテスト運転ばかりしているロートル。

だが本当の本当に額面通りだとしたら、『絶対に敵軍に鹵獲(ろかく)されてはならない』秘密兵器、ゴーストチェンジャーを預けられるはずがない。

後部でスライドする錘(おもり)を使ってバランスを取る第一世代には、間違いなく何かある。

いよいよ本当の地獄が始まる。

「ひい、ひい……」

クウェンサー＝バーボタージュは何度も雪に足を取られて派手に倒れ、半ば転げ回るようにしながら必死になってログハウス……だったモノから距離を取っていた。ワンルームよりもちょっと大きい程度とはいえ、やはり建物。それが地面に置いたティッシュの箱を踏み潰すように破壊された光景だけでも、オブジェクトの馬鹿げたサイズが伝わってくるというものだ。

ぱぱぱん！　タァン!!　という銃声がそこかしこから響いていた。

「怖いっ!!」

ひとまず頭は低くするが、これで正しいのかどうかもモヤシ少年には判断できない。

銃声の種類は一つだけではなかった。サブマシンガンやPDWと思しき軽い連射音と、スナイパーライフルの重たい単発音。おそらくは『情報同盟』軍とログハウスを囲んでいたX部隊とが衝突しているのだ。ただ、X部隊の正体や実力は不明だが多勢に無勢だ。オブジェクトまで持ち出した大軍勢相手にスペシャルな少数精鋭が牙を剝いたところで、グンタイアリの群れにライオンが呑まれていくのがオチだろう。

びくびくしながらクウェンサーは頻繁に後ろを振り返りつつ、自分が生き残っている理由について頭に浮かべていく。

(……馬鹿どもめ、誰も頼んでいないのに勝手に食い合っているのか。つまりこの自由は、混乱が収まるまでの一時的なものだ。今の内にできるだけ遠くまで行かないと色々ヤバいっ!!)

スラッダーやルイジアナなど、四人達の面倒なんて見ていられなかった。

ヘイヴィアさえどこへ行ったか覚えていない。

それでもクウェンサーは一人ではなかった。その手で細い手首を摑んで無理にでも引っ張る。

九歳の天才少女、エリナ＝シルバーバレットだ。

「賢い選択とは言えませんね。仲間を見捨ててでも生き残りたいのであれば、この場にいる全軍の最優先目標である私と共にいるのは逆効果でしょうに」

「うるさい黙れ……。真実に気づいた天才どもの死体が悪目立ちしないようテキトーに兵士の死体も混ぜておく？　そのためのデコイ役だって？　ちくしょうふざけんなよ、そんな理由で殺されてたまるかっていうんだ……」

どこを見回しても白い吹雪のカーテンだけだった。

そして真正面でのそっと黒い影が蠢いた。

「だっ誰だ⁉」

とっさに粘土状に丸めたプラスチック爆弾『ハンドアックス』へボールペンに似た電気信管を突き刺しながら、クウェンサーはそう叫んだ。

影は言った。

「投げるなよ。攻撃してきた場合はこちらも撃つしかない」

「っ？」

互いの視界は同程度のはずだ。つまり向こうからもクウェンサーは影としか映っていないはず。なのにどうして銃ではなく爆弾の可能性を思い浮かべられる？　考えて、クウェンサーはようやく気づいた。エリナ＝シルバーバレットが半ば呆れたように白い息を吐いた。

「あなたのお仲間みたいですよ。だから特殊な攻撃手段まで熟知しているのでしょう」

「……す、スラッダー、か？」

「ああ」

クウェンサーが話しかけると、手錠や足の鎖で縛められた凶悪犯が近づいてきた。無精ひげのマスドライバー研究者だけではない。隣にはゴージャスな金髪お嬢様までいる。

「この鉛弾の嵐の中、何もない白い雪原を一人で歩いて勝手に遭難しかかっていたモヤシ学者はわたくしが捕まえておきました。あは、『正統王国』全体をあげて感謝をしてほしいくらいですわね。……それにしても、兄様はどうしましたの？」

「ルイジアナのヤツもいなくなってるぞ……。ヘイヴィアが凶悪犯の首根っこを押さえてくれていると良いけど」

「（……まったく何でこっちの『平民』なんですか？　普通逆でしょう、組み合わせが）」

「俺だってルイジアナの方がまだしも扱いやすいよ」

互いの顔を見合わせてクウェンサー達は生存者を確認し、疑問の声を放っていく。

ルイジアナ＝ハニーサックルはエリナ同様『真実に気づいた天才』として、『情報同盟』──あるいは四大勢力の総意か？　──からすれば最有力の標的だ。だが一方で、今ある武器はクウェンサーの爆弾と囚人達の護身用拳銃が二丁。『情報同盟』軍とX部隊が正面衝突し、オブジェクトまで動員されている中で闇雲にヘイヴィアやルイジアナを捜し回るのは自殺行為だ。十中八九、白い吹雪のカーテンの向こうに人影を見つけた次の瞬間には蜂の巣にされている。

ゴッッッ!!!!!!　という爆音と衝撃波が束の間、あれだけ世界を支配していた吹雪のカーテンを千切って吹き飛ばした。

「わあっ⁉」

『レトロガンナー』の主砲、三連レールガンだ。

激しい起伏があるとは言っても基本的には山ではなく森。にも拘らず、遠方からの強大な震動と共に白い大地が明確に滑った。うっすらと砂を撒いたガラス板を振動させるのと同じく、分厚い雪の層が大地のブレに巻き込まれて『移動』したのだ。クウェンサーは慌てて両腕を振り回すが摑めるものはない。腰の辺りまで雪の層に吞まれそうになる。

「うえっ、くそ。い、生きてるかエリナ……」

「はい。体重的には軽い方が雪に沈みにくいようです」

ここまで埋まると逆に自分一人では這い上がれない。クウェンサー＝バーボタージュ、ここにきてまさかの九歳の小さな手でレスキューされて体を引っ張り出してもらう羽目に。

そして今のオブジェクトの一撃で二種類の銃声の内、スナイパーライフル側が途切れる。サブマシンガンやPDWの軽い連射音が一気に勢いづいていく。

敵の人数が勝手に減ったと言っても喜んでいられない。謎のX部隊に『情報同盟』軍。どちらかがやられて混乱が収まってしまえば、次はクウェンサー達の番だ。

スラッダーは白い吹雪の中、見えるはずもない遠くへ目をやりながら、

「わざわざ並列扱いで電力を分配して一門当たりの初速を減じるとは無粋の極みではあるが、まあ地球を脱出するのでなければインスタントでも十分か。……今のレールガンで、場の流れ

が傾いたな」

「とっ、とととにかくここを離れよう。Ｘ部隊がどこの誰だか知らんが『戦争の大きな流れ』まで動かせるとは思えないし。混乱が収まったら『情報同盟』の大部隊が数にものを言わせてエリアを制圧するぞ。包囲網や検問を設定してくまなく塗り潰すように山狩りでも始められたら、これだけの森の中でもやりすごせなくなる。包囲の輪が閉じる前に戦場を抜けないと……」

「理屈は簡潔で分かりやすくはありますが」

エリナ＝シルバーバレットは自分の家も財産もまとめて轢き潰された割には特に顔色を変えていなかった。

「具体的にどうやって彼らより早く脱出するのですか？　まさか徒歩で？？？」

「……、」

元々は冷たい川をモーター付きのゴムボートで下っていく予定だった。Ｖ字の谷間に流れる川を高速で移動すれば、オブジェクトに見つからず時速二〇〇キロ近くで戦場から離脱できるはずだったのだ。

しかしその手は使えない。

何しろ空気を抜いて畳んだゴムボートを背負っていたのは、行方不明になったヘイヴィアだからだ。

（……ボートを持っているのはヘイヴィア一人って訳じゃない。くそ、『正統王国』はどこで何やっているんだ？　こういう時こそ大火力のお姫様とか、器用貧乏で役に立たない道具をいっぱい背負ったミョンリとかの出番だろうが！）

手元には無線機があるが、元々氷点下一五度の地獄では電子機器の調子が悪い。それに今ここで『正統王国』の電波を一人だけばら撒いたら、それだけで場を支配しつつある『情報同盟』に勘付かれて追い回される羽目になりかねない。

大地を揺さぶる三連レールガンの震動は骨身に沁みている。

あんなものを向けられたら最後、生身の人間なんて金属砲弾が直撃しなくても余波だけでクレーター状の土砂の壁と一緒に吹き飛ばされる。

「ないものねだりをしても仕方がない……。とにかく峡谷沿いに下流へ向かって進むんだ」

「徒歩では追い着かれますわよ」

「『正統王国』軍の連中だって連絡がつかないだけで、エリア一帯に展開自体はしているはずなんだ。ゴムボートは『正統王国』ならチームごとに支給されてる、途中で川下りする仲間と鉢合わせしたらヒッチハイクすれば徒歩の制約から抜け出せる！」

もちろん明確な根拠なんかない。

だけど今ここで最も生き残れる確率を上げるとしたら、『事前の取り決め通り』に仲間が動いてくれると信じるくらいしかやる事がない。

ヘイヴィアやルイジアナは心配だが、『レトロガンナー』についてはお姫様に対処してもらうしかない。機械がいまいち信用できず迂闊に無線電波を飛ばせない以上、今ここでクウェンサー達が死んだら救助の要請すらチャンスがなくなる。

生きてここを出て、確実に『正統王国』の大軍勢を呼び込む。いったんは置き去りにせざるを得ない仲間の命を繋ぐために。

（……どんな言い訳したってダメか。こりゃあヘイヴィアからは恨まれるぞ……）

「はあ、ふう。それにしても意外と歩けるもんだ……。てっきり雪上ハーフマラソンやった時点でへろへろだと思っていたのに、なんか体が軽い……？」

「あら、わたくしが風上に立ったおかげで無駄に元気を注入してしまったようですね。まさか女の子の香りさえあればいくらでもミナギッテいく類の変態さんだったとは」

「よ、よしなさいって九歳の女の子の前でヘキの話を始めるとか。ざ、ざざざ罪悪感が」

「否定自体はしませんのね。それからご存知ですか？　味は舌以外にも皮膚や腸からでも微弱ながら吸収・知覚できるという豆知識を。味覚と嗅覚は同じ化学受容ですから、匂いも毛穴から吸収できるかもしれません。まったく変態とは侮れません、乙女の味や香りは一体どこから盗み取られるか分かったものではありませんわ。あはは、ほうら風上から髪の毛ばさー」

「よしなさいってえ!!」

ただでさえ薄暗かった空が、いよいよ明確な日没を迎えた。

白い世界が、黒い世界へ変わる。

唯一の人工物だったログハウスは踏み潰された。本当に何もない大自然では、恐ろしいほど闇が深い。月明かりすらない吹雪の夜ならなおさらだ。

そんな簡単な事でも、クウェンサーは一瞬前まであった余裕を全部失う。

「方角は、くそ、幹についた苔はどうなってる……？　ああもうっ、雪が張りついて何も見えない！」

「吹雪のカーテンがあるとはいえ、この暗闇でライトを使うのは自殺行為だぞ」

「じゃあどうしろっていうんだスラッダー!?　視界を確保しなくちゃ雪庇？　とにかく雪の塊を踏み抜いて谷底まで真っ逆さまだろ。真っ暗闇の中、これから峡谷沿いに延々と歩いていくんだぞ！」

「くすくす、なら二、三メートルほどの長い木の枝でも見繕って、前方の地面をつつきながら歩くくらいの知恵を働かせてもよろしいのでは？　人間が利用できる感覚器官は視覚だけとは限りませんわよ。……まったく、これが兄様なら手取り足取りレクチャーしたものを……」

小馬鹿にしたようにアズライフィアが言葉を添えてきた。ただ、馬鹿と一緒に氷漬けにはなりたくないといった心境に偽りはないはずだ。クウェンサーは不貞腐れながらも助言に従ってまだ細い、親指くらいの太さの若木をへし折る。木の根元側は雪で埋めておいた。

半ば自分に言い聞かせるように、クウェンサーは口の中で呟いていた。

「……大丈夫、大丈夫。事前に試せる、深く沈んだら危ない、でも事前に試せるんだから俺の足で踏み抜く心配は何一つない……」

「深い森の脅威はそれだけではないがね。ここはシベリアだろ、確か世界最大レベルの熊がいたはずだ。しかもアラスカと違ってこっちは虎もいるぞ」

「頼むからちょっと黙っててくれ‼」

ヘイヴィアが一人いないだけで戦場のお作法が一気に崩れていく。ガイド役がいないまま、おっかなびっくりの逃避行が始まった。

幸い、すぐさま『レトロガンナー』が気づいてこちらを追い回す事はなかった。単純にまだ見つかっていない他、ひょっとしたら虱潰し(しらみつぶし)に別の標的を叩(たた)いているのかもしれない。それは謎のX部隊の残党か、あるいはヘイヴィアやルイジアナ達か。戦争は恐ろしいくらい平等だ。誰かに生存のチャンスが回ってくるという事は、別の誰かが命の危機にさらされている。

「兄様……」

アズライフィア＝ウィンチェルが頭の横に手を添えて長い金髪を押さえつつ、後ろを振り返ってそっと呟(つぶや)いていた。

脱出用の川自体はすぐに見つかった。ふわふわした白い雪の層が唐突に途切れて、夜の色を吸い込んだ黒い谷底が視界に飛び込んでくる。まるで大地に刻みつけられた漆黒の亀裂だ。地獄の底が黒く濁った血を滲(にじ)ませる傷口でもさらしているようで、単純に怖い。ざあざあという水音は結構強い、それだけ流れが急なのだろう。凍結を拒むほどに。たとえゴムボートがあったとして、一〇メートル以上の崖を降りてあそこに浮かびたいと思えただろうか……？

　もはや当然のように人工物はなかった。

『正統王国』軍の兵士だって少なくない数が揃っている。その内の誰かが脱出に利用する峡谷の川をゴムボートで下っていればヒッチハイクを頼める。……考えが甘かっただろうか？　少なくとも、辺りの針葉樹を根元から爆弾でへし折ってロープで縛り、お手製のイカダを作るよりは現実的だとは思うのだが……。

　クウェンサーは顎に手をやって口の中でブツブツ呟いていた。

「……気温は氷点下一五度、水温についてはおそらく一度か二度。手作りイカダだって？　テストを繰り返してデータを蓄積したプロ仕様の軍用品ならともかく、ぶっつけ本番の一回勝負、下手なハンドメイドなんぞで挑んだらずぶ濡れからの冷凍食品間違いなしだぞ」

「？　何の話をしているのですか？」

　隣に立っているエリナ＝シルバーバレットからくいくいと袖を引っ張られた。九歳の少女に心の強度を心配されるようになったら人生はいよいよだ。

（方針がブレたらそこから迷走が始まる、同じ所をぐるぐる回る遭難コース確定だ……。とにかく一貫。今すぐ結果が出なくても、誰か一人くらいこの川をボートで下るはず。考え方が間違っていなければ、今じゃなくてもいつか必ず当たりを引き当てる。だから選ぶのは常に一択、一を連打で決まり。二だの三だの不安に思って賭ける先をちょこちょこ変えるから、逆にチャンスを逃がす羽目になる……）

そんな風に自分に言い聞かせ、クウェンサーは長い木の枝で分厚い雪の層をつついた。

かさりという異質な感触が返ってきた。

雪とは違う。まるでケーキ上の砂糖の人形でも突き崩すような、乾いた軽い感触だ。

「……、」

間違ってはいなかった。

体をくの字に折り曲げて横に倒れたまま、衣服や目鼻立ち、性別や年齢すら分からなくなるほど黒焦げになった何か。それはアルコールに火が点いたように、まだ透き通るような淡い炎に包まれていた。

人間の死体だった。

安全確認のために突き出した木の棒はあっさりと片腕を砕き、腋の下から胸の真ん中を貫いて、反対側まで飛び出していた。

ぼろりと崩れる。

クウェンサー＝バーボタージュは絶叫した。

7

何を叫んだか覚えていない。

叫び過ぎたせいで、途中で喉か胃袋がひっくり返ったように蠕動して、未消化の内容物をまとめて雪の上に吐き出した事だけは頭の片隅に残っている。

がくがくと震えるクウェンサーはアズライフィアの手で後ろから羽交い締めにされていた。そうされていなかったらとっくに崖下へ転げ落ちていたかもしれない。

死体は一つではなかった。

しかも、焼死体だけとも限らない。白い雪の層から飛び出た大きな岩にぶちまけられている赤黒いモノは、元人間だったミンチ肉だろうか？　槍みたいに尖った針葉樹のてっぺんには、まだ血の滴る臓物がいくつも引っ掛けてある。

悪趣味。

ただ最適な動きで殺すだけではなく、目の前の死にユーモアすら感じられる光景だ。

（ちくしょう……）

もう、全身汗びっしょりのクウェンサーにはまだ幼いエリナの両目を掌で塞いでやるだけの配慮も残っていなかった。

（『情報同盟』でもX部隊でもない……。血みどろの軍服、焼け焦げた銃器。同じ『正統王国』軍かよ、くそったれが!!）

そして何故かスラッダー＝ハニーサックルが雪の上で崩れた不自然極まりない炭化死体を見下ろしながらこう呟いていた。

「……一九〇八年六月三〇日午前七時四〇分、と記録されている」

それは、伝説だ。

科学万能のこんな時代になっても明確に答えが出ない、だからこその数少ない『生きた』伝説。

「ツングースカ大爆発。突如として、何の脈絡もなく、二〇〇〇平方キロメートルもの原生林が焼失した正体不明の爆発現象だ。焼けたのは主に未開の森という話だったが、実際の人的被害については不明。あまりに強烈な爆発だったためヨーロッパ全域で不自然な夜光雲が発生し、爆発中心地は半径数十キロにわたって二〇年以上何も育たない不毛の地が広がったらしい。地表に接近中の小惑星が空中分解して全方位へ大量の熱と衝撃波を撒き散らしたとする説が有力だが、仮説は他にも色々ある」

「何だ……」

クウェンサーは酸っぱい口元を拭いながら、

「じゃあこれも『幽霊』とかいうのの仕業だっていうのかよ……？　冗談!!　ここは銃弾や刃

物が支配する現代の戦場だろ！　人が燃えているなら人を燃やした兵器があるはずだッ!!」

「ただの火炎放射器や焼夷弾じゃない」

「なにがっ、何で分かる!?」

「単純に方式が違う」

　スラッダーが指差したのは、死体の胸の辺りだった。

　うっかりクウェンサーが損壊してしまった、いやにぱさついた傷口だ。

「……木の棒で突いた時、やけに抵抗もなく炭化死体を突き抜けたとは思わなかったか？　この氷点下一五度の猛吹雪の中、ここまで原形を失った死体がまだ淡く炎を上げている理由は？」

「それが、なんっ」

「蝋だよ」

　スラッダーは的確に言ってのけた。

「ただタンパク質の筋肉やカルシウムの骨を燃やしている訳じゃない。それだと専門的な火炎放射器で焼いたって生焼けになる。蝋だ。この死体は全身が蝋に変化している。つまり、昔ながらのロウソクとおんなじ理屈さ。軍服や装備品、あるいは毛髪などが燃えやすい『芯』となって、そこに点いた炎を肉体の蝋が支えているんだ。だから死体は不自然に柔らかく、この環境でも炎が消えない」

蠟(ろう)。

ロウソク。

言われてもクウェンサーには理解できなかった。人間とか死体とか、そういう言葉とはあまりにも遠い気がする。

だが細い顎に手をやって呟(つぶや)いたのはアズライフィアだった。

「……そういえば、死体は特殊な環境に置くと腐らずに安定する、という話がありましたね。乾燥、冷凍、それから人体が蠟(ろう)になる、といった話も」

パニックが伝染した……訳ではなさそうだ。

恐慌状態(きょうこうじょうたい)で頭が麻痺(まひ)した状態のクウェンサーよりも、むしろアズライフィアやスラッダーなどの悪人の方が、よほど冷静に自分の知識を総動員している気がする。

スラッダーはそっと息を吐いて、

「ああ、人の体が蠟(ろう)になる条件は死体を酸素から遮断し、湿った場所に長く置く事。簡単に言えば、細菌の育たない状況で水に沈めたり、土の中に埋めたりといった形だな」

そして、と。

彼は最後にこう締めくくった。

「分厚い雪の下でもこの条件は成立する。ツングースカ方面で死亡して野ざらしにされ、吹雪に埋もれてしまえば人間はこんな感じになるかもしれないな」

「じゃあ、じゃあ何だ？　『情報同盟』軍の連中はただ人間を燃やすだけじゃなくて、骨まで体を蝋に作り替える新兵器まで持ち出しているっていうのか？？？」

「無理だ」

　が、提案したはずのスラッダー自身が首を横に振った。

「人体を完全な蝋にするには長く『寝かせる』必要がある。早くても数ヶ月、下手すれば年単位。とてもじゃないが、今殺して蝋に変えてすぐ燃やす、なんてカップ麺みたいな即席変化は不可能だ」

「……じゃあ、なにがおきているんだ……？？？」

　クウェンサーは呆然と呟いた。

　スラッダーは雪に埋もれつつある炭化死体から、よそに視線を振った。槍みたいに尖った針葉樹の上には柔らかい臓物が不自然に引っ掛けてある。

「奇妙な点は他にもある」

「なにがっ、ちょっと待ってくれ、まだ目の前のこれを処理できてない！」

「木の上の臓物。あの死体……の一部、とでも呼ぶべきか。氷点下一五度の風にさらされたにしては、やけに柔らかい気がしないか？　まるで今さら思い出したように凍り始めているように見えるが」

「はあ。ちなみにここは、湿ったタオルを物干し竿にかけておけば一分程度でカチコチになるツングースカ方面ですけど」

ここで暮らす地元民（？）のエリナ＝シルバーバレットが抑揚のない声で呟いていた。

ぎくりと、今さらのようにクウェンサーの背筋が固まる。

ようやくその意味が理解できてきた。

「……ちょっと待った。あれ、『いつ』殺したものだ？」

「少なくとも、我々が考えていたよりは直近のようだ。そこの彼女の言い分が正しければ、この雪の中、六〇秒以内で移動できる範囲の中に『何か』がいるぞ」

クウェンサーは慌てて右に左に首を振ってみるが、白い吹雪のスクリーンの奥には何も見えない。『情報同盟』軍やX部隊、それにツングースカ方面を闊歩しているであろうゴーストチェンジャー搭載機、『レトロガンナー』も。

まだ、凍っていない。

つい一瞬前に殺されて、悪趣味に飾られ……じゃあこれをやった下手人は近くに、いる？

でも誰が。

それ以上に、どうやって。

足跡は一分くらいじゃ消えないだろうに、何もない。いくら視界不良で遠方が見渡せないと言っても、銃声一発響けばクウェンサー達が気づかないはずがない。ましてオブジェクトから得体の知れない超兵器なんか叩き込まれたら逆にショックで気絶しない方が不思議なくらいだ。

なのに、現実にまだ凍っていない惨殺死体がすぐそこにある。

死体は一つだけではない。あっちの岩に撒き散らされ、向こうの木に引っ掛けられている。つまり大勢が死んだのなら、悲鳴や抵抗の銃声くらいあっても良いだろうに、気配もなかった。犠牲者にはそんなチャンスすらなかったのか？　そんなにも、そいつは圧倒的なのか？

足音一つなく。

獲物の背後からそっと迫り。

触れただけでプロの兵士をぐしゃぐしゃにするモノ。

派手な音を鳴らして直接的な命の危機を突きつけてくる銃弾や爆弾とは違う、無音の恐怖がぬるりとクウェンサーの意識へ這い寄ってくる。時間を盗まれている、と思った。特殊な条件で数ヶ月だか数年だか保存しないと変化が完了しないはずの人体の蠟に、この極寒でも凍りつかずに放置されているミンチ肉や木の上の臓物……。

『幽霊』。

一体。

何をどうしたら、こんな現象に結びつくというのだ……？

特殊相対性理論に干渉して特定の座標だけ時間を高速化させる技術でもある？　人間の五感を完全に無力化する特殊な迷彩服でも存在する？　ダメだ、とクウェンサーは首を横に振った。そんなのは物理法則なんて呼べない。必死に並べたアイデアは空回りを見せつけるばかりで、厚みというものが全く感じられない。

　何か、はある。

　だがそれは、クウェンサーの知る法則性ではない……とひとまず仮定するしかないのか？

　ひとまず。

「じゃあ、じゃあ何だ……？　『情報同盟』軍は『ゴーストチェンジャー』を持ち出して、ツングースカ大爆発で死んだ軍人だの狩人だのの『幽霊』でも呼び出したっていうのか？　そいつらは死んで分厚い雪の下で蠟になった自分達と同じ死に様を押しつけるために……？？？」

「そもそもツングースカ大爆発の原因は特定されたと言い切って良いものかね。彗星その他の仮説も山ほどある。そして実際に現象が起きて記録に残されている以上、どれだけ荒唐無稽であっても簡単に一蹴はできない」

「……、」

「ひとまずここではツングースカ大爆発という現象が発生していて、『情報同盟』軍はゴーストチェンジャーなる追加兵装をここに持ち込んでいる。それは事実だ」

　アズライフィアは一歩離れ、腕を組んで、何も言えないクウェンサーを値踏みでもするように視線を投げていた。

　幼いエリナは感情の読めない顔で首を傾げて、

「はあ。それでは毒牙が届くまでに原因を特定できなければ、身をもって味わう羽目になるかもしれないのですね。『情報同盟』軍の最優先ターゲットは私でしょうし」

エリナが的確に、誰もが考えたくもない結論を抉り出してきた。

天才二人からのお墨付きがやってきてしまった。

目の前に広がるこの状況は、普通の化学や物理では説明のできない事態だと。

クウェンサーはまだ信じられなかった。いいや、自分の主観だけでなく、第三者の口から客観的に否定してほしかったのかもしれない。

そうしないと、呑まれる。

すでにこれだけやられて、まだそんな呑気な心配をしている自分にちょっと笑える。

『情報同盟』はこの土地で、一体何を呼び起こしたのだ？　スラッダーの言う通りだった。ここに奇怪な変死体がある以上、『幽霊』の正体が何であれそれは実体を持った何かだ。化学薬品を使った幻覚とか、猛吹雪のスクリーンにレーザーアートで映像を表示しているとか、そういう『見せかけの何か』とは種類が違う。

物理的な、『幽霊』。

危険のレベルは、間違いなく跳ね上がっている。

ゴーストチェンジャー。『情報同盟』の秘密兵器は、ハッタリだけのこけおどしではない。彼らの扱う『幽霊』は、間違いなく具体的な殺傷力を伴った何かなのだ。

「ど、動物だよ……」

空気に染まりそうになって、クウェンサーは慌てて首を横に振った。

天然か人工かなんてレベルで論じてはいけない。そこまで自分のハードルを下げた時点ですでに半ば認めてしまっている。反論材料のつもりが反論になっていない。

冷静になれ。

呪い？　憑依だって？　そもそも『幽霊』なんているはずがないのだ。絶対そうだ。

だから無理にでもクウェンサーは笑い飛ばそうとした。

「……スラッダーもさっき言っていたじゃないか。シベリアには世界最大レベルの熊がいるって。何も全部が全部『幽霊』の仕業じゃなくても良い。例えば映像のハッタリを見てパニックに陥った兵士達を野生動物が襲った可能性だって……」

「あるいは、岩や木の幹にへばりついた人肉シャーベットは熊の一撃、木の上の臓物は猛禽類が餌を保存するために高所へ引っ掛けたのかもしれません。本気の野生動物ならわたくし達人間に気配を察知させず、速やかに獲物の人間を始末する事もできるかもしれません。……ただしその場合、最初の炭化死体については説明がつきません。一般に動物は火を使いませんし、雷なども光やゴロゴロ音は捉えておりませんし……。もちろん火山活動という線もないでしょう。まして骨まで炭化させるほどの高火力となったら、『島国』の火葬場でも数時間はかかる大仕事ですわよ？」

「初期条件に誤りがある。そもそも燃えた人間は全身が不自然な蠟に置き換えられている点も留意してくれよ、普通の状態よりはいくらか燃えやすいはずだ」

「何かあるッ!! 形のない恨みだの呪いだので人間がひしゃげて燃え上がったなんて考えるよりははるかに現実的だ。戦場なんか死と恨み言の盛り合わせだぞ、映画のラストシーンみたいに全部満足してお美しく死んでいく兵士なんかいてたまるか。いちいち呪いだの何だので人が死んでいたら戦勝国なんか皆殺しにされてる!!」

スラッダー、アズライフィア、そしてエリナ。

いずれも一筋縄ではいかない天才どもは、氷点下一五度の中で汗びっしょりになっているクウェンサーを見て、揃って肩をすくめていた。正体不明のおっかない状況だからこそ、いつもと変わらない『当たり前』の常識で足場を固めて安心を得たい。そんな凡人の発想すら、この異次元では少数派の異端者にされるとでも言うのか?

あるいは、こいつらの見ている『当たり前』の常識そのものが、そもそもクウェンサーとは決定的にズレているのか?

ぎぎぎぎぎ、という金属の軋みがどこかから聞こえてきた。

切り裂くような猛吹雪とは明らかに違う、人工物の噛み合う音色だ。

「しっ!」

クウェンサーは短く警告し、一番幼いエリナ＝シルバーバレットの手を引いて雪の上に伏せた。九歳の天才少女は顔色一つ変えなかった。

どうやら車のようだ。

ただし分かりやすいヘッドライトはない。月もない吹雪の原生林では自殺行為も同然だが、現実に明かりのない軍用車はこちらに近づいてきている。この深い雪の中、普通の安全運転よりも慎重な速度とはいえ、確実に。

次の何かがやってきた。

クウェンサーにひっつきながら、エリナは唇を動かさず静かに問いかけてくる。

「どうするのですか、『情報同盟』軍だとしたら身を隠すには用意が足りません。熱源探知、対人レーダー、光量増幅などの暗視装備をつけていたら暗闇の奥でも普通に暴かれますよ」

「……静かに。普通の地面なら一〇〇％アウトだ、でもここは雪の上だぞ」

スラッダーやアズライフィアも迷ったようだが、最終的にはクウェンサーに追従してその場で音もなく身を伏せていた。

ガロガロガロガロ、という太く規則的な機械音が徐々に大きくなっていく。

だけど一番響き渡るのは、クウェンサー自身の心臓の鼓動だった。

（……見つかったらおしまいだ、増援のリクエスト一発で『レトロガンナー』がやってくる、得体の知れない『幽霊』に殺される……）

音は鳴りやまない。

このまま相手に気づかれず分厚いタイヤで轢(ひ)き殺(ころ)されるのでは、などという妄想までクウェンサーの頭の奥で焼けつきを起こしていた。

近づく、近づいて、そして交差した。

正体も見えないまま、不意に音源がクウェンサー達を追い抜いていく。

「っ?」

「(静かにしなさい)」

意味が分からず、思わず顔を上げようとしたクウェンサーの頭を、近くにいたアズライフィアが上から片手で強く押さえつける。

「(……エンジン音から察するに、『情報同盟』の軍用四駆のようです。それから車が通ったのはこちら側ではなく、谷の向こう側だったようです。だから音にだけ追い抜かれた)」

今度は車のお化けかと思って身構えたクウェンサーだったが、そういう訳ではないらしい。

アズライフィアは間違いなく悪女だが、注意しないとその力強さに寄りかかってしまいそうだ。ギャングのボスだけが纏う負のカリスマはこういうものなのかもしれない。

谷の幅は一〇メートル以上。人影なんか猛吹雪のスクリーンのせいで見えないが、車両サイズになると話が変わってくる。

そしてクウェンサーもまた冷静さを取り戻して観察してみると、だ。

「あの四駆、何か頭の上で首振りしてるぞ……」

「……兄様ほどクレバーではありませんわね。暗視系でアクティブというのなら、やはり赤外線かレーダー波でも放射しているのでは？」

分厚い雪の層は光を弾く。つまり雪を被ってしまえば赤外線に頼る熱源探知を曖昧にする効果が期待できるし、微量の光を機械的に増幅する暗視装備も以下略だ。そして対人レーダーはマイクロ波の反射から標的の位置を探る装置だが、雪の中に体を沈めてしまえば際立った凹凸を隠し、反応から逃れるチャンスが生まれる。

クウェンサーがホッとした直後、パンパパン!!　という乾いた銃声が連続した。

心臓が縮む。

無理に両手で口を塞いで悲鳴を押し殺したら、何故か目尻から涙がこぼれてきた。

短い叫びの後にさらに銃声が追い討ちをかけ、そして場が静寂に包まれた。誰かが撃たれたのだ。銃はそれほど詳しくないが、辺りに響く銃声が一種類しかないのは『学生』のクウェンサーにも分かる。抵抗らしい発砲音がなかったから、ひょっとしたら投降して命乞いでもしようとしたところで迷わず射殺されたのかもしれない。

おそらくは、同じ軍服を着た『正統王国』の誰か。

あの四駆が峡谷のこっち側を走っていたら、クウェンサー達があなっていた。

バキバキと金属の破壊音もあった。囚人を連れ歩くクウェンサー達以外は荷物を運ぶ獣型のロボットを連れていたのだったか。

「……ちくしょう」

「怖いのは『幽霊』だけではないらしい」

スラッダーが呟く中、四駆のエンジン音がゆっくりと遠ざかっていく。この暗闇の中、大きな音を鳴らして暖房の効いた車を走らせている事自体にある種のふてぶてしさが感じられた。

「そしてこれはチャンスでもあるかもしれない」

「？」

首を傾げるクウェンサーに、スラッダーはもう一度言った。

「『正統王国』軍の兵士なら一定確率でゴムボートを支給されているんだろう？　間抜けな死体の装備を漁れば脱出に必要な道具が揃うかもしれないじゃないか」

もう我慢できなかった。

クウェンサーは雪の中に埋まっていたソフトボール大の石を引っこ抜くと、警告抜きで凶悪犯へ殴りかかった。

8

しかしどれだけ非道な意見であったとしても、合理的であるのは間違いないのだ。

横から割り込んだアズライフィア＝ウィンチェルに何かしらの護身術と思しき投げ技をもらってクウェンサーの視界がぐるりと一回回った後に、そんな単純な事実を突きつけられた。スラッダーは傷一つなく呑気に肩をすくめるだけだった。すぐ近くにいるからと言って馬鹿正直に石で殴りかからず、投げつけてやれば良かったとクウェンサーは後悔する。

四人どもは両手に手錠をはめているのにこの戦力差だ。

雪の上に転がって呻くクウェンサーに、エリナ＝シルバーバレットが耳元へ口を寄せてきた。

たった九歳の少女はそっとこう言ったのだ。

「……私はあなたが羨ましい」

「？」

「銃声が聞こえた時、とっさに『使える』と思ったのは私も一緒です。きっと、私もあっち側の人間なんでしょうね……」

峡谷の向こうまで渡る手段があれば、同じ『正統王国』の死体の中から畳んだゴムボートを入手できるかもしれない。だが橋のようなものはないし、あったとしても交通が一ヶ所に集まる要衝。おそらく『情報同盟』が見張りの一人くらい立てている。

(幅は十数メートル。辺りにあるのは土、雪、岩、木。氷点下一五度。そこらじゅうに乱立している大きな木は真っ直ぐ伸びてる訳だし、何かこう、即席の橋でも作る技術があれば、あるいは……？)

そこまで考えて、クウェンサーは首を横に振った。

違う、谷越えに固執する必要はない。さっきバキバキと金属を砕く音を聞いたはずだ。

「最初に見つけた蠟と化した焼死体に、岩にへばりついた人肉シャーベットや木のてっぺんに引っ掛けられた臓物……」

「『幽霊』の犠牲者達ですわね。それがどうかしましたの？」

「彼らも『正統王国』だった。なら、あの辺りには装備を積んだまま獣型のロボットがうろついているかも!!」

本来だったら、改めて話すような内容でもないかもしれない。

目の前にある分かりやすい可能性がすっぽ抜けていたのは、『どうにかして峡谷を渡らないといけない』という先入観のせいか、あるいはすでにクウェンサー達の頭も『幽霊』の伝説に呑まれてひどい疲弊にやられているからか。

木々の間に鹿みたいな影が動いていた。ロボットだ。味方の死体がひどすぎて認識できないかもしれない。コントローラーはないのでクウェンサーが長い木の棒で足を引っ掛けて転ばせ、四人の鎖でレンズや脚を砕いた。元からボコボコな背にあったリュックを開けてみる。くの字に折れたアサルトライフルや液晶の砕けた携帯しかない。アズライフィアは鉄くず化したライフルを見て舌打ちしていた。一応は手榴弾を選り分けているようだが、こちらについても芳しくないらしい。

「……この分だと信管は不発弾化していますわね。持ち歩くには危険過ぎます」

「護身用の拳銃くらいは支給されているんだろ。せめて弾くらいは拾っておけば？」

クウェンサーの狙いは武器ではない。戦うより逃げるための手段の方が優先だ。

少年は壊れたロボットに目をやり、

（すまない……。お前達の装備借りるぞ）

分厚い軍用のゴムボートとはいえ、これだけのダメージの中では破れているのではないか。ボートがあったとして、大型のモーターは動かせる状態なのか。いいやそもそも、原形すら留めない彼らが本当にゴムボートを持っていたかどうかも確定はない。

だんだん無駄な希望にすがっているのではないかという不安が胸を埋めてくる。

そんな時だった。

何個目かのリュックを開けたクウェンサーの指先が何かを捉えた。

「……あった」

思わず声に出していた。

「見つけた、ゴムボート!!　やっぱり間違ってなかった!!」

「けど……熱で溶けていません？」

「構わないんだエリナ。ボートに穴が空いていたってモーターやバッテリーは回収できる。まだ無事なゴムボートを掘り返せばそっちの無事な部品と合体させられる。何だったら破れた穴を、別のボートの生地を押し当てて火で炙れば溶かして接着できるかもしれない。規格の統一化された人工物ならそういう利用法だってある」

傷ついているのは外装の袋だけで、中で丸まっているボート自体は無事なようだ。これならツギハギの手間は省ける。

「これで川下りができる……」

もちろんモーター音には気を配る必要があるだろうが、車で移動する『情報同盟』の巡回はこちらからも見つけやすいターゲットである。馬鹿デカいエンジン音が聞こえてからモーターのスイッチを切るだけでも十分対応できるだろう。装備を積んだロボットが残されているという事は、おそらく大した調査もしていない。『正統王国』側がゴムボートを抱えている事さえ気づかれていなければ、冷たい谷底の川を集中的に警戒して網を張る事もないだろう。

やっと見えてきた。

生存への光明だ。

畳んだままのユニットを抱えて峡谷に向かう。雪庇(せっぴ)がないかクウェンサーが木の棒でつついて確認しつつ下を覗(のぞ)いてみると、底まで一〇メートル以上はありそうだった。谷を降りて川下りと口で言うだけなら簡単だが、次はここに具体的な手段を当てはめる必要が出てくる。

それでも五里霧中よりは断然マシな気分だ。

谷底を見下ろすクウェンサーに、隣からアズライフィアがこう囁(ささや)いた。

「……『幽霊』の件ですけど」

「?」

「動物は火を使わない、そもそも人体が不自然に蠟と化していた理由の説明がつかない、などの点はさておくとして、『平民』にしては着眼点は悪くなかったと思いますわ。つまり『幽霊』による犠牲者は、『幽霊という現象で死亡したのか』、あるいは『幽霊という現象とは関係なく死亡原因が他にあるのか』に仮説を分けられると思うのです」

「……死因が、違う？」

長い金髪を片手で押さえ、深い谷底を覗くアズライフィアはそのまま頷いた。

「わたくし達はまだ、具体的に『幽霊』がどういうものか、実際に遭遇してこの目で確かめた訳ではありません。兄様が心配ですが……案外、ゴーストチェンジャーとやらが生み出す『幽霊』それ自体はチープな現象に過ぎないのかもしれないでしょう？　そこにツングースカ方面という土地が関わる事で、何やら想定外のおかしな殺傷力が加わっている、と」

ツングースカ方面という土地。

怪現象の発生源。

火種らしきものが何もない中、一瞬にして二〇〇〇平方キロメートルもの原生林を黒炭化させ、以降数十年にわたって草木一本生えない不毛の土地を残留させ続けた異常極まりない大爆発。今でこそ再び緑と雪に覆われているが、伝説は確かにあったのだ。

クウェンサーは少し考え、それから呻いた。すぐには答えが出ないという事実が分かっただけだ。

「……参ったぞ。だとするとゴーストチェンジャーの他に、ツングースカ大爆発の謎まで解かなきゃいけなくなるのか？　あれって小惑星の空中分解で確定してなかったたっけ」

「あはは、でも考え方次第によってはそちらの方が気が楽かもしれませんわ。答えが何であれ、それは野生動物と同じ所詮は自然現象。分かってしまえば何だそんな事かという話なんでしょうから。軍の中枢で何重ものセキュリティで守られた最新テクノロジーよりも、よっぽど素直で野ざらしな秘密だと思いますけれど」

月まで届くマスドライバー開発の専門家だったスラッダーは他にも可能性がありそうな話を匂わせていたか。オブジェクトの主砲関連でざっくり名前だけ知っているクウェンサーより詳しそうだ。

わだかまりはあるが、クウェンサーは谷底から顔を上げた。

話を進める前に、前提情報を並べて足場を固めておきたい。

「なあスラッダー。ツングースカ大爆発って具体的にどんな……」

言いかけて、クウェンサー＝バーボタージュの口が止まった。

そこにはスラッダー＝ハニーサックルなんていなかった。

顔が半分溶けた誰かがすぐ隣に立っていた。

呼吸が詰まって悲鳴が出なかった。

そして顔が半分溶けた人が絶叫し、逆に両手でクウェンサーを突き飛ばしてきた。

「ばっ、バケモノッッッ!!⁉⁇」

「っ？」

向こうからも、クウェンサーがそういう風に見えている？

しかしクウェンサーは呑気(のんき)に考え事をしている場合ではなかった。彼は今、雪庇(せっぴ)に気をつけながら深い谷底を覗(のぞ)き込(こ)んでいる状態だったのだから。ここから目一杯の力で突き飛ばされたらどうなるかなんて火を見るよりも明らかだ。

畳んだままのゴムボートと、近くにいた小さな影を巻き込んだ。

エリナ＝シルバーバレット。

突き飛ばされた少年は、雪の塊と一緒に一〇メートル以上の深さの渓谷へと落ちていった。

9

一〇メートル。

難しい高さだ。下に花壇の柔らかい土やトタンの屋根、棒高跳びなどで使う分厚いクッションなどがあればまだ助かるかもしれない。だけどギザギザに尖(とが)った岩がいくつも突き出た谷底では相当厳しくなるだろう。

とっさに、だった。

片腕一本で幼いエリナを抱き締めたままクウェンサーは宙に浮いていた円筒形の塊をもう片方の手で手繰り寄せると、口を使って太い紐を目一杯引く。

途端に窒素ガスが弾けてゴムボートが一気に膨らんだ。おそらく仕組みとしては、車のエアバッグや消火器なんかと近いのだろう。

当然、パラシュートほどの減速効果はない。くの字に折れたままクウェンサーとエリナの体を包み込んだゴムボートが結構な速度で空気を引き裂き、そして硬い地面に接触した。

体が大きく跳ねる。

が、少なくとも尖った岩に体を貫かれる心配はないようだ。腐っても、砂浜からギザギザの岩場まで場所を選ばずに乱暴な揚陸作戦に使う軍用ゴムボート、中に蓄えた空気の層の力は侮れない。

そしてほっとしている場合ではない。跳ね上がった体が再び重力に捕まる。今度は地面ではなく、V字の谷底に流れる真っ黒な闇の川へと落ちていく。

液体に触れた瞬間、ただそれだけで心臓が止まるかと思った。

そして反射的に身を縮めた直後にクウェンサーは気づく。その動きで手放してしまった、九歳の少女の感覚が黒い川の中へと溶けていく……!?

「ぷはっ‼　エリナ、どこだ⁉」

クウェンサーが水面から顔を出した瞬間、切り裂くような風の威力が倍加した。前髪が毛先の方からパキパキに凍りついていく。まさか、だ。水温一度の川の方が温かいと思える日がやってくるなんて思わなかった。

そして返事はない。

上から見下ろしていた時の印象よりも、流れはさらに急だ。じんじんと痛んで感覚がなくなっていく指先でゴムボートを掴(つか)んでいなければ、すぐにでもクウェンサーも翻弄されてしまうだろう。まだ九歳のエリナ＝シルバーバレットが、衣服を着たまま水泳できる環境ではない。

ゴムボートにしがみついたまま、クウェンサーは危険を承知でライトを点灯させた。

こっちは自分の命を賭けたというのに光は頼りない。

水温一度なのに、川の表面から湯気が出ている。それだけ外気が殺人的なのだ。

暗く重たい気分になるクウェンサーだったが、そこで彼は何か見つけた。湯気の揺らぎがもたらす幻ではない。ちょっと離れた場所に、黒い水面から垂直に飛び出た小さな手首がある。

得体の知れない怪談じゃない。あれは今も必死に生きようとする人間の手だ。

「っ」

距離は一〇メートルほど先、向こうの方が上流側だ。だけど待っているだけでは小さな手は再び暗い水中に没し、そして二度と見つからないだろう。しかしこんな急流でモーター付きのゴムボートを一度でも手放してしまえば、クウェンサーもここで川下りの手段を失う。

九歳の少女か、ゴムボートか。

歯嚙みして、そしてクウェンサー＝バーボタージュは選択した。

「ええいっ‼」

ゴムボートから半分凍りそうになった指先を剝がして、川の流れに逆らう。

もうライトにも頼れない。再び暗闇が世界を覆い尽くし、頼りない小さな手の先を隠していく。


最後はほとんど勘だった。

とにかく指先で捉えた感覚を信じて摑み、そして引っ張り上げる。

「かはっ‼　けほこほ……⁉」

「ダメだエリナ、鼻から一気に吸うな‼　いったん口の中で空気を溜めて、温めてから胸に入れるんだ。そうしないと肺を傷つける！」

生き物としての反射で咳き込むエリナへ追い討ちでもかけるように、クウェンサーは無理にでも濡れた掌で小さな顔を覆い、言い聞かせる。口と鼻だと鼻から吸った方がより多く空気を吸い込める、という話がある。そして鼻からだと頬の内側で空気を溜める事ができない。刃物みたいな空気がそのまま肺まで直行したら何が起きるかは言うに及ばずだ。

（しかしここからどうする……⁉　ゴムボートなんかもうないぞ‼）

ひとまず浮かぶ事に専念し、二人で抱き合うようにしながら急流に身を任せる。片腕でしっかりとエリナの細すぎる腰を抱えたまま、もう片方の手で頼りないライトの光をあちこちに走らせる。

と、何かが光を反射した。

さっき放り捨てたゴムボートだ。先に下流へ流れていたはずだが、どうやら川底から突き出た鋭い岩に引っかかって動きを止めていたらしい。

もう必死で手を伸ばす。

しがみついた事でバランスが変わったのか、ゴムボートが再び動き出した。下流に向けて流れていく。

このまま水温一度の川の中にいたら助かるものも助からない。

片手一本では苦しいが、エリナ自身に浮力があるので水の中では体感的な重さが変わる。ライトを口で咥えるとクウェンサーはまずエリナの小さな体をゴムボートへ押し上げて、それから自分の体をどうにか乗り上げていく。先にエリナにボートの反対側に寄ってもらわなければ、自分の重さでゴムボートがひっくり返っていたかもしれない。

そしてゴムボートの上に上がっても安全はやってこなかった。

パキパキという音が物理的に聞こえてきそうだった。クウェンサーの見ている前で、エリナの髪の先や上着の繊維が白く凍っていくのが分かる。おそらくクウェンサー自身もそうなっているだろう。

氷点下一五度。

シベリアの白い地獄がいよいよ本格的に牙を剝く。

クウェンサーとエリナはどちらともなく抱き合った。恥も外聞もない。この寒さに勝てなければ、耳にせよ指先にせよ、凍傷にやられた所から体の部品がポロポロ落ちていくだけだ。特に、本来なら空気を溜め込んで断熱するエリナのもこもこニットは冷水との相性は最悪と言って良い。どうやったって冷たい水をたっぷり吸い込んでしまう。

二人してガチガチ震えながら、正面……下流側に目をやる。

モーターボートなら時速二〇〇キロ近くで一気に戦場を離脱できる。そういう話だったが、とんでもなかった。辺りは真っ暗闇でV字の渓谷は蛇のように何度も折れ曲がり、しかもあちこちから鋭い岩が突き出ている。時速二〇〇キロどころか、モーターを始動させるのさえ躊躇した。急流に身を任せているだけで普通に怖い。頼りないライトにすがって、スイッチも入っていない後部のモーターユニットにしがみついて舵だけ傾けるので精一杯だ。

(毎度のフローレイティア式超楽観論か。あの野郎、生きて帰ったらあの爆乳で指先の震えが止まるまで思う存分温まってやる……)

軍用のゴムボートとは言っても、獣の牙のように尖った岩で下から引き裂かれれば一発で沈没だ。前は耐えたから今回も大丈夫、とも限らない。ダメージは自然回復しないのだ。頼りないライトを水面に向けても、黒い水の奥がどうなっているかまでは把握できない。

（……長くは保たない）

エリナと抱き合ってガチガチ歯を鳴らしながら、クウェンサーは眩暈を感じていた。

今までにないほど強く心臓の鼓動を感じるが、何となく、これが最後の抵抗な気がする。この心音が弱まったら、多分もうそこから回復しない。上限はどんどん下がっていき、やがて平坦で起伏のないゼロになる。

（何にしてもどこかで体を拭いて着替えないと二人とも死ぬ!!　下流も下流、一二〇キロも下った先にある『正統王国』軍の回収ポイントなんて到底間に合わない……!!）

「な、なんですか、あれ……？」

同じようにガタガタ震えながら、しかしエリナ＝シルバーバレットは小さな指先でどこかよそを指した。彼女は視線を上げ、遠方にある黒々とした影を見ていた。

「橋？」

「しっ！」

クウェンサーは慌ててエリナの体を抱え直し、覆い被さる格好でボートの上で身を伏せる。

『情報同盟』軍はおそらく陸路を集中的に警戒して検問や山狩りを行い、包囲の輪を狭めている。谷底の川については無警戒だろう。だがそれも、道と川が交差する橋となると危ない。見た目はサーチライトなどはなさそうだが、彼らがヘッドライトも点けずに軍用四駆を走らせ、

『正統王国』の兵士を見つけて撃ち殺していたのは知っている。

高さ一〇メートル以上。

こうしている今も、目には見えない何かが谷底に向けて投げ放たれているかもしれない。赤外線にせよマイクロ波にせよ、それを浴びたら最後、機関銃や擲弾砲の連射でゴムボートごと挽肉にされてしまう可能性もある。

危険が分かっていても、引き返せない。

何の対策もできないまま急流に身を任せるしかない。今から派手な音を鳴らしてモーターに負荷をかけ、急流に逆らって上流側に逃げるのもそれはそれで危ない。何より、そっちに逃げても凍死のカウントダウンは避けられない。どんな危険を上乗せされようが、とっとと川を下って『正統王国』軍の整備基地まで辿り着かなくてはならないという一番初めの条件は変わらないのだ。

覚悟を決めて、峡谷を渡すコンクリートの橋の下へと差し掛かる。

すり抜けられるか、否か。

緊張の一瞬だった。

「……、」

その時だった。

がくんっ、という強い違和感があった。ぎょっとしてクウェンサーが視線を振ると、水面、横一直線に張り巡らされた金属製のフェンスがゴムボートを邪魔している。

明らかに不自然な配置だった。おそらく『情報同盟』側の仕掛けだろう。

「どうするんです？」

「これ以上は無理！　上に兵士はいないようだけど、フェンスが通電していたら最悪だ。センサーの信号に捕まったかもしれない!!」

機雷と直結していて即座に大爆発、とならなかっただけマシと考えるしかない。向こうも大型の淡水魚やゴミが引っかかって誤爆する可能性を嫌ったのかもしれないが。

そして幸いにも、橋の点検整備用なのかＶ字の峡谷の壁面には鉄の階段が取りつけてあった。逆に言えば一本道だ。あそこから『情報同盟』の外道どもが調査にやってくる前に駆け上がって行方を晦まさないと鉢合わせになってしまう。

ゴムボートに乗ったまま邪魔なフェンスを掴んで体を押し出す形でスライド移動していく。峡谷の端まで辿り着くと、小柄なエリナの体を抱えてボートから陸地に飛び移り、それから鉄の階段を上っていく。

一〇メートル。何度も折れ曲がる階段は、感覚的には三階分といった感じだった。

とにかく『情報同盟』の兵士がやってくる前に一本道の階段を越えないといけない。切り裂くような冷気の中、足音に気を配る余裕もなく駆け上がるクウェンサーだったが、上り切ったところで心臓が止まるかと思った。

四角い金属コンテナのような簡易建物の影。レーダー設備の異形なシルエット。そして遠くの方には半円形の屋根を持つ体育館にも似た巨大なハンガーが港の倉庫街のように並んでいる。猛吹雪のカーテンでも隠しきれないほどの威容に三六〇度囲まれていた。

『情報同盟』軍の整備基地ベースゾーンだ。

照明関係の制限でも発令されているのか、辺りは真っ暗闇に包まれていたが。

峡谷にかかる橋はあらゆる交通が集まる要衝だ。ここに検問所を一つ置くだけであらゆる出入りを監視できる。『情報同盟』の連中はこの橋を中心に、どこでも運べて手軽に組み立てられる整備基地を目一杯広げていったのだ。

(……最悪だ)

行き止まりも行き止まりだった。

オブジェクトの整備基地ベースゾーンともなれば、詰めている兵士は八〇〇人から一千人に達するほどだ。素人同然の戦地派遣留学生がおっかなびっくり忍び足したところで見つからずに敷地外へ抜け出せるとは思えない。かと言って谷底に戻っても活路はない。川を遮るフェンスが通電していた場合、ここに留まっていてもセンサーからの警報を受け取った『情報同盟』の部隊が完全武装で様子を見に来るはずだ。

動けば死、動かなくても死。

寒さの感覚がじんわりなくなっていくほどの緊張の中、ふと抱き抱えているエリナが不思議そうな声を出した。

「あのう」

「何だエリナ、作戦なら今考えている……」

「そうではなくてですね、これ、どういう状況なんです？」

天才少女が放った疑問の意味が分からなかった。

相手にもそれが伝わったのか、エリナ＝シルバーバレットはもう一度言い直してくれた。

「あなたは先ほどこう仰いました。上に兵士はいない、と」

「あ」

「でもここ、どう考えても軍事施設ですよね。それもかなり大きな。にも拘らず誰もいないって、何か、ちょっと、決定的におかしくないですか……？」

嫌な予感がした。

そう言えば先ほどから見張りや巡回一人見かけない。単に暗視ゴーグルを装備していて自分から光を放たない、というだけでもなさそうだ。

人の気配がない。

いくら人工的な明かりがないからと言って、最低八〇〇人は詰める『小さな街』が真冬の原生林と同じ無音の空間だなんてありえるか？

ごくりと喉を鳴らしてクウェンサーは鉄の階段から、改めて『情報同盟』軍の整備基地ベースゾーンへ一歩踏み出す。

予感は的中した。


ひしゃげ、焼きつき、壁に飛び散った、明らかに銃弾以外の方法で作られた死体の数々。

『幽霊』の犠牲が目一杯広がっていた。

10

もう限界だ。

一刻も早くどこかに逃げ込みたいが、橋を中心に三六〇度全部が死と殺戮の整備基地で囲まれてしまっている。

だから精神的に追い詰められたクウェンサーは、とにかく生命の危機にだけ従った。小柄なエリナの体を抱え、雪に埋もれた信号弾用の拳銃を知らず蹴飛ばしてしまい、近くの建物の鉄扉を肩からぶつかるようにして開け放ち、そして中へ転がり込んだのだ。

暖房の効いた柔らかい空気がクウェンサー達の半分凍ったような肌や髪を撫でていく。

じわりと目尻に滲んだのは、さて単純に霜や氷が溶けただけだろうか？

「……どう、なっているんだ？」

つい先ほどまで『情報同盟』の四駆がそこらを巡回していた。こんな異変があればルーチン通りとはいかないはず。つまり、ほんのわずかな間にこうなった、のか？

おそらくこちらは兵舎か、あるいは医務室なのだろう。壁に掛けてあったタオルをエリナ＝シルバーバレットの方に放り投げながらも、クウェンサーは頭をくらくらさせていた。自分の体重を支える事もできずに、濡れた体のまま近くのベッドに力なく腰を下ろす。

足元には叩きつけたように壊れている無線機があった。一体、どこと連絡がつかなかったのやら。無線電波の伝達。これもまた『幽霊』が邪魔しているとでも……？

「『幽霊』は『情報同盟』軍のオブジェクトに搭載されたゴーストチェンジャーが引き起こす何かのはずだろう……？　それなのに、どうして攻撃を仕掛けた『情報同盟』側が得体の知れない呪いだの憑依だのにやられて全滅しているんだッ‼」

『正統王国』の言葉でこれだけの大声を出して叫んでも、『情報同盟』側に包囲される事もない。すでに誰も聞いていないのだ。この基地は完全に死に絶えている。

エリナの方も意見がまとまってはいないらしい。

立ったまま頭に放り投げたタオルをいつまでもそのままにして考え事に没入しているので、身を屈めたクウェンサーが少女のもこもこニットの端を雑巾みたいに絞って冷水をできるだけ取り除き、服の上から体を拭いてやる羽目になった。こうでもしないとストーブやエアコンで温められた屋内でわざわざ凍死しかねない。

何でも揃っているこの『情報同盟』軍の基地でも、流石に九歳の少女に合うサイズの軍服は望み薄だ。だとするともこもこニットの水気をタオルでできるだけ拭った上で、ストーブで残りを乾かすくらいしかしてやれる事はなさそうだ。

「んんー、うーん……」

一方、九歳の天才少女はされるがままで割と満足しているらしい。全体的に無防備なのか、このぼんやりした目で意外と心は開いてくれていたのか。

「ひとまず可能性を全部並べていきましょう。『情報同盟』は『幽霊』のコントロールに失敗して自滅したか、あるいは、そもそも『幽霊』は『情報同盟』が戦場に放ったものではなかった、とか……」

「噛み合わない」

クウェンサーはかぶりを振る。

エリナの世話を焼いて、今も小さな命を守っている。その分かりやすいヒロイックさがなければとっくの昔に恐怖に呑まれ、死体と同じ空間を嫌がり、考えなしに銃でも探して無意味に壁を撃って跳弾にやられていたかもしれない。

何かを背負うと思考が変わる。

果たしてプラスにだけ働くものかはクウェンサー自身未知数だが。

「『情報同盟』がゴーストチェンジャーを使うのはこれが初めてじゃないんだ。追加兵装の形でオブジェクトからオブジェクトへ渡り歩いて見た目の記録から消えていたようだけど、それでもマニュアルやルーチンくらいは軍内部で細かく共有しているはず。こんな、八〇〇人なり一〇〇〇人なりが一度に全滅するほどの甚大なミスを起こすだなんて思えない……」

「では」

エリナもエリナで止まらなかった。

機械的で表情は変わらない。だけど彼女も彼女で、常に考えていないと不安に押し潰されそうになるのかもしれない。クウェンサーの手で髪の水気をわしわし拭ってもらいながら、

「『情報同盟』軍が展開している『幽霊』と、見つかった兵隊さん達の死亡原因が切り離されている場合は？　つまり『幽霊』を作ったのは『情報同盟』軍ですが、彼らはそれとは別の謎の死因によって全滅した」

「……、」

ツングースカ大爆発を起こした『何か』が眠る土地。

二〇〇〇平方キロメートルを一瞬で吹き飛ばし、ヨーロッパ全体の空を不気味に輝かせ、爆心地については向こう数十年不毛の土地にした『何か』。

『情報同盟』軍は恐るべきテクノロジーを振りかざして戦場全体を掌握したつもりになっていたが、彼ら自身も知らない内に全く別種の『何か』を呼び起こした……？

「……オブジェクト頼みで腕がなまっているとはいえ、それでも最大一千人が詰めている整備

基地がSOSの信号を発する暇もなく全滅する原因って、じゃあ何だ……？」

「どんな可能性にせよ、二つに一つです」

エリナも最初から全部答えを知っている訳ではない。

孤独な天才少女のイメージがあったが、意外とディスカッションから新しいインスピレーションを欲しがる人なのかもしれない。

ストーブの前に立って体を乾かすエリナは、クウェンサーがストーブの上から取ったヤカンのお湯がマグカップの底にあるココアの粉末を温かい飲み物に変えていくのをじっと見ていた。

いつまでもぱんつがぐしょぐしょ濡れたままだと気持ち悪いのは分かるが、ストーブの近くで九歳の少女がぼーっと突っ立ったままニットのスカートを両手の小さな指先で摘んでめくりそうになったので、これについてはクウェンサーが慌ててはたき落としておく。一体ナニを火で炙ろうとしているのだこのコムスメは⁉

寒さで追い詰められるとデリカシーがなくなる子は、手持ち無沙汰に近くにあったポケットサイズの植物図鑑を手に取りながら口を開く。『情報同盟』軍の兵士達は仕事の合間に食べられる野草でも探そうとしていたのだろうか？

「『情報同盟』は内側から自滅したか、外側から殺戮されたか。それ次第で仮説の組み立てはかなり変わってきそうではありますけど」

たとえオブジェクトが出払っている間でも、銃や火砲、戦車や装甲車で十分に武装した最大一千人の兵隊だ。正面切って戦い彼らを瞬く間に殺戮するとしたら、同じ数の熊くらいでは足りない。

幽霊。呪いや憑依はそれ以上の存在だとでも言うのか？

外側から温めるだけでは寒さを追い出しきれない。エリナはクウェンサーから差し出されたマグカップを小さな両手で包み込み、舌先で熱々のココアの表面を舐めながら、

「……ガスや細菌。川の上流から密閉容器を流して基地中心地の谷底、フェンスの辺りに引っ掛けてから炸裂させたとかどうです？　あちっ」

「死体はぐしゃぐしゃにひしゃげていた。死因は明らかにマクロで力学的な外傷だ」

「……ふー、ふー。ではパワードスーツの大部隊が基地を強襲した。例えばこう、『正統王国』軍の別働隊とか」

「パワードスーツは言うほど便利なオモチャじゃないよ。ガチの戦車や攻撃ヘリと正面からぶつかったら普通に力負けする。歩兵以上装甲車以下くらいのイメージかな。つまり、数を揃えても一方的な殺戮にはならない。必ず『正統王国』側の死体や残骸、弾痕くらいは残るはずだ。それがない」

「これ砂糖の他にココナツとカラメルが入っていますね……。なら戦車や攻撃ヘリに勝る火力が顔を出したのでは？」

だからそれは具体的に何なんだ、という話なのだが。ここで『正体は得体の知れない幽霊の

呪いや恨みだ』となってしまっては堂々巡りである。

ただ、何かが引っかかった。

あるいは強烈な熱で焼き焦がされた死体。あるいは莫大な衝撃波ですり潰された死体。いずれも『伝説』とまで呼ばれるツングースカ大爆発を彷彿とさせる凄惨な有り様だ。

だけど、

（……あれ？　フローレイティアさんの話はどうだった？？？　南米大陸のさらに南端、オルノス方面でそんな報告あったっけ？）

こんな事になるならいっそ隠れて録音でもしていれば良かった。うっかりしていると美人のお尻で顔を踏まれた感触でメモリーが全部埋め尽くされそうになる。クウェンサーは顎に手をやり、必死に思い出していく。今重要なのはお尻ではなく会話の方だ。

そう。

確かあれは……、

『それがいきなり急展開を見せた。「正統王国」の整備基地八〇〇名が一晩で全滅したんだ。銃撃の痕跡はあったが「情報同盟」の弾は見つかっていない、つまり全て「正統王国」同士で撃ち合っていたらしい。兵員の九九％以上が死亡、これは現場司令官や操縦士エリートも含む。弾痕を見る限り場当たり的な乱射が目立つが、火薬庫が味方の誤射で誘爆してからは戦いの質の死体に複数の歯形があったから、おそらくは寄ってたかって、だったんでしょうね』

確かにフローレイティアはそう言っていたはずだ。

そして気になるのはここだ。

「同士討ち……？」

「？　銃弾の傷なんてありましたっけ？」

ちょっと大きめな大人用のマグカップを両手で包んだまま、エリナが首を傾げていた。

そう、こちらでは見覚えがない。ひしゃげ、吹き飛び、焼けた蠟だの内臓だの原形を留めていない死体の数々。もちろん正確に検死はしていないので、『いったん額を撃ち抜いてから死体をぐしゃぐしゃに潰した可能性』までは完全否定できないが、どうも暴走した部隊の撃ち合いには見えない。考えなしの乱射なら、死体の他にも外した弾がそこらじゅうの壁や床に傷を刻んでいるはずだが、この整備基地でそんなものは見ていない。

あったのは、せいぜい床に叩きつけられた無線機や表で雪に埋もれた信号弾くらいだ。

ただ、ゴーストチェンジャー自体は使い回しで、同じ装備だ。

あのゴーストチェンジャーとこのゴーストチェンジャーは機能が違う、だなんて話はありえない。つまり一見全く異なる結果のように見えていても、原因は同じなのだ。同じ所から出発して、オルノス方面とツングースカ方面では何故か結果が枝分かれしている。ならその原因は何だ？　何が変化をもたらした？？？

幽霊。

ツングースカ方面という特別な土地。

……本当に、考えるべき方向性は『そっち』で良いのか？

『……この星に逃げ場なんかないからな。二〇万トンもの塊をあれだけの数、あれだけの速度で振り回しているんだ。世界中で地球環境なんてとっくの昔にバランスを崩しているよ、致命的にな』

『動物は火を使わない、そもそも人体が不自然に蠟と化していた理由の説明がつかない、などの点はさておくとして、「平民」にしては着眼点は悪くなかったと思いますわ。つまり「幽霊」による犠牲者は、「幽霊という現象で死亡したのか」、あるいは「幽霊という現象とは関係なく死亡原因が他にあるのか」に仮説を分けられると思うのです』

『何だ、そんなに警戒しなくても取って食べたりはしないよ。独房の生活もまあ悪くはなかった。鉄格子つきだけど窓はあるからね。じめじめした壁の亀裂と陽射しを組み合わせると、小さな花を咲かせる事ができるんだ』

クウェンサー＝バーボタージュは顔を上げた。

「いや、まさか？」

11

戦争に善悪なんかない。

今回のツングースカ方面の場合、『正統王国』と『情報同盟』にはそれぞれ言い分があるだろう。正体不明のX部隊だって自分の命を守るためには必死なはずだ。クウェンサー達からすれば悪夢のようなゴーストチェンジャー搭載機だって、自分や仲間の命を何としても守りたい『情報同盟』側からすれば伝説の剣にでも見えていたのかもしれない。

だから、この戦争の黒幕は誰なのか、という議論に意味はないのだろう。

少なくとも脊髄反射で『情報同盟』は悪、と言い切ったところで何も生み出さない。

そしてこの場合。

顔も名前も見えない『四大勢力の総意』なんてものを引き合いに出して勝手に納得するのも

違う。それでは、僕の人生がこんなにも思い通りにならないのは謎の呪いが人生の節目節目でいっつも邪魔をしてくるからだ、と主張するのと何も変わらない。

少なくとも悪党はいる。

この状況を作った誰かをクウェンサーはこの目で見ている。

手の届く場所に。

同じ戦場にそいつは立っている。得体の知れない怪談じゃない、今を生きる人間として。

「エリナ」

「はい」

「……これから決着をつける。だけど巻き込まれただけのアンタに付き合う義理はない、死にたくなかったらこの整備基地で暖を取りながら救助を待つ選択肢もありだと思う」

「ストーブの熱気と温かいココアのおかわりには未練がありますが、私も無関係という訳ではないでしょう」

外の厳しさは骨身に沁(し)みているはずだ。

寒さに銃弾、さらには不気味な『幽霊』の呪いや憑依(ひょうい)まで。

それでもなお、無機質に天才少女は即答した。

「根本的な仕掛けはさておいて、『使える』舞台と機会を与えたのはツングースカ方面で暮らしていた私のせいです。握り潰された論文にいつまでも執着していれば、遅かれ早かれ、いずれ厄介な問題に直面する事は分かっていた。それでも諦めきれなかった。結果招いたのが今回の戦争です。つまり私のわがままがなければ、誰かさんの計画は夢物語で終わっていたかもしれなかったんです」

「……そっか」

機械的で無機質だから分かりにくいが、感情がない訳ではない。

頭が賢いのも良し悪しだ。こんなの答えなんか出さない方が幸せだろうに。

ひょっとしたら『正統王国』や『情報同盟』の死体が無造作に転がるこの戦場に、エリナも何かしらの責任を感じているのかもしれない。でも、本物の天才がどんな計算に基づいてどう言おうがそれは間違いだとそこらの学生は断言する。戦争なんてクウェンサー達よそからやってきた外野がツングースカ方面へ勝手に持ち込んだトラブルだ。正真正銘、ただただ巻き込まれただけの九歳の女の子が負担に感じる必要は何もない。

だけど、エリナを一人でここに置いても彼女が独自に歩き回ってしまえばリスクは消えない。そもそもこの整備基地にいれば絶対に安全という訳でもない。ここでも人は死んでいるのだ。

クウェンサーはそっと息を吐いて、そして頷いた。

「じゃあ遠慮なく巻き込むぞ。……もう正直に言うけど、一人ぼっちであの白く凍った森に戻るのはメチャクチャ怖かったんだ」

「ええ。『幽霊』相手にこの手で何ができるか分かりませんが、頭数に数えていただくだけで光栄です。私はただのお荷物じゃないと実感できる」

覚悟は決まった。

少年は最初に言っていたはずだ。『彼ら』に対する絶対的な武器は最初からこの手の中にあると。迂闊に逃げようとしても死を招くだけだから諦めろ、と。

つまりはこう。

戦闘開始だ。


無線機のスイッチを押す。

その緊急信号一発で『囚人』達は体の自由を奪われ、位置情報を即座に発信する。


「見つけた……」

クウェンサーは無線機ではなく携帯端末の画面に目をやった。

より正確には軍用の正確な地図アプリを。

「スラッダー＝ハニーサックル!!　ＧＰＳ信号に加えて夜光塗料や臭気のカプセルも弾けた。これでもうあいつはどこにも逃げられない!!」

「スラッダー……ですか？」

まだピンときていない顔でエリナは首を傾げてから、

「そもそも、無線機や携帯端末などの電子機器は寒さにやられて不調だったのでは？」

「別に壊れていた訳じゃないさ」

　クウェンサーは小さく笑ってタオルで自分の髪から雑に水気を拭い、辺りを見回した。

『情報同盟』軍の整備基地なので拳銃からミサイルまであらゆる火器が揃っていそうなものだが、クウェンサーもエリナもそういった武装は使えない。結局はプラスチック爆弾の『ハンドアックス』を使った殴り合いになりそうだ。

　数々の備品の中から、自分が持っているものよりかなり強力なライトだけ拾っておく。

「ただ俺達が、機械から正確に送られてくる信号を信じられなくなっていた。だから猛吹雪の中で、見た目の感覚とずれた方位や距離ばかり示す機械の事を疑うようになったんだ。『正統王国』の整備基地まで一二〇キロ。表示を見て目を疑ったけど、普通にそっちで正しかったんだ。真実なんてそんなもんだよ。普通に考えたらデジタルな数字の方が正確だって思うだろうにな。そういう風に考えられる精神状態じゃなくなっていたんだ」

「例の『幽霊』？」

「分かってみればどうという事はないけどな」

　鼻で笑って、クウェンサーは出口のドアに向かう。

「……そもそもゴーストチェンジャー搭載機とは散々言っているけど、俺達はゴーストチェンジャーそのものがどんな形をしているか知らない。それは何故？　言っても相手は五〇メートルの巨体だ、ログハウスを間近で轢き潰されたからその巨体を直接見ているのに。ゴーストチェンジャーはオブジェクトからオブジェクトに渡り歩く、異端の兵装だ。馬鹿デカい砲台なりレンズなりが追加で取り付けられていれば、設計思想から外れた移植パーツの存在なんてすぐに浮いてしまいそうなものなのに、何故？」

「？」

「答えは簡単さ」

分厚い鉄扉を開け放つ。

氷点下一五度の猛威は、いったん暖房に慣れた体には毒そのものだ。

それでもカラクリが理解できたクウェンサーにとっては、希望に満ちたオープンワールドに見えた。ここから先は、彼が攻める番だ。

「ゴーストチェンジャーの正体は特殊な『グリス』だったんだ。歯車、シリンダー、関節部分やロードローラーみたいな金属車輪の車軸まで。とにかくオブジェクトの可動部位をわざと軋ませ、摩擦でオイルを焼き焦がして、微細な味や匂いで人の脳に干渉していたんだ‼」

わざとすり潰す。

だから最新鋭機ではなくスクラップ寸前の『レトロガンナー』が選ばれたのか。まだまだ使える機体を潰してしまいかねない高負荷装備だから。あるいは、廃棄寸前のオンボロ機の方が潰し方は良くなるのかもしれない。鋭利なナイフより錆びついたノコギリの方がおっかないのと同じく。

「……つまり、ゴーストチェンジャーは燃やして煙や蒸気の形で散布する化学兵器のようなものなのですか？」

「だったらオブジェクトの出番なんかない。わざわざあいつの関節に嚙ませるとなると、おそらく高圧物理学だよ」

「約五万気圧でグラファイトの塊がダイヤモンドに化けるというアレですか？」

「オブジェクトは二〇万トンの巨重だぞ。その関節にかかる圧力は並のプレス機をはるかに超える。実験室や工場なんかじゃ爆発の衝撃波を使った方式で数百万気圧くらいまでは出せるらしいけど、あるいはこいつを超えるかもな」

「なるほど。確か高圧物理の世界では人工ダイヤモンドの製造の他にも、強磁性の鉄が常磁性に変わり、ゲルマニウムの電気伝導率が一〇〇万倍に変化する、などの特異な例も報告されていましたね」

「……普通の足し算引き算じゃ通用しないおかしな現象が巻き起こるんだ。おそらくゴーストチェンジャーのグリスはただ火で炙って熱すれば良いって訳じゃない、そういうマジックを使って性質変化のルール自体を曲げないと成立しない兵器なんじゃないかな」

猛吹雪の中を二人で突き進む。

『情報同盟』側のライトはかなり強力で、暗闇を遠くの方までしっかりと引き裂いていく。ライトを向ける角度をやや下向きにするよう気をつけないと、猛吹雪の反射でかえって強い光に視界を塞がれそうなくらいだった。『情報同盟』の連中は赤外線なりマイクロ波なりの暗視技術を多用しているようだが、宝の持ち腐れだ。

「うう……」

「何だエリナ、温かいココアの飲み過ぎでおしっこでも行きたくなったか？　どうしてもダムの決壊を止められないようならできるだけ太い木の根元にしろ、それなら野生動物のマーキングだと追跡者に勘違いしてもらえるチャンスを残せる」

「……こんなクソ野郎に一度でもデリカシーの注意を受けた事が私の人生最大の過ちです」

何とも気が早い事にまだ九歳のエリナが早くも人生の上限を感じているらしい。ただ恐ろしく低い声で呟くものの、寒さには勝てないのか横からクウェンサーにひっついたままだ。

とはいえ天才少女が呻いたのは温かい部屋から急に寒い場所に出てお腹の下がキュンキュンしてしまったからではないらしく、

「それにしても、匂いや味で『幽霊』を作り出す、ですか？」

「正確には、『幽霊』がいてもおかしくないという空気を作り出す。自分で自分の常識を疑って、目の前にあるはずの正確なデジタルデータを自ら放り捨て、己の殻に閉じこもる。こうなればどんな迷信もやりたい放題だ。木の葉の擦れる音は人の囁(ささや)きに聞こえ、揺れる枝が人影に見えてしまう。自分の脳でそういう風に誤変換していくんだ」

「誤変換……」

「携帯電話でやり取りする通話の音声は肉声そのままじゃなくて、いくつかの電子音の合成だって話は知ってる？　あるいは安い肉に脂を注入すると高級に感じるって話は？　頭の引き出しと比べて目の前の現象にラベルを貼って管理したがる人間の五感なんて案外精度は怪しいもんだよ」

「それを体質や精神構造に関係なく一〇〇％万人に引き起こす装置ですって？　一体どんな薬なんですかゴーストチェンジャーは。芥子(けし)を使う説もある『島国』の反魂香(はんごんこう)も具体的な化学式の存在しない『伝説』であって、幻覚成分という言葉に何となくそれっぽい説得力はあるものの、別にきちんと臨床試験を繰り返して『誰の頭でもきちんと同じ幽霊を見せられる』という確定を取った訳ではないでしょう？　それは、ゾンビパウダーにはフグが使われているから誰の脳でも適度に壊して操り人形にできるのだと言い張るのと同じくらいの暴論です」

「ま、確かに普通の味や匂いじゃ難しいだろうな」

　目的地はもう分かっている。

　今やこの戦場には『正統王国』も『情報同盟』もいない。もちろん謎のX部隊も。そう分かってしまえば、懐中電灯や携帯端末のバックライトももう怖くない。ＧＰＳ信号を頼りに真っ暗な吹雪の森を進むだけだ。

「だけど知ってるかエリナ、味や匂いは化学受容と呼ばれる知覚だ。つまり、化学薬品を浴びた時の細胞の変化を感じ取る力なんだよ。その変化が一番大きい場所が舌や鼻ってだけ」

「はあ。舌で感じる辛さの正体は痛みや火傷に近い、というアレですか」

「まあそんな感じ。でもって問題はそこだ。五感は五つの器官で感じ取る、って思いがちだけど、実際には味覚は全身の肌や腸からでもわずかながら感じ取る事ができる。同じ化学受容の嗅覚だって似たような事ができるかもな。それ以外にも、ほんの少しだけど皮膚や血管から光を感知できるっていう研究報告もある」

「肌から、味や光を？」

「別にどこからでも良い。ようは、視覚は目、聴覚は耳、嗅覚は鼻、味覚は舌、触覚は肌。俺達が自分で認識している五感とズレた場所から情報を吸収さえさせてしまえば。……人間は目の前の刺激にラベルを貼って管理したがるものだ。電子レンジで食べ物を温める時、何度とか何ワットとかじゃなくて何分で温めようって考えたりしないか？　ちゃんと温めたのに意外と中が冷たくても疑問に思わないだろ。多くの人はそれでも納得してしまうんだよ、マイクロ波で火傷した経験なんかないから。認識のできない刺激はラベルの差し替えができる。単位も量も。量が同じと教えられずにふわふわニットのセーターとも毛糸球を左右の手でそれぞれ持つと、サイズの小さな毛糸球の方が重たく感じられるように。知識は知覚を変えるんだ」

目には見えない刺激を密かに与える兵器の開発なんて、軍の世界では珍しくもない。

例えば離れた場所から人間の眼球を傷つける携帯型レーザー兵器。遠方から超音波や圧力を長時間浴びせ続ける事で精神的な変調を促す音響兵器。あるいは化学兵器だってそうだ、暴徒の無力化を促す催涙ガスや催吐ガスなんかは味や匂いの兵器とも言える。触覚や痛覚神経に過度の刺激を与えるという意味では、スタンガンなども当てはまるかもしれない。

『情報同盟』はそれを極めた。

スペックとしては、戦場に『幽霊』を持ち込むほどに。

「……人は体の構造と心の認識がズレた抜け穴『把握外知覚』からのデータ入力に抗えない。少なくとも、効果があるのかも怪しいサブリミナル効果よりは確実な刷り込みができるはずだ」

「人間には認識不可能な刺激信号。……そんなのUMA以上に反則じゃありません？」

「だから『幽霊』なんだろ」

「しかしそれが、どうして彼の陰謀に繋がっていくのです？」

白い息を吐きながら、エリナはこちらの顔を見上げていた。

「スラッダー＝ハニーサックル。聞いた話では、彼は『正統王国』の特別監獄に幽閉されていたはずでしょう？　『情報同盟』の秘密兵器とどう関わっているというのです」

「……、」

クウェンサーは答えなかった。

もう反応が近い。

馬鹿正直に全身のベルトで縛られて海老反りになったまま全方位へＧＰＳ信号を撒き散らしていればここでチェックメイトだが、『あの』優れた技術者に機械頼みのセキュリティなんてどこまであてになるか。

もちろんチャンスは少ない。

（……スラッダーは他の『囚人』と同じく常に監視されていた。実際に自由を手に入れたのは、崖下へ俺を突き飛ばしてから、俺が無線機のスイッチを入れるまで）

峡谷へ落とされた時、クウェンサーからはスラッダーが顔の崩れた『幽霊』に見えていた。だけど逆から見ても同じとは限らない。クウェンサーからはっきり言えるのは、バケモノ、という相手からの言葉を耳にしただけだ。

本当は冷静なまま、笑みを隠して少年を突き飛ばした可能性は否定できない。

（おそらく正味三〇分となかったはずだ。まともな工具も手に入らない原生林の中なら、そう専門的な作業ができる訳でもない）

実際に『縄抜け』したのはクウェンサーの信号を受け取ってからかもしれない。たとえ拘束装備が脱ぎ捨てられていても、ヤツはそう遠くには行けない。夜光塗料の人影なり追跡用の臭気にまみれた足跡なり、周囲を探索するだけで必ず尻尾を出す。その確信があった。

事実。

そう、極めて単純な事実だった。

小気味の良い銃声よりも先に、クウェンサーのすぐ横の雪が勢い良く弾け飛んだからだ。

スパァン!!!!!!　と。

とっさにクウェンサーは九歳の天才少女の体を抱えて近くの木の幹、その裏へと飛び込んだ。

あの銃声は護身用に支給されている小さな拳銃ではない。おそらく殺された兵士の手からスナイパーライフルでも奪い取ったのだろう。

そして専門装備なのが仇になった。

今の一撃、スラッダー側には特に威嚇や警告を挟む必要はなかったはずだ。つまり横風に嬲られて単純にしくじった。マスドライバー財閥を率いたスラッダー＝ハニーサックルはあれこれ世界レベルの陰謀を巡らせる戦術家だが、一方で、銃の扱い自体はさほど得意でもなかったはずだ。『ブレイクキャリアー』戦の終盤では、至近距離から拳銃を何度も撃っておきながらほとんど素人のクウェンサーを殺し損ねているほどだ。

木の裏に潜んだまま、クウェンサーは無線機に口を寄せた。

『正統王国』か『情報同盟』か。どこの誰から毟った装備かは知らないが、どうせ通信機器も奪っているだろう。少年は敢えて暗号化は挟まず、全帯域に向けて発信する。

「スラッダー!! アンタが何をしたいのかは大体全部分かってる。……そうだよな、アンタは元々『資本企業』からご自慢のマスドライバー技術を手土産にして『情報同盟』へ亡命するつもりだったんだ。それを俺達が邪魔したから、『正統王国』の牢屋にぶち込まれる羽目になった。今のままじゃ中途半端の宙ぶらりんで不服だろ? チャンスさえあれば『情報同盟』と合流したがるのは自然な流れなんだ!!」

返事はなかった。

だからクウェンサーからの呼びかけだけが続く。

「ログハウスでX部隊に包囲された時、最初に気づいたのはお前だった。その上で誰にも注意を促さず、沈黙でやり過ごして、わざと捕まったんだ」

スラッダーは、発信位置から居場所を探られるリスクでも考えているのだろうか。

「アズライフィアは言ってたよな。『レトロガンナー』がエリナのログハウスを襲った時、一人で歩いて勝手に遭難しかかっていたモヤシ学者を捕まえておいたって。あのタイミングで行方を晦まして『情報同盟』側に合流、そのまま亡命するのがお前にとってベストの展開だった。違うか?」

クウェンサーは少量の『ハンドアックス』に踏み砕いた針葉樹の枝の欠片をしこたま詰め込んで、それから適当に放り投げた。無線機で起爆すると一気に炎と煙が広がっていく。

夜の闇が拭われ、嫌でもお互いの位置が丸見えになる。

距離は二〇〇メートル。

雪のカーテンの向こうにいる影。スラッダーは足の鎖はそのままだったが、全身を縛り上げるベルトや両手の手錠はすでに外れていた。だから狙撃銃が使えるのだ。

しかし逆に言えば、向こうにも足の鎖まで全部外すほどの時間的余裕はなかった訳だ。ヤツはクウェンサー達の接近にビビって作業を途中で中断している。スラッダーの計画通りには進んでいない、ここはレールの外だ。これは純粋な安心材料に数えられる。

そしてこうなればもう自分の位置を隠すメリットなどなくなるはずだ。ややあって、手元の無線機にノイズが走った。

『……今さら会話などして、何を求める？』

「アズライフィアはどうした？」

『撃った』

ぎぢっ!! と嚙み締めたクウェンサーの奥歯から変な音が響いた。

彼我の間合いは二〇〇メートル。プロの兵士なら拳銃の間合いの少し外くらいの『中距離』だが、クウェンサーの肩では丸めた爆弾を投げ込むには遠すぎる。

向こうにとってはどうだろう。

多種多様なセンサーやレンズと連動した多目的スコープの数値を補整すれば本来のスペック

通り……なんて話でなければ良いが。

『「幽霊」騒ぎに乗じて君達二人を崖下に突き落とした時点で、上には「囚人」組の二人しか残っていなかった。だから拘束を解く方法を教えると言えば食いついてくると思ったんだがな。アズライフィア＝ウィンチェル、彼女は「正統王国」に属する事に意味を見出す「囚人」だったらしい。邪魔をするなら始末するしかない。はっきり言うが、私が勝てたのは偶然だった』

そりゃそうだろう。

アズライフィアはアズライフィアで、あの細腕で対物ライフルをテニスラケットより気軽に扱う狙撃の達人で、操縦士エリートでもないのに無理矢理オブジェクトの搭乗までやってのけた、見目麗しい戦争の権化だ。一体どんな不意打ちを叩きつけたのかは知らないが、まともに正面切っての撃ち合いならスラッダーに勝ち目はなかった。

……つまり、裏を返せば『何か』をしたのだ。一瞬だけでも隙を作れれば良い。あのアズライフィアが思わず手を止めてしまうような、卑劣な何かを。

『執着の源泉は兄様かね？　ヤツの胸ポケットに入っている携帯端末のリチウム電池をいつでも遠隔で吹き飛ばせると言ったら、くだらんブラフにいちいち動揺してくれたよ。二秒も時間を稼げたので逆に驚いたくらいだ』

「スラッダー……」

『テクノロジーは使うものだ、使われるだけの人間に未来はない。君だって技術者の卵ならそれくらいようく分かっているだろう？』

「アンタのそれは、もはや悪用だ。技術者の風上にも置けない」

こいつを殺す理由はできた。

後は具体的な方法を探すだけだ。そして大体の『あたり』はつけている。

くいくいと、抱き寄せられたエリナが小さな手でクウェンサーの上着を引っ張ってきた。

「本当に、スラッダー＝ハニーサックルがゴーストチェンジャーを使った戦争の黒幕なのですか？　だとしたらどうやって？　亡命狙いという動機は分かりますが、獄中にいた彼には『情報同盟』の秘密兵器に関わるチャンスはなかったはずです」

『大体分かっているのでは？』

「お前の独房には窓があった。確か、窓からの光とじめじめした壁の亀裂を組み合わせて小さな花を育てているって言ったよな」

クウェンサーは短く言った。

「そして鉄格子のはまった窓が一つあれば、空飛ぶドローンを外から窓に隣接させるだけで情報や物資のやり取りはできる。アンタは獄中で図面を引いて、メモを畳んで『情報同盟』のドローンに手渡ししていた。その結果生まれたのがゴーストチェンジャー。つまり、『情報同盟』で産声を上げた追加兵装は、そもそもスラッダーが脱獄するために用意させたオモチャだったんだ。だよな？」

『お見事』

スラッダーはいつも通りだった。

こいつの不気味さは恨み節が見て取れる怪談の幽霊以上だ。

『無重力生活に幻覚はつきものだ。完全に密閉された宇宙服を着て真空の中へ放り出されているのに、近くのワイヤーからグリスの焼ける匂いがするとパニックを起こしたりな』

「三七を巻き込むのも最初から織り込み済みだったって？」

『ああ、そこは正確には読み切れなかった。計画と言っても偶然要素が強かったし。底辺部隊の三七はある程度絡むとは予測していたが、正直に言えばエリナ＝シルバーバレットはどうでも良かった。ゴーストチェンジャーが出てくる戦場でさえあればどこでもな』

中心がそもそも違う。

この虐殺はエリナを核としたものではなく、スラッダーを中心にして大きな渦を巻いていたのだ。だから、真相が分かると人間の図式ががらりと変わってしまう。

『「正統王国」側にとっては全く未知の兵器となるゴーストチェンジャー対策には多方面の知識がいる。でも、国の宝である優れた学者や技術者はいたずらに消耗したくもない。ここから敵国出身で博士号を持った囚人が駆り出されるのは容易に予想できた』

「……だからゴーストチェンジャーが攻撃するのは、『正統王国』だけとは限らない。脱獄に必要なら、あるいは脱獄の邪魔をするのであれば、配備側の『情報同盟』だって普通に犠牲に選ばれる」

『前払いでご褒美を与えすぎたかな……。「情報同盟」の連中は私という頭脳を獲得するよりも、自分で作ったつもりになっているゴーストチェンジャーの秘密を守る方に重きを置いたらしい。あんなもの本番前の余興に過ぎないというのに。まったくいつの世になっても肝心のマスドライバーを研究させてくれないものだ、この世界は』

「つまり」

短く切って、クウェンサーは再び呟いた。

床に叩きつけられた無線機、雪に埋もれた信号弾の太い拳銃。彼らが連絡を取ろうとして、でも失敗した相手とは……、

「まずゴーストチェンジャーで心をやられていたのは、『レトロガンナー』の操縦士エリートだった。今回の戦争もまた、真相はオルノス方面と同じ同士討ちだったんだよ」

奇怪に潰れてひしゃげ、あるいは焼け焦げた『正統王国』軍の死体の山。

ただの発火現象じゃない。死体は全身が蠟と化していて、これは分厚い雪の下で数ヶ月なり数年なり、長い間寝かせないと成り立たないという。

それに岩に叩きつけられたミンチ肉や木の上に引っ掛けられた臓物は氷点下一五度の中でもまだ凍っておらず、クウェンサー達のすぐ傍に何かがぬるりと迫っていたが、全く気づかなかった。

物理法則を無視した殺傷力を振るい、時間すら盗むツングースカ方面の『幽霊』。

だからもう、誰にも説明がつかないだって？？？

「……笑わせんな。そもそも蠟は脂肪に水素が付与された硬化油から作るものだ。つまり工業的に、作れる。酸素から切り離して何ヶ月も寝かせなくたって、例えば一〇〇万気圧程度の圧力をかければ人体は空気中の水素を吸って蠟に化けてしまう」

「あっ」

「オブジェクトの砲撃なら、できる。レールガンでもコイルガンでも良いけど、あれだけの金属砲弾を撃ち込めば直撃しなくたって人間なんか即死だよ。分厚い空気の壁は莫大な圧力を生み出す、その死体はまともな状態じゃなくなるはずだ。ひょっとすると炭化死体は背が縮んでいたかもな」

「でっでも、『レトロガンナー』が砲撃なんかしたら私達だって気づくでしょう⁉　あそこに散らばっていた他の死体はまだ凍っていませんでした。屋外に濡れたタオルを放置しておけば一分もしない内にカチコチになるはずなのに……」

「エリナ、こんな山奥で暮らしているなら獣なんかと遭遇する事もあるだろうけど、麻酔銃を触った経験はある？」

「いきなり何を」

「針を使わない方式だと、獲物の皮膚にガスか何かで高い圧力を加えてから薬液を吸わせるのがあったよな。そして自然界には氷点下一五度でも凍らない液体なんていくらでもある。例えば身近な所だと、椿油の凝固点は氷点下二〇度辺りだ。『情報同盟』軍の整備基地にあった植物図鑑、持ってくれば良かったな。周りの針葉樹とか探せば他にも色々ありそうだけど」

「まさか……高い圧力、それって……」

「オブジェクトの砲弾が兵士の近くに落ちて、分厚い衝撃波と一緒に植物の樹液や汁が横殴りで一斉に突き刺さり、そいつが犠牲者の体の中まで潜り込んできた。凝固点の低い液体で体の中が満たされてしまえば氷点下一五度でも死体や臓物はすぐに凍らない。……本当は、『正統王国』軍の連中はずっと前に殺されて辺り一面にばら撒かれていた。だけど高圧注入によって『凍結しにくい血肉』に加工されていたからなかなか凍りつかなかった。話なんかそれだけだ。黒土を大きく抉ったクレーターが見つからなかったのは、単に吹雪で覆い隠されたからかな。臓物は猛禽類が木の枝に引っ掛けた訳じゃない、まして幽霊でもない。オブジェクトの砲撃でバラバラになって舞い上がったんだ」

　時間を盗まれていた訳ではない。人体の蝋変化も氷点下一五度で凍らない臓物も、全部レールガンと密接に結びついた圧力関係の用語で説明がついてしまう。

　あの時、スラッダーは否定否定否定をひたすら繰り返していた。

　一見自分から知識を提供するふりをしていたが、それだってクウェンサーの思考やアイデアを先回りして潰すために使われていた。ツングースカ大爆発についてもいくつも仮説があると言いながら具体的には何も出していない。まるでそうする事で混乱や恐慌をより強く促し、自分で状況をコントロールしやすくしたがっているように。

そうなると、結論はこうだ。

もう一つの虐殺。『情報同盟』軍の整備基地ベースゾーンでは何が起きていたか。

「……はるか昔のツングースカ大爆発の伝説に引きずられる必要なんてどこにもなかったんだ。レールガンで吹っ飛ばしてレーザービームで焼いて、あんなの『レトロガンナー』側の暴走から始まった、ただの同士討ちで全部説明できてしまう」

「同士討ち……？」

信じられない顔で九歳の少女が繰り返した。

「ですけどっ、ゴーストチェンジャーの正体は特殊なグリスで、オブジェクトの関節を使ってわざと軋みや焼けつきを起こし、微細な匂いをばら撒く兵器なんでしょう？　完全密閉、核でも破壊できないオブジェクトのコックピットの中まで侵食するとは思えません！」

「エリナ、さっきからなんか鉄錆臭い匂いはしないか？」

「えっ？　……ま、まあ確かに。今日一日で、あれだけの命が散った場所なのですから」

「そうか。でも実際には何もない。ここには死体も血痕もないぞ、エリナ」

ぎょっとするのは無理もない。

だけど、これが真実だ。

「匂いはイメージに引きずられやすい感覚でもある。そもそも血液＝鉄錆臭いっていうのも赤と鉄っていう安易なイメージの世界でしかないんだ、たとえ血液中に鉄分が多く含まれているからって赤錆の塊と全く同じ成分や比率って訳じゃない。ま、絹を裂くような悲鳴よりは説得力がある。そもそも実生活で錆びの匂いなんてそんなに嗅ぐか？　つまり、直接グリスの匂いがコックピットまで立ち込める必要はないんだ。それを見て、話を聞いて、頭の中で正確にイメージさせるよう誘導さえできれば、『鉄錆臭い匂い』のように同じ効果が脳内で合成されて発動する」

操縦士エリートが運用する兵器について説明を受けていれば、それが余計に促進したはずだ。ある意味で化学物質という形で追いかけられるゴーストチェンジャーそのものより、こっちの方が怖い。事前に詳細なカウンセリングやプロファイリングで個人データを把握し、最も適切な形に整えて誘導する必要はあるのだろうが、それにしたって『証拠の一切残らない話術兵器』だ。スラッダー＝ハニーサックル、正面切っての戦いではなく要人暗殺に徹すれば足跡一つなく確実に標的を破滅させる『幽霊』として化けただろうに。

「定説の破壊か。相変わらずよくやる。でもってオブジェクトは通信機器の塊でもある。スラッダー、お前がどこの死体から装備を毟ったかは知らないけど、『情報同盟』のふりでもすれば『レトロガンナー』側が拾ってくれる。つまりテキトーなホラ話でありもしない報告を並べ立てて操縦士エリートを精神的に追い詰める事は十分可能だったたって訳だ」

できる事とやりたい事が違う。

思えばずっとそこで苦しめられてきた天才だったか、こいつは。

『ここからどうするかね？　まさか仕組みさえ暴けば後は私が勝手に人生諦めてそこの崖から飛ぶとでも？　むしろ戦争は脅威を特定してからが本番だろう、そのための狙撃銃だ』

「お前はもう逃げられない」

『クウェンサー＝バーボタージュ。君のスペックは把握済みだ』

「……、」

『そして二〇〇メートル先から私を殺す手段はない。あるいは爆薬を金属筒に込めて迫撃砲でも作ってみるか？　大型化したロケット花火にプラスチック爆弾を搭載したり、パラボラアンテナの内側に爆薬でも薄く貼りつけて指向性地雷を作ってみる？』

少年は思わず舌打ちした。本当に、憎たらしいほどに技術だけならヤツの方が上だ。こちらが設計士見習いであり、スラッダーが第一線のプロとして完成されているのが嫌でも分かる。

『無理だな。君は自分一人なら無謀な一発勝負に走るかもしれないが、懐に九歳の少女を匿ったまま誤爆のリスクがあるアイデア兵器には頼れないだろう？　だからエリナ＝シルバーバレットが顔を出した時点でそういう命知らずな選択肢は捨てている。そして無難で穏当な選択肢だけを残した場合、君はただの素人だ。……結論だ、私は君を安全に撃てる。この私が自由で気ままにマスドライバーの研究を行う道を邪魔するというのであれば、ここでそうする』

「そうか……」

　木の裏に張りついたまま、クウェンサーは自嘲気味に笑った。

　全部図星だ。

「……騒ぎに乗じて、死んだふりで誤魔化しながら戦場から行方を晦ますのは良い。原形も留めていない死体の群れは身元の確認にも時間がかかるだろう。でも、『レトロガンナー』はどうするつもりだ？　操縦士エリートが『幽霊』を見て暴走したままだとしたら、偶然の鉢合わせでお前だって即死じゃないか。こればっかりはいくら天才サマでも計算できないはずだ。確率的に言えばアウトドアでたまたま雷に当たって死ぬよりは高そうだけど」

『それをわざわざ教えるとでも？』

「つまり何かある。自分だけは狙われない小細工が」

　そいつを奪えば『レトロガンナー』の件は決着する。たとえ何があっても攻撃できない切り札。それで身を固めてしまえば、『正統王国』軍はもう旧式第一世代に脅える必要もなく一方的に袋叩きにできるはずだ。

　よって、最優先は全てを知っているスラッダー＝ハニーサックルだ。

　こいつを殺して、道を開こう。

「ところでスラッダー、お前はこう言ったな？　脱獄の邪魔になったから、同じ囚人枠のアズライフィア＝ウィンチェルを撃ったって」

『ああ、そうだ』

「そして実力的には敵わない相手を確定で仕留めるため、つまらないブラフを使ったとも言った。ヘイヴィアの胸にある携帯端末をいつでも破裂させられると嘘をついて、妹の動きを一瞬だけど確実に固めたんだ」

『だから何だ？』

「ちなみにー」

あくまでも軽い調子で、九歳のエリナを抱いて木の裏に張りつくクウェンサーはこう添えた。

「……勃起しながら自分の勝ちでも確信してるのかもしれないけどさ、この無線は暗号化していない。どんな軍のどんな無線機からでも平等に筒抜けだ。そしてスラッダー、お前は『正統王国』と『情報同盟』の両方を振り回してパーフェクトに事を進めたつもりかもしれないけど、本当に状況をコントロールできているか？」

『？』

「だから」

これは戦争だ。

こちらの取っている行動に意味がないだなんて、本当に思ったか？

「お前が仕留め損なったお兄ちゃんのヘイヴィアと妹のルイジアナがこんな最低な話を耳にし

て、GPS信号を追いかけてきたとしたら、これからお前は一体どんな目に遭うだろうな？」

銃声より先に、不自然にスラッダー＝ハニーサックルが崩れ落ちた。

スパァン!!!!!!　という横合いからの火薬の炸裂する音が後から遅れて響く。

やはりこういう泥臭い戦争ならヘイヴィアの独壇場だ。センサーでゴテゴテに固めた狙撃銃を使っても外してしまうスラッダーとは違って、猛吹雪の夜でも正確に獲物の太股をぶち抜いてくれる。吹雪で人影くらいしか分からなくても、ヤツ自身が狙撃銃を持っていると言ったのだし、それを目印にすれば良い。

それでも狙撃銃を手放さなかっただけ、マスドライバー技術者にはまだ強い意思があったかもしれない。

だが続く一撃でスナイパーライフルのグリップごと掌を砕かれていた。

悶絶して雪の上で丸まったスラッダー＝ハニーサックルへ、ずかずかと近づいていく別の影があった。護身用の小さな拳銃を握ったルイジアナだった。

「このッ恥さらしが!!　手に入れた技術を公共に還元するのは、天才が変人と呼ばれないための最低限の義務だ。そいつを怠って私欲に走ったキサマに生きる価値などない!!!!!!」

「ヘイヴィアそいつ押さえてろ！　まだ殺すなよ、『レトロガンナー』対策が残ってる!!」

そういえばスラッダーが自分のためにマスドライバーを組み上げようとしたのに対し、ルイジアナは地球のみんなを守るために宇宙エレベーターを建設したのだったか。

クウェンサーも、もう身を隠す必要はない。

一応は雪の中に地雷や爆弾が埋めてある可能性には気を配るが、もしそうなら狙撃銃には固執しなかっただろう。スラッダーは策士だ。十分な量の地雷があったら最初に足を撃たれた時点でみっともなくのた打ち回り、安心したヘイヴィアにわざと近づかせて踏ませたはずだ。

止血の必要はなさそうだった。

氷点下一五度。血にまみれた傷口なんぞ勝手に凍りつきそうなものである。

クウェンサー、ヘイヴィア、ルイジアナ、エリナ。『幽霊』騒ぎの生存者に囲まれ、手と足に風穴を空けて転がったスラッダーはこちらを弱々しく見上げていた。

「……中和剤がある」

「だろうな。匂いは味の二万倍って言われるほど強力な感覚だけど、同時に複数の成分が混ざり合うとあっさり性質が変わる繊細な知覚でもある。この辺は香水や人工香料なんかが真骨頂だろうけどさ。……同じ戦場にいる黒幕のお前自身が『幽霊』にやられちゃ元も子もないのに、ガスマスクや防護服で全身の肌を防護している訳でもない。となると別の化学物質で打ち消しているって考えるべきだ」

『レトロガンナー』についてはもっと簡単かもしれない。『血液＝鉄錆臭い匂い』と同じ、言葉や知識を含むいくつかのイメージの組み合わせでしかないのだから、適当な会話を振って頭の中のイメージを崩すだけで暴走状態が鳴りを潜める。

クウェンサーは身を屈めて、囚人服の首元に手を突っ込んだ。そのままぶちりと何かを引き千切る。首に巻いてあったのはお守りのようだが、違う。中には乾いたハーブらしき葉や花弁がいくつか混ぜ合わせてあった。

刑務所の独房で小さな花を育てている、だったか。

人間の鼻には分からない。

だけどこれは、そもそも鼻で嗅ぐ事を想定した香りではない。

「匂い袋、か。ロマンチックだけど似合わないね、アンタには」

「……違うな。技術者とはすべからくロマンチストであるべきだ。たとえ誰の共感を得られなくても」

クウェンサーは絶対に頷かなかった。

ある種、完成した設計士なのかもしれない。だけど少年が目指す方向とは明らかに違う。

「私をどうする？」

「実は何も考えていない。お前の末路なんか正直どうでも良い」

呟いて、ゆっくりとクウェンサーは膝を伸ばして立ち上がった。

まるでスラッダーから興味をなくすように。

「だから賭けてみようと思う。約束するよ、どっちの結末になっても俺は納得する」

「？」

「もしも」

言って、彼が口を寄せたのは馴染(なじ)みの無線機だった。しかし誰に向けて？　暗号化をしていないオープンな回線でヘイヴィアやルイジアナと情報共有しつつこちらへ呼び寄せる作戦はすでに結果が出たはずだ。

なのにクウェンサーは、目の前のスラッダーではなく別の誰かに声を掛けた。

「……もしも本当に『アンタ』が死んでしまったのなら、スラッダーには誰もトドメを刺さない。だけど『アンタ』が死に損なったのなら、まあ、仕返しをする資格くらいはあると思う。好きにしてくれよ。俺は運命に全部預ける」

ようやく、何の事かスラッダーにも理解できたか。

クウェンサーとヘイヴィアは黒幕から背を向けた。ルイジアナは意外と良識派なのか、九歳のエリナの目元を掌(てのひら)でそっと覆っていた。彼女は自分の兄の方を一度だけ振り返り、それでも研究者としての義務が勝ったのだろう。何かを振り切るように視線を外し、エリナともどもジャガイモ達の背中を追いかけた。

そしてクウェンサー、ヘイヴィア、ルイジアナの三人は同時に言った。

「「「アズライフィアはまだ生きている方に賭ける」」」

一体どこから拾ってきたのだろう。

直後に遠方から対物ライフルが発砲され、音速以上の勢いで一つの命が粉々に散った。

12

「『情報同盟』の第一世代、『レトロガンナー』からの『白旗』の信号です。どうやら自分の手で整備基地を壊滅させた事に自覚が追い着く程度には正気に戻ったようですね」

電子シミュレート部門のオペレーターからの報告に、そうか、とだけフローレイティアは答えた。こちらの『話術』は本当に効いたのやら。スラッダーからの干渉が途切れた方が大きかったかもしれない。

「ゴーストチェンジャーは？」

「整備兵のばあ様の報告読んでいないんですか？　関節部はすっかり焼け焦げていて、特殊グリスの抽出解析は不可能だそうですよ。投降前の最後の抵抗じゃないですか」

「……なら良かった」

一応は、中和剤があるとはいえ、あんな兵器が『正統王国』側でコピーされ、多勢力間で互いに殴り合うようになったらいよいよ戦争のルールが崩壊する。

今回も被害は大きかった。

それにエリナ＝シルバーバレットの供述が正しければ、四大勢力の総意とやらは監獄にいたルイジアナと辺境に身を隠すエリナを同時に始末するため、三七を利用して勝ち目のない戦争へ参加させたらしい情報も出てきた。四大勢力。つまりフローレイティアの指揮する第三七機動整備大隊は、同じ『正統王国』込みで脇腹を刺されている。

（……『クリーンな戦争』の否定派は全て闇に葬る、ね。こうなると、三七自体もターゲットに選ばれているかもしれんな）

今さらながら、馬鹿正直にまとめた報告書の存在が重くのしかかる。真面目に仕事をこなして災難を招き寄せるとか、知らない内に随分と公務員が板についてしまったらしい。

だが、狙われていると分かればそれはそれでやりようはある。

少なくとも得体の知れない妄想や逆恨みで自軍上層部を攻撃する愚は犯さずに済む、という確定をもらえただけでもプラスであると判断するべきなのだ。

では反撃だ。

やられっ放しで納得して犬死していくほどフローレイティア＝カピストラーノは優等生ではない。

「クウェンサー、それからヘイヴィアも。エリナ＝シルバーバレットが話した供述について裏を取りたい。現場にいたお前達にも協力してもらうよ」

「具体的には何を？」

「まずログハウスにいたX部隊について。エリナの話によると、正体は『信心組織』系の兵隊崩れだったらしい。『資本企業』製の狙撃銃、それもテクノピック優勝モデルを手にしていた事からも分かる通り、わざわざ身元を隠しているブラック組織だ。本人は傭兵会社を名乗っているが実際にはどう取り繕ってもテロリスト辺りが関の山だな。オブジェクト地球環境破壊論を唱えて軍から爪弾きにされたリストラ軍団がリベンジ大作戦を企てているという寸法ね」

自分で言いながら、フローレイティアは苛立ちを隠さず細長い煙管の口をがじがじ噛んでいた。知らずに報告書を書いて提出したとはいえ、まるで自分達の末路をそのまま暗示しているかのようだ。

ただし、三七とX部隊には決定的な違いがある。

クウェンサーがこう繋いだのだ。

「X部隊の前身は『信心組織』系の非公開内部監査部門、エレクトリックドリル部隊。軍内部の不正を正し、腐った壁に風穴を空けるための組織らしいですが……どうにもネーミングのセンスが似ている。裏側にいた部隊だから今まで気づく機会はありませんでしたが、『正統王国』の中で散々俺達を振り回してくれた、例のチェーンカッター部隊に」

「……つか、そういうやり口なんだろ。四大勢力の総意と戦うXは国境をまたいで世界中で戦力を確保しちゃいるが、自分で育てた兵士達を各国に送り込んで潜伏させている訳じゃあねえ。

元々敵地に存在する部隊をリモートで汚染して再教育してやがるんだ。オンラインテロリスト。話術さえあれば思想を注入して無尽蔵に現役兵士を獲得できるんだから、自分で訓練所を作ってプロフェッショナルを養成するより安価で手っ取り早く一流戦力を確保できる。密入国の手順や偽装生活に使うマイホームの用意も必要ねえ。……エレクトリックドリル部隊はそんな連中の中で、たまたま『信心組織』のテリトリーでバレて潜伏を続けられなくなって宙ぶらりんになっちまったってだけだ」

民間の医師団であっても輸送路切断のためなら平気で襲う。一見極悪ではあるが、チェーンカッター部隊なりの正義でもあったのかもしれない。例えばプレートの脆弱エリアを見ながらオブジェクトの活動を停止させるために補給を断つ必要があった、とか。

何でも良い。

ヤツらがどんな正義をかざしたところで死んだ民間人が生き返る訳ではない。

フローレイティアは甘ったるい煙を吐き出した。

そして呟く。

「X。またの名をバッドガレージ、か」

「エリナと接触を図ったのは、自分達の主張に学術的な後ろ盾が欲しかったからのようですね。『オブジェクト地球環境破壊論』については今もネットの片隅に転がっていますが、それだけでは誰かさんがせっせと情報操作を繰り返してくれているおかげですっかり眉唾扱いです。よって、具体的な数値を導き出すための資料系を一式揃えて論文を補強し、『反論に反論』したかったのでは、とエリナは言っています」

「それだけで四大勢力の総意サマが転ぶかね？　軍隊内部を汚染してチェーンカッター部隊やエレクトリックドリル部隊を敵地の中で組み立てていったバッドガレージは、絶対にもっと大きな事を考えている」

言って、銀髪爆乳の上官は諜報部門にまとめさせていた調査資料をテーブルの上に放り投げた。それは扇状に広がっていく。

「ここ最近の裏社会の動きよ。麻薬、武器、奴隷、そんな人気商品よりもずば抜けて売れてる品がある。偽造ＩＤだ。かなりの人数分を、クオリティ最優先で言い値そのまま大量購入している馬鹿者がいるらしい。学芸員扱い、美術品修繕名目での大量入国だな」

「……バッドガレージの次の標的が分かるって事ですか？」

「公務員の集団を装って入国を目指したのが仇になってる。市民団体から会計を細かく精査される公務員が電車だの車だのバラバラの手順で移動する事はないからな。そんな真似すれば絶対に怪しまれる。ゾディアック観光の大型バス。カギはこいつよ」

「じゃあ、偽装に必要だったとはいえ、こっちは連中が手配した乗り物の行方を追えば……」

「行き先が分かるという寸法ね。ヤツらは二〇万トンのオブジェクトが地球環境を実際に破壊するところを多くの人間に見せつけたいだろう。できれば、四大勢力の総意とやらがどんなに裏から手を回しても誤魔化しようがないくらいに」

歌うようにフローレイティアは言った。

すでに次の戦場を見据えているような声色だった。

「それでいて、できれば四大勢力の総意そのものの力も削いでしまえればパーフェクトね」

「何だそりゃあ……？　また厄介な香りがぷんぷんしてやがりますけど」

悪い予感だけ当たる予言者なんて、きっと人類の全員がそうだろう。

だからヘイヴィアの嫌そうな顔に、あっさりとフローレイティアは頷いた。そしてそのまま言った。

「テベレ方面、ローマ」

「……」

「言わずと知れた『信心組織』の『本国』よ。右を向いても左を向いても十字架だらけの人口密集地域が壊滅的な災害を浴びて沈んでしまえば民衆はオブジェクト地球環境破壊論を信じるしかなくなり、上層部の情報操作で誤魔化せる次元も超えて、それでいて四大勢力の裏の繋がりまでズタズタに引き裂けるでしょうね。……私だけこんな目に遭うなんておかしい。昔から、これ以上に友情へ亀裂を入れる言葉はないからな」

インターミッション

材料が届いてからは早かった。

そんなに複雑な手順を踏む訳でもない。

「ふん、ふん、ふふん」

お姫様は小さく鼻歌を歌っていた。

操縦士エリートの宿舎は一般兵とは違って独立している。ここにはトイレバスキッチンが全て揃っていた。とはいえ食にあまりこだわりを持たない彼女は、もっぱら冷蔵庫と電子レンジのお世話になる事の方が多いのだが。

そんなお姫様が、自分で固めたセオリーの外へ勇気を出して一歩外にはみ出てみた。

手作りチョコレートは『湯煎』とかいう作業が大変だとお料理サイトでは散々脅されてきたが、今はもうそういうのも全部自動でやってくれる便利グッズがあるらしい。二重に重ねたボウルみたいな容器の間に水を注いでコンセントに繋ぐと、後は電熱線の力でお湯の温度管理をしながら適切に温めてくれるのだとか。プラスチックでできた安っぽい道具一式は手回しアイスクリーム製造器の親戚みたいでちょっと子供っぽかったが、山を登るための楽で安全な遊歩道があるのにわざわざピッケル摑んで断崖絶壁に挑む必要もないだろう。

ネット通販万歳だ。

材料から道具まで大体みんなこれで揃ってしまう。

シベリアの奥地、ツングースカ方面まできちんと指定日時に荷物が届くとは何事か。冗談抜きに宅配のお兄さんの職業意識が高過ぎる。

（……そういえば、チョコアイスとかテキトーなこと言っちゃったけどどうしよう）

ぼんやりそんな事を考えるが、まあ数あるフラッシュアイデアの一つだ。必ずしも叶えなくてはならない命題ではない。

二月一四日。

ここでチョコレートを渡すのが『島国』的には最重要らしい。

『レトロガンナー』戦……というか『ゴーストチェンジャー』戦では味方からも多くの犠牲が出た。でも、だからと言って湿っぽい空気は引きずらない、というのが三七の流儀だった。死者を悼むのは悪くないが、背負って影響を受けるばかりでは生存者の命を散らすだけ。だからコンディションを保つ意味でも、辛い時ほど明るいイベントではしゃぐ心を忘れてはならないらしい。

湯煎セットの中にはいくつか型も用意されていた。ハートの形は流石に恥ずかしいが、かと言って四角だと何のために業務用の板チョコを割って溶かしたのか意味が分からなくなってしまう。表情もなくむーと唸って散々悩んだ末、お姫様はプラスチックの型を一つ手に取った。まん丸の、特に工夫もない枠だったが、何となくオブジェクトっぽい。

カワイイは曲線なのだ。

ヒヨコも子猫も大体みんな丸い。

「『ベイビーマグナム』見てハァハァしてるし、クウェンサーもきっと丸いのが好きなはず」

北極と南極はどっちが好き？　くらいのざっくり基準で予測をつけつつ、型に収めたチョコレートを冷蔵庫の中へ。やはりこちらも平面コードをモバイルに読ませて呼び出した説明書によると、ちょっとした操作で簡単に無駄なく冷やしてくれる論理機能がついているらしい。チョコレートがきちんと固まるまで時間がかかる。

包み紙もリボンも数種類用意してあるが、組み合わせによって印象はかなり変わりそうだ。そして一つ一つを考えていくのは悪くない時間だった。

任務と任務の間にあるわずかな自由時間を有意義に使っている。

そんな手応えを感じる。

（……クウェンサーを見てこよう。何かラッピングのヒントがあるかも）

悪くない。

ミリンダ＝ブランティーニは整った鼻からちょっと息を吐いて、それから特別に用意された宿舎を出た。

が。

お姫様は整備基地の一角で立ち止まっていた。

俯いて、一人ぼっちでドアの向こうから聞こえる言葉を受け止めていく。

『「オブジェクト地球環境破壊論」については今もネットの片隅に転がっていますが』

他ならない、クウェンサー＝バーボタージュの口から出た。

彼女と一緒にいる時は絶対に出てこなかった話題。意図してそうしなかったであろう配慮。そんな優しさが、残酷にお姫様に刺さる。

ああ。

つまり間違いなく、これは『正解』なのだと。

『それだけでは誰かさんがせっせと情報操作を繰り返してくれているおかげですっかり眉唾扱いです。よって、具体的な数値を導き出すための資料系一式を揃えて論文を補強し、「反論に反論」したかったのでは、とエリナは言っています』」

自分の生きている世界は、虚構でできていた。

人を不幸せにする嘘で塗り固めなければ存在を保てないものでしかなかった。

「……、」

考え。

小さく唇を噛んで。

そしてお姫様は、そっとその場から離れた。

第三章　四方の欺瞞が砕ける日　〉〉テベレ方面信心組織『本国』防衛介入戦

1

二月。

カーニバルは背中を押した。いつもは警備の厳重な『信心組織』の『本国』でも、この時ばかりは門戸を広く開放して多くの観光客を招き入れるしかない。

これは、良からぬ事を企んでの潜入を図る者達からしても大変ありがたい。

「……さて、それじゃすごろくを使って最後の確認をするぞ、プタナ」

「はいセンパイ」

四角い金属の壁で覆われた、窓もない狭い部屋だった。背の低い天井からぶら下げたライトに照らされているのは、長い黒髪をポニーテールにした褐色の少女。服装については緑色の、ナース服の意匠を取り込んだ特殊スーツだ。

プタナ＝ハイボール。

元『信心組織』軍最新第二世代『コレクティブファーミング』の操縦士エリートにして、視線恐怖症を自分の武器に転化した少女。特に自分に注目している『視線』の主については、たとえ三万六〇〇〇キロ先の軍事衛星でも正確に察知する本物の怪物である。訳あって、今では『正統王国』軍に所属を移している。

そしてこれから三七のジャガイモ達が向かう先を考えれば、これ以上の現地ガイドもいないだろう。

クウェンサー、ヘイヴィア、ミョンリ、それからプタナ。

彼らは一つのテーブルを囲み、大きく広げた紙の地図へいくつかの駒を並べていく。

「エレクトリックドリル部隊。元『信心組織』軍のゴロツキ連中が恨み節全開で『本国』ローマへ潜入した。自分達の首を切った上層部が軒並み揃っている聖地だ、さぞかし暴れ回りたい事だろう。こいつらがこれから起こすであろう戦争の発生を未然に阻止する。そのためには俺達もローマに入らなくちゃならない。当然ながら、無許可で。はっきり言うけどゴロツキの侵入を許した時点で『信心組織』側の自浄作用なんてあてにならない」

「あ、あのう」

器用貧乏のミョンリがおっかなびっくりといった調子で手を挙げて、

「……そもそもエレクトリックドリル？　彼らがローマに入ったのは良いとして、中で一体何をしようとしているんですか。いくら精巧な偽造ＩＤがあるからって、全長五〇メートル以上のオブジェクトを丸々『本国』内部まで運び込めるって訳じゃあないでしょう？」

クウェンサーは肩をすくめた。

何でもかんでも分かっていれば、そもそも後ろ暗い連中がローマ入りする前に止められた。情報的に負けていて、後から背中を追いかけているのは『正統王国』側だ。

よって、足りない部分を埋め合わせて先回りする必要がある。

ヘイヴィアはテーブルの地図に何枚かの写真を放り投げて、

「エピスキア＝スウィートレディ。性別男性年齢二九歳、パレードの動画配信に巻き込まれたせいでローマ入りしたエレクトリックドリル部隊で唯一顔が割れやがったお馬鹿さんだ。連中が行動を起こす前にこいつを捕らえて作戦計画を全部吐かせる。まずはこれが第一ステップだぜ」

不良貴族の言葉はそこで止まらなかった。

というか、そこはまだ本題ではない。

「ただし当然ながら、そこで終わりじゃあねえ。エレクトリックドリル部隊……つか、連中含む複数のオンラインテロリストを束ねるバッドガレージの目的は『オブジェクト地球環境破壊論』の証明実験だ。それも『四大勢力の総意』とやらの揉み消しが通用しないレベルのド派手な災害を求めてやがる」

「つまりゴロツキどもがこのローマで何をするにせよ、どこかで必ずオブジェクトは顔を出す。

今はまだどういう形になるかは見当もつかないけど、必ずだ」

「……じょうだんでしょう。センパイ、ローマはていじゅう住民だけで200万人をこえる『本国』ですよ？」

「今は二月のカーニバルで、一時滞在の観光客込みなら一〇〇〇万人オーバーだ。こんな人口密集地域でオブジェクトなんぞ暴れさせる訳にはいかない。だから後を追っているだけじゃダメだ、どこかのタイミングで先回りしてエレクトリックドリル部隊の作った流れを断ち切る。ばっさりとな。プタナ、ローマ内部の案内は任せられるか？　今は観光客だらけとはいえ、『信心組織』のタブーに触れて風景から浮かび上がる訳にはいかない」

「もちろんです」

「それだけ聞ければ十分。じゃあ始めよう」

言って、クウェンサー達は両開きの鉄扉（てっぴ）へ向かった。

大きく開け放つ。

網膜に焼きつくほどの真っ白な陽射（ひざ）し。

リィンゴーン、という教会の鐘の太い音色がいくつも重なって少年達を迎え入れる。

石造りの白い壁にレンガを敷いた道路。信号機の柱や無線ＬＡＮのアンテナすらも遺跡みたいな街並みに配慮して色合いを調整されている歴史的古都。冗談抜きに家屋一つ、店舗の一軒一軒に至るまでその全てが国際遺産として登録されている『景色全体が巨大な博物館』という人口密集地域だ。

『信心組織』テベレ方面。

『本国』ローマ。

ダウンジャケットや動きやすいズボンなど、私服に着替えて旅行者向けのリュックを掴むクウェンサー達はすでに敵地も敵地、『本国』内部にまで入っていた。彼らが今までいたのは路肩に停めていた大型トレーラーの細長い金属コンテナだったのだ。

肩にエコバッグ扱いの薄いナップザックを引っ掛けたヘイヴィアはすれ違った若者を思わず二度見してから、

「……すげえなローマ、スマホでチャカチャカ讃美歌を聞いてやがるぜ。やっぱアレも月額いくらで聞き放題なのかね」

「同じ時代を生きる人間だろ、信仰心とテクノロジーに因果関係はないよ。スマホの地図アプリで予定到着時間ごとに教会の巡礼コースを複数並べてくれるってサービス知らない？　表でスマホを振り回すとARでローマの城塞建築の手順を早送りで風景に重ねて眺められるアプリなんかもあるってさ。それより『信心組織』っぽくしゃべるよう気をつけなよ」

「おい、戦争エンタメなら俺ら『正統王国』の領分だろ」

「神話や伝説については誰の持ち物かなんて論じ始めたらきりがないよ。誰かさん個人の遺骨っていう触れ込みの仏舎利が世界中で何トンあるか知ってる？　元祖ロンギヌスの槍の総数は全部で何本？　ローマ神話なんかギリシャの神様をお手軽に取り込み過ぎたせいでもはや誰も原形なんか覚えちゃいない。状況全体を見れば明らかにおかしいのに、寺院に教会に神殿、誰も彼もが絶対自分が正しいって言って聞かない」

ごんごん、と運転席のドアを軽く叩いて諜報部門のミリア＝ニューバーグにしれっと挨拶しつつ、ジャガイモ達は慌てず騒がず観光客の流れに合流していく。ここから先は元『信心組織』でローカルルールを熟知しているプタナ＝ハイボールの案内に乗っかる形だ。

「なあクウェンサー、俺ら『正統王国』じゃなかったっけ？　あの爆乳の命令だから従ってるけどさあ、何でこれ止めなくちゃならねえの？　『信心組織』が勝手に滅んでくれるなら放っておきゃあ良いのに」

「……お前は『貴族』なんだから少しは政治と戦争を学びなよ。いきなり敵さんの『本国』が壊滅して四大勢力のバランスが崩れてみろ、もう『安全国』も『戦争国』もなくなるよ。ルール無用で食べ放題な『大戦』になりかねない、そんなの『正統王国』も望んじゃいない。ローマからパリまでの距離は知ってる？　地球儀回したら目と鼻の先だよ。アルプス山脈を越えて大量の難民が押し寄せたら困るし、逆恨み同然の報復作戦なんか四方八方へ撒き散らされたら『正統王国』の『本国』もただじゃ済まない。だから止めるの、平和な時代のために」

人は多く、彼らを狙った観光業も盛んだ。道端には屋台が並んでいて肉の串焼きや赤ワインを並べている所も多い。何しろ二月のカーニバルだ、食って呑んで踊って仮装して、までやってようやく基本セット。通行止めになった大通りの方では電飾だらけの山車や楽団が列を作ってパレードまでやらかしていた。こちらのカーニバルはサンバやビキニとは無縁という話だったが、派手さ加減で言ったらどっちもどっちだ。

「ネクレカー、エレノアー。ほらほら音楽堂はこちらですよ、一緒に写真を撮りましょう！」

双子の少女達を連れたメガネのエビフライお姉さんに道を譲りつつ、だ。

ヘイヴィアが小声で囁いた。

「……いるよ、いるいる。全員二時には絶対視線投げんなよ。サラサ＝グリームシフター。『信心組織』警察系で宗教的規約違反の天罰専門、ヴァルキリエの連中が群衆から浮いてやがる」

ぴっちりと体に張りつく黒の戦闘装束があった。装備品のアタッチメントか、あるいは筋肉の補整効果狙いなのか、何やらえっちな下着みたいなパーツを上から重ねている。冷たい目をした金髪ショートの美女だった。ヴァルキリエに属する彼女達にとってはホームなので、わざわざ装備を隠す必要がないのだろう。手にしているのは都市型犯罪に対応した（つまり超遠距離から敵兵の頭をぶち抜く職人芸ではなく、人質を取った犯人を至近から正確に射殺するための）短距離狙撃銃。警戒中である事を強く示して、お祭り騒ぎの中で度が過ぎた連中を事前封殺する意味合いでもあるのかもしれない。

もちろんサラサ達が何かヘマした訳ではない。あの格好も込みで風景の一部だ。たまたま顔見知りだったから先に発見できただけ。そうでなければ真後ろに立たれても気づかなかったかもしれない。

そして注意も注意だ。

向こうも向こうで『知り合いの顔』を優先的に発見してしまうリスクはゼロではない。

プタナの誘導でクウェンサー達は人混みに紛れ、静かに角を曲がる。サラサ側から見られないように。

行き交う人とぶつからないよう気をつけて、私服姿のクウェンサー達は一定の速度でゆるりと古い街を歩いていく。誰も疑問に思わないだろう。……少し先、不規則に後ろを振り返って胡散臭いくらい尾行の確認を繰り返している誰かさん自身さえも。

男の背中を眺めながら、先頭を歩くプタナが唇を動かさないで短く囁いた。

「エピスキア＝スウィートレディをもくしでかくにん。大丈夫、向こうのしせんはわたしたちをすどおりしています。なんどもしかいに入っているのに気づいていない」

「……ヤツが間抜けなのは普通の人間にも分かる、だから『視線』についてはカメラやドローンを重点的にチェックしてくれ。定点や固定コースの警備用より今はランダム極まりない観光客の方が怖い、そういうのが途切れた場所で仕掛けよう」

後から一般の人が来ないようゆっくりとゴミの山を崩し、動物まで対策しているのか残飯を撒いて陽動しつつ、次の角を曲がって暗く狭い道に入った辺りで褐色少女がこう切り出した。ゴミについては少し音を立ててみても向こうが警戒する様子もない。

「大丈夫、今ならだれにも見られていません。ここは『しかく』です」

「ヴァルキリエ」

「いません」

「だってさ。ミリアさん」

ギャリギャリギャリ‼ というタイヤの擦れる音があった。

前を歩く男の行く手を阻むように大型トレーラーが十字路を横切り、そこで急ブレーキを掛けたのだ。何かが進行している、くらいは気づいたのだろう。慌ててエピスキアが一八〇度身を翻そうとしたところで、すでに音もなく近づいていたヘイヴィアとプタナの二人が同時に鼻っ柱と腹の真ん中へ容赦なく打撃を加えて悲鳴すら許さず地面に沈めていく。

ぐったりした男の口をダクトテープで封じ、追跡可能なスマホは携帯端末でデータだけコピーしてからその辺に放り捨てると、ヘイヴィアがこう言った。

「一丁上がり。手伝えクウェンサー、この馬鹿さっさとコンテナに詰め込んじまおうぜ」

2

きっと食パン咥えて朝の通学路を走るのはこんな気分なんだろう。

『正統王国』軍第一世代『ベイビーマグナム』を操る操縦士エリートのお姫様は、核にも耐える分厚い装甲に覆われたコックピットの中で前のめりになっていた。

時速五〇〇キロオーバーでの全力疾走である。

「でおくれた」

『焦るなよ。何しろ「信心組織」の総本山だ、海側の順路にも機雷やセンサー網の迷路が構築されている可能性くらい織り込み済みでスケジュールを立てているの。今は焦りでヒューマンエラーが出る方が怖い』

フローレイティアからの声はやや呆れ気味だった。

お姫様は地中海ルートからローマ入りを狙っていたが、ここで一つ問題がある。オールマイティで任務を選ばない第一世代だが、足回りは静電気式推進装置。海から陸へ上がるには海戦専用フロートを外して上陸しなければならないため、沿岸で整備部隊が作業をする橋頭堡を先に築かなくてはならないのだ。

核にも耐えるオブジェクトだが、周りの船は違う。海に浮かぶ係留機雷や海底から魚雷で真上を狙う機動式機雷などに引っかかれば整備兵の命にかかわる。

よって、ここは力押しの一択だった。迷路を砲撃で引き千切り、それでも十重二十重と巧妙に仕掛けられた生き残りについては海側に伸びてバランスを取るシャークアンカーだけ気をつけて、自分の巨体で踏み潰してでもトラップの山を排除していく。これもまた、『核にも耐える』オブジェクトならではの力業である。

と、すぐ横を別の機体が併走した。

『情報同盟』軍第二世代、通称は『ラッシュ』。二門の連速ビーム式ガトリング砲を搭載した水陸両用のエアクッション型オブジェクトである。

縦ロールの操縦士エリート、Gカップアイドルのおほほから通信が飛んできた。

『ほほほ、おほほ、ほーっほっほっほ!! あらあらブサイクなローテクさんはたいへんなようですわね。フロートを切りはなすためにわざわざみかたをきけんにさらさないといけないだなんて、けっかんひんではございませんの？ そのてん、私の「ガトリング033」ならうきわのこうかんなどふようです、そのまんまないりくまで1とうしょうでつっ込んでさし上げ』

お姫様は迷わず七つもある主砲で一発撃った。

慌ててS字に鋭く切り返して下位安定式プラズマ砲を回避した『ラッシュ』側から非難の声明が発表される。

『どっ、ぶ!? こっころす気ですの!!!???』

「みかたしきべつのしんごうはとくになかったので。あなた何しにせんそうに来たの？」

しれっと言いながらもお姫様は内心で舌を巻いていた。特殊なゴーグルで眼球の動きを読みとらせてこの至近で不意打ちしても、かわす。それも地上よりもグリップの不安定な海戦で。見た目はバカでもやはり『情報同盟』軍の最新鋭機、この辺は楽させてくれなさそうだ。

と、なんか暗い笑みが流れてきた。

『……おほほ。よろしいですわ、そちらから死をのぞむなら「信心組織」の「本国」きゅうさいのまえにかるぅーくじゅんびうんどうで沈めてさし上げてもよろしくてよおおおお!!』

『良いぞ、その調子だお姫様。無駄弾だって税金が使われているからね、もったいない。わざと暴れさせて邪魔な機雷はヤツに全部ぶつかってもらえ』

フローレイティア＝カピストラーノも割と大概だった。

こういう時、とにかく『数撃ちゃ当たる』ガトリング式の主砲は大変役に立つ。何しろお姫様が右に左に回避行動を取るだけで、最大で一分間に一万発以上も連速ビーム兵器をばら撒いてくれるのだ。そこらじゅうで爆発音と蒸発音が連続し、あっという間に機雷の蜘蛛の巣が破られていく。

「それにしても、わたしたち『正統王国』だけじゃなくて、『情報同盟』も出てきたか……。よっぽどみんなにあいされているのね、ローマって」

『くっ!!　もう3せいしゃめに入るというのに未だにこのよゆう……!!　おほほ。なぜこの私が、このさいしんハイテクき「ガトリング033」が、こんなじだいおくれの「だい1せだい」にいつまでもバカにされなくてはなりませんの!?』

ああそんなに熱くなってはダメよ私のカワイイひよこちゃん冷静になればあなたを振り回す事で得られる『正統王国』側のメリットが見えてくるはずなんだからー、という『情報同盟』側の指揮官レンディ＝ファロリートのありがたいお言葉が耳に入ってしまうと場が静まってしまう。なのでお姫様は躊躇なく差し込んで被せた。

「テクノロジーにもんだいがなかったらあとはエリートのスペックしだいだっていうかんたんなじじつにも気づかないほどのバカだからじゃない？」

『きぃーっっっ!!!!!!』

二重螺旋の遺伝子を横から見るように互いに絡み合って位置取りを細かく変えながら、それでも『ベイビーマグナム』と『ラッシュ』の二機は的確にイタリア半島へと近づいていく。途中にあった機雷の群れはお姫様が器用にかわしておほほの砲撃に全部破壊してもらう。上陸候補はテベレ川の河口沿岸。なだらかな砂地を押さえれば後はフロート換装作業を経て迅速に『本国』領土の内部まで切り込める。そうなったら時速五〇〇キロ超でひとっ走りだ、もう誰にも止められない。

「あなたは……」

言いかけて、お姫様は小さく唇を噛んだ。

同じ操縦士エリート。もうすぐ時代から排斥されるであろう何か。

……だなんて、本当に言えるのか？　『情報同盟』軍のおほほはエリートであると同時、Gカップのトップアイドルとしての顔も持っている。最悪、オブジェクトが世界の戦場から消えてしまっても笑顔を振りまいてスポットライトの下で華々しく生きていけるのだろう。

逃げ道がある。

他に生き甲斐がある。

『これしかない』お姫様とは、絶対的な壁を感じる。

『なに？　今何か言いかけませんでしたか。おほほ』

「何でもない。……こっちは1足先にもぐってるクウェンサーたちをしえんしなくちゃいけないの」

おまえバカっそれ軍の作戦行動予定で立派な機密情報!!　というフローレイティアの叫び声がかき消えるほどの何かが起きた。

つまりこうだ。

「あなたみたいな『おこさま』にかまっているヒマないんだから大人しくしてて」

『だじゅけるヴぁるげっ!?　おっ、おきょ、おこさま。なじぇそれを……。ハッ!?』

「？」

『いえいえいえいえちがうちがいますっ！　今のナシ、ぜんぶナシ!!!!!!　私はいさみ足などしておりません!!　おほほ！　ただのわるぐちですよねだれにでもそう言うんですよねふかいいみなどありませんわよねあははうふふおほほ大丈夫私は今日も元気なセクシーGカップ！メッキははがれてなんかにゃい!!!!!!』

「……何でわるぐち言われてよろこんでるの？　キモチワルイ」

3

やっぱり尋問と言ったら諜報部門だ。

ビキニの上からパーカーや細いパンツを穿いた金髪美人にクウェンサーは声を掛けた。

「ミリアさん何それ？」

「何って、見た事ないのかクウェンサー。サラダ油だよ？」

……だから何で凶悪なテロリストから迅速で確実に有益な情報を聞き出さなくてはならない場面で、馬鹿デカい五リットルボトルが空っぽになるんだろう？　こちらの疑問には気づかなかったのか、トレーラーの後部コンテナからもそもそ出てきた金髪ショートのお姉さんはいらない空き容器を金属製のデカいゴミ箱に放り投げていた。お肉系の屋台が多いカーニバルの時期ならさほど目立たないゴミらしい。他にも木箱とかドライアイスの塊とか、節操なく山積みにされている。ローマはゴミの分別が甘いらしい。

「まあ何事も経験だ。興味があるなら捕虜訓練の申請書でも書いてくれ、殴る蹴るの外的苦痛生産だけが拷問じゃないって事をたっぷりと教えてやる」

ぶんぶんぶん!!　とクウェンサーは全力で首を横に振るしかなかった。

こんなむっちむちの金髪お姉さんに密室デートで全身拘束されたまんま優しく導かれたら本格的に己のヘキがねじ曲がりかねない。多種多様なプレイに興味ありなクウェンサーも、流石(さすが)に冷たいドリルやペンチを見ないと下半身に血が集まらないカラダになんか改造されたくない。

ミリア＝ニューバーグは気にした素振りもなく、

「ミョンリとヘイヴィアは買い出しだったっけ。それじゃあクウェンサー、プタナ。一足早いけど成果報告と洒落込(しゃれこ)もう」

「あれ？　ないしょばなしをするのに中に入らないんですか」

「買い出しがまだ帰ってきていないんだ、二人ともこれからメシだろ？　窓もない密閉されたコンテナの中でアレがああなったアンモニア臭なんか吸っても後悔しかしないぞ。……くそっ、こんな事になるなら多少目立ってもドラッグストアで紙おむつ買っておくんだったな」

「(……だから一体あの中で何が起きているんだッ⁉)」

「(センパイ、これはきっとパンドラのはこです。ちゅうこくはきいておいた方が良(い)い)」

げっそりしたクウェンサーが真面目でケッペキな褐色少女とコソコソ話をしていると、当のミリアが笑顔で交ざってきた。三人でお互いの肩を組み、円陣を組むようにしておでこをぐりぐり。……言うまでもないが、周囲に唇の動きを読まれないよう互いの体で互いの顔を隠す『最小のドーム』を作っているのだ。

女の子の吐息と甘い香りしかしないご馳走密室で物騒な話が始まった。

ヘイヴィアなんかには言っちゃダメだぞ？

切り出したのはミリアだった。

「まず敵はバッドガレージ系で確定。どっかの特殊部隊や諜報部門が騒ぎに乗じて化けている線は捨てて、ストレートに本命だけ追えば良い」

「……そいつは何より」

クウェンサーは純粋に安堵していた。

「あいつは傘下のエレクトリックドリル部隊なんですよね。わざわざ偽造ＩＤを大量に用意して部隊単位で古巣に潜ったんだ、具体的な目的は？　学芸員に化けて潜っているって話ですけど、美術館巡りがしたいって訳じゃないでしょう」

「ＳＭ‐５１０Ｇ・ｉ」

お互い顔がぼやけるほどの至近で、怪訝そうに眉をひそめたのはプタナだった。

「車のでんしロックのきばんでしたよね、それ。たしか『信心組織』系の」

「ロストエンゼルスで鍛えられたなプタナ。ついでに言えば正確には『信心組織』軍に多くの軍用車を卸している半分国有状態のソル＆マニ自動車製、後ろのＧ・ｉは一〇トン以上の大型貨物限定の派生モデルだ。うちのトレーラーにも挿さっているぞ。こいつのデコーダーを用意していたという事は当然、鍵を開けて目的の車を盗み出したいんだろう。ローマ内部を走っているトラックの六割から七割は大体当てはまるかな」

「でも何故？」

おでこぐりぐりのまま、クウェンサーはほとんど反射で質問していた。

警備厳重な正門ゲートを越える方法がないから、街の中からトラックを盗む？　何かを運ぶため？？？　だが人だけ先に送ってローマ内部で空っぽの車だけ盗んでも、外で置き去りになったままの積み荷は内部に運び込めない。一〇トン以上のトラックならそれ自体が凶器にもなるが、エレクトリックドリル部隊もプロの兵士を気取るならもっと便利な銃や爆弾でこっそり武装くらいしているだろう。

しかし三秒待っても返事はなかった。クウェンサーは難しい顔して、

「……まさかミリアさん、全部聞き出す前に『張り切り過ぎちゃった』んじゃあ……？」

「ノンノンノン‼　確かにあんなに貧弱とは思わなかった、まさか幼児退行が始まるとはな。でもまだ死んでないっ、確かにゲームオーバーだがコンティニューの資格くらいはあるぞ！　私だってプロだ、自慢の腕を信じてもらえないのは流石に心外だな」

「ほんとにい？　勢い余って手とか足とかポロポロ取れてるんじゃあ？？？」

「そんなもったいない真似するか！　一回切っちゃったらもう痛みを与えられないだろ！」

「センパイ方。きっとこれをきいてジュネーブじょうやくさんが泣いていますよ」

プタナの呆れたような甘い吐息がクウェンサーの顔にぶつかった時だった。

それは来た。


べこんっっっ!!!!!!　と。


金属質な音だった。たとえるなら、分厚い中華鍋の曲面が丸ごと裏側にひっくり返るような、いっそコミカルな打撃音。そしてトレーラーの側面、コンテナ部分の壁に親指大の風穴が空いている。

遠方からの狙撃だ。そう気づいた直後、プタナとミリアががばっと二人同時に来た。クウェンサーは勢い良く押し倒される。

「ふははここにきて俺のモテ期が到来⁉　やっぱりいつもと違うお祭りは人の心を開放的にさせると思うの!!」

「パニクってあたまのはいせんがおかしくなっているんですかセンパイ⁉」

「逆だろ、ロストエンゼルスで何を学んできたプタナ？　この変態が真面目な顔して目の前の危機について話し始めた時の方が状況的にはアブない」

見目麗しい褐色少女と金髪お姉さんから二人掛かりで暗がりに引きずり込まれた。より正確

には車高の高いトレーラーの下へ。

　二発目は来ない。

　こちらの対応が迅速だったから攻めあぐねている、だけではないだろう。そもそも今の狙撃は妙なところが多過ぎる。

「……そもそも1ぱつめは何だったんですか？　何でトレーラー？？？　あいてがだれであれ、外でないしょばなしをしているわたしたちのだれかをちょくせつねらわないりゆうをさがす方がむずかしいでしょう」

「プタナ、敵の視線は？」

「……、」

　ミリアに短く言われて、褐色少女自身遅れて気づいたらしい。

　あのプタナが、実際に撃たれるまで警戒できなかった。つまり狙撃手の隠匿技術はほとんどエスパーの域にいるプタナ＝ハイボールの視線恐怖症より上だ。そしてそこまでの凄腕（すごうで）なら、ますますのんびり集まっていたクウェンサー達を『ただ外す』とは思えない。

　わざと外した事に意味がある。

　いいや、そもそも敵の狙いはトレーラーで正解だ。外したのではなく、最初から当てに来てきちんと狙撃を成功させたのだ。

　そしてにわかに周りが騒がしくなってきた。

『何だね何だね、何か今すごい音が聞こえたが……』

『てかあのコンテナ、ちょっと、横のトコ穴空いてません？』

『じっ銃よ!!　パレードのロケット花火がぶつかったくらいじゃあはならないわ!!』

くそ、とトレーラーの下で呻いたのは諜報部門のミリアだった。

「……諜報員は身を隠している内が華だ。まして敵の『本国』に潜っている最中、拷問している人質なんぞを抱えている時は特にな。今、『信心組織』の警官に中を開けられたら私達はジ・エンドだ。そしてそうなるように仕向けてきた馬鹿野郎がいる」

「それって、エレクトリックドリル部隊が捕まった仲間を逃がすために？」

「おい、『信心組織』の警官どもがテロリストを見つけたら手厚く保護してくれるとでも思うのか？　違うよ全然逆、おそらく『情報同盟』なり『資本企業』なりの犬だ！　私達『正統王国』に手柄を取られるくらいなら捕虜の存在をバラしてしまえっていう大変ありがたい足の引っ張り合いだよ。哀しい事に効果ありだ!!」

「センパイ、ふつうのけいかんだけでも厄介ですが、ほうっておくとれいのアレがかぎつけてきますよ。てんばつせんもんのとくしゅぶたいヴァルキリエ、あのれんちゅうの『しせん』をそそがれるのはまずい」

「ええい、同じ敵を追ってるはずなのに仲良くなれないなあ俺達は!!」

4

そして『信心組織』の『本国』ローマへ潜り込んでいた三つ子の少女達はタケノコよりもポコポコ生えてる教会の鐘楼の上で身を寄せ合い、揃ってくすくすと笑っていた。

「ドライ、バレちゃったみたいよ？」

「ダメよスイート、一発撃てばそれで成功。深追いしてもこっちの傷が増えるだけ」

「ドライ、スイート。二人ともほらほら早く狙撃銃分解して。さっさと撤退するよー」

5

クウェンサーは舌打ちするとトレーラーの下に潜ったまま手を伸ばした。指先の痛みを承知で掴(つか)み取(と)ったのは、おそらく鮮魚関係の屋台が捨てていったドライアイスの塊だ。親指ほどの短い調理用ナイフを使ってラジエーターの鋼管に穴を空け、冷却水を振りかけていく。

ぼわっ!!　と。

無害だが一帯の人間の視界を確実に塞ぐ白い蒸気の塊が、トレーラーの下から全方位に向けて大きく広がった。

「うわあ⁉」

訝しんでゆっくり近づいてきた『信心組織』系の警官の叫び声を耳にしつつ、クウェンサーとプタナはトレーラーの下から素早く這い出た。

パン‼　という乾いた銃声がすぐ近くで炸裂した。

驚いてそっちを見れば、ミリアが自分のトレーラーの壁へ横一列に銃弾を叩き込み、それでも飽き足らなかったのか運転席に向けてピンを抜いた焼夷手榴弾を投げ込んでいた。

「最低限の処理！　私達はローマにいてはいけない兵隊だ‼」

「うえーん、その処理って人質の射殺も含むですか……」

「センパイ。そのなきはかんじょうがゼロです」

トレーラーは便利だが元々仮の宿、捨てると決めたら未練は残さない。クウェンサー達は無線で別の場所にいるヘイヴィア達と連絡を取りつつ、迅速にその場を離れる。ややあって、トレーラーの燃料タンクかパイプまで炙られたのか、巨大な爆発音があった。昼間から派手なパレードで爆竹やロケット花火を何万発も使っているせいか、思ったよりも騒ぎにならない。

とにかく走り、仮面やマントで仮装している一般人の群衆に紛れながらクウェンサーは叫んでいた。

「プタナは念のため狙撃手とヴァルキリエを警戒！　ミリアさんはまだ何かあるなら今の内に全部情報出す‼」

「まるで私が黒幕みたいな言い草だな……」

「これで伝え忘れから命にかかわるトラブルになったらお尻叩きますよ？」

リバーシブルの上着をひっくり返して色彩変化しながらミリア＝ニューバーグは呆れたような顔で、

「とはいえ他に持っている情報は少ないぞ。後はそうだな、無線のコードリストがいくつか。『信心組織』系の暗号はおそらくエレクトリックドリル部隊のものだろうが、他に『正統王国』系の暗号解読プログラムを持っていた。どこの誰と連絡を取るかまでは不明だがな」

思わず足を止めていた。

怪訝な顔をするプタナやミリアと違って、クウェンサーにはこれまで自分の足で稼いできたナマの情報がある。

バッドガレージ。ヤツらとぶつかるのはこれが初めてではないのだ。

つまりは、

「……今すぐその引き締まったケツを出してこっちに向けろミリアさん」

「いきなり何に覚醒したクウェンサー!?」

「ちくしょう。『正統王国』系だと、チェーンカッター部隊がいるんだよ！　そう言えば『きっと死んでいるだろう』だけでヤツらの死体はきちんと数えていない!!」

「センパイ？」

「バッドガレージがネット越しに『正統王国』系の部隊を誘惑して内部から腐らせていった、オンラインテロリスト。北欧禁猟区で命令を無視してバカスカ巡航ミサイルを撃ちまくった腹黒部隊だ。……まずい、じゃあ今回も『外』から三ケタ単位のミサイルをローマに降り注がせるつもりなのか⁉」

地鳴りのような何かが低く、何重にも重なり合って響き渡った。

サイレンだ。

空襲警報。しかしその本来の意味をカーニバルで浮かれたローマ住民や観光客はまだ覚えていたか。パレードやイベントの一環と勘違いしているのか、防災スピーカーへ両手を挙げて笑顔で意味のない雄叫(おたけ)びを叫び返したり、スマホのレンズを向けたりしている人も多い。

おそらく『信心組織』系のレーダー施設でも、何かしらの異変を察知したのだろう。だがそれは一般の人々の心まで届いていない。

このローマにはバッドガレージ系のエレクトリックドリル部隊が潜っている事は、同系のチェーンカッター部隊だって知っているはずだ。目的さえ叶(かな)えられるなら仲間を巻き込む形になってもお構いなしなのか。

その時だった。

ごごんっっっ!!!!!!　と。

最初。

クウェンサーにはそれがコンビナートにあるような巨大な煙突に見えた。高さ一〇〇メートルを超える、垂直に伸びた分厚い金属の塊。家屋や店舗の一つ一つすら国際遺産に選ばれ、景色全体が一個の巨大な博物館とまで言われたローマにはあまりに不釣り合いな高層建築物の群れだと。

てっきりローマ中央の一際大きな神殿を巨大な檻のように囲っているのだと思っていた。

だが違う。

それはゆっくりとだが横にスライドしている。動いているのだ。待機状態を切り上げ、適切な位置について、これから向かってくる危難を物理的に排除するために。

「……『信心組織』の『本国』ローマを守るぼうえいせんようオブジェクト」

同じく、どこか遠くを見ながらプタナ＝ハイボールがそう呟いていた。

七機。

『本国』の直接防衛要員ともなれば、エースの中のエースだ。

袂を分かったとはいえ、元『信心組織』軍の操縦士エリートだった少女の目には、蠢く七本の煙突……いいや、あまりにも巨大過ぎる主砲の群れはどう見えている事だろう。こうしている今も、総数七機のオブジェクトは各々ローマ中心から郊外に向けて移動を続けている。各方位の防備を固め、まるで得体の知れない巨大な花でも開くように。

嫉妬、羨望(せんぼう)、そしてそれでも隠れきれなかった、純粋な恐怖。

とにかくプタナはこう言ったのだ。

「セプティモンティウム。……あれがローマを守る『7つの丘』です、センパイ」

6

ガカァッツッ!!!!!!　と、空の色が真っ白に埋まった。

都合二〇〇発以上の巡航ミサイルを一瞬にして全て撃ち落としたのだ。

7

洋上では、テベレ川河口まであと一歩というところでお姫様は『ベイビーマグナム』を止めていた。すぐ隣では特に味方でもない『ラッシュ』が何故(なぜ)かこちらの動きに合わせて並び立っている。

大量の爆発に混じって二つか三つ、明らかに種類の違う花火があった。『ミサイルを撃ち落とす』任務も多い第一世代の操縦士エリートのお姫様には分かる。

（ねんりょうきかばくだんだ……）

特殊なゴーグル越しにモニタを睨む。適切に可燃性のエアロゾルが空中散布されずに塊のまま破裂したためか、その爆発は規模が小さく、どこか粘ついた炎に似ていた。

だとすると本命が落とされると困るから、大量の通常弾頭に紛れて数の少ない燃料気化爆弾を載せた巡航ミサイルを『群れ』の中に隠して撃墜率を下げていた……といったところか。

それも、デコイを含めて二〇〇発単位のミサイルがくまなく落とされてしまえば何の意味もないのだが。

『七つの丘』。

『信心組織』ではオブジェクトに神話の神様の名前をつけるものだが、それだけ神聖視されているのだろうか。あるいは逆に、まずオブジェクトに名前を与えてから土地に箔をつけたい一派でもあったのか。

モニタに光量上限補整はかかっているはずだが、それでも左右のこめかみがキリキリと痛む。

そしてそれ以上にお姫様を苛んでいるのは、大量の通信ノイズだ。

『じじー、ジジジザザザがががが!!　……おひ、さま。通し、チェック。ジジッザ!!　周辺、注意……ざざざざざガリガリガリ!!!??』

『ガリガリガリ!!　これは……じじじ……けいかい、ザザ!!　と同じ……レー……です!!』

（っ、レーザーじゃない。ここまで乱れるとしたらプラズマかビーム系？）

『おほほ、レーザービームですわね』

近距離の通信だからか、ここだけは奇妙なほど通る音声で、隣のおほほから否定された。

『きゅうげきなおんどへんかやくうきちゅうの水分をじょうきにかえるなどしてでんぱがかき乱されている。まどわされてはなりません』

不意打ちの一発は、海から迫るお姫様達を狙ったものではなかったようだ。かなり上に砲撃が流れている。

そして、それこそ、青空を白く埋め尽くすようだった。

だが実際には光そのものを目で追っている訳ではない。空気中を漂う塵や水分が焼き切られ、その残像を今になって頭の方が理解しているだけだ。

高密度で扇状にばら撒かれた閃光の本数は、万でも足りないはずだ。敵を狙って一点を貫くのではなく、巨大で分厚い壁を使って空間ごと引っ叩く。どうやら餌食となったのは航空機ではなく二〇〇発単位の巡航ミサイルのようだが、こちらも舌を巻く事態になった。海に出ていたお姫様やおほほよりも、奥に引っ込んでいた『信心組織』側の方が反応は早い。これが意味するところは明白だ。レーダーの性能でもお姫様やおほほより数段上を進んでいる。

ごごんっ、という鈍い震動音があった。

テベレ川河口、そのすぐ近く。決まった順路をゆっくりと流れてきたのは、垂直にそびえる巨大な何かだった。一〇〇メートル以上の長さを持つ巨大な主砲に、オブジェクトの動力炉やコックピットが埋もれてしまっているのだ。

もはや完全な砲台。

砲口一つであれだけの密度を作り出せるとは思えない。おそらく砲塔側面にびっしりと開いた穴から一斉に射撃しているのだ。

それはゆっくりと折れて、倒れて、今度は海の上に浮かぶお姫様に狙いを合わせてくる。

あまりに明確過ぎるコンセプトに、おほほは逆に感心しているようだった。

『……てつどう？　まさかっ、きんぞくレールをつかってオブジェクトをいどうさせているだなんて……おほほ。バッカやろう正気ですの「信心組織」は⁉』

「ルールの抜け穴でしょ」

かつて、北欧禁猟区では五〇〇万人以上が暮らす大都市の電力を地下に埋めたJPlevelMHD動力炉で賄おうとした計画があった。都市外周を固定砲台で何重にも囲って鉄壁の守りを得る事もできた。……だから攻め入る側は地下を深く掘り返すため、五〇〇万都市で暮らす一般人もろともオブジェクトの砲撃で焼き尽くすしかなかったという。この悲劇が世界で唯一例外的に『オブジェクトの運用禁止』のルールを横たわらせるようにしたのだ。

そんなタブー回避のため、ローマではあくまで固定砲ではなく移動式のオブジェクトだと主張できるよう抜け穴を作っておいたのだろう。当然だが、決まった金属のレールの上をスクーターくらいの速度で走る機体でオブジェクト同士の高速戦闘についてこられるはずがない。

【セプティモンティウム】
SEPTIMONTIUM

全長…120メートル

最高速度…時速80キロ(鉄道路線上に限る)

装甲…0.5センチ×2000層(溶接など不純物含む)

用途…信心組織『本国』防衛兵器

分類…陸戦専用第二世代

運用者…『信心組織』軍

仕様…特別鉄道式推進装置、
主砲操作時のバランス調整用にロケットエンジン

主砲…レーザービーム(推定一〇〇万本以上の斉射)

副砲…なし

コードネーム…『信心組織』軍ではセプティモンティウム

メインカラーリング…グレー

SEPTIMONTIUM

狙うなら一撃必殺。

総数一〇〇万本を超える『レーザービームの壁』で戦場もろとも敵機を引っ叩き、個人も集団も有人も無人も種類を問わず外敵を一律同じ対応で殺戮し尽くす破壊の権化。回避不能、防御不能、反撃不能という文字通り最大の防衛線そのもの。

七つの丘。

完全なる七機体制。

鉄壁の象徴として七つの角度を征服しローマ全体を取り囲む事で、実に一千万本弱もの膨大な殺傷の壁によって全方位いかなる外敵をも一撃必殺の名の下に力業で押し返す……文字通りの『聖域』を形作るモノ。

だとすれば、

(……いがいと大したことないな、『信心組織』)

そっと息を吐き、お姫様はそんな風に考えていた。

気づいているのか気づいていないのか、沿岸から無線の通信が飛んできた。

『こちらは「ウィミナリス02」、「信心組織本国直轄防衛部隊」の1かくである。しょぞくふめいきに告げる、おうとうされたし。へんとうなきばあいはてきいありとしてそっこくこうげきする。しょくんらはすでにりょうかいをしんぱんし、我々のしゅけんをおかしている』

『どうしますの？』

「アレとケンカしに来たわけじゃない」

ざっと撃破手順をいくつか頭に浮かべながら、お姫様は短く言った。

「こちらは『ベイビーマグナム』、『正統王国第37機動整備大隊』しょぞく。きこくのぼうえいたいせいにしんこくなセキュリティホールをはっけん、すでに3どにわたる助言はむしされているものとにんしきしているが、きょうつうのにんしきはできているか？」

『カーニバルを中止して「本国」の住人をえんぽうに「しゅうだんそかい」させろというれいのアレかね？　てっきりあのメッセージ自体がちょうはつこういだとにんしきしていたのだが』

鼻で笑うような返答だった。

奇襲する側は常に新しい方法を考える。

つまり万に一つを警戒できない者に守りは担えない。その一挙手に世界的勢力の心臓部たる『本国』の住人全員と一時的に預かっている観光客の命までかかっている事がきちんと分かっていれば、たとえ酒に酔っての冗談相手でも真剣に吟味するべきはずだが。

『これは「信心組織」でのじゅうような「しゅうきょうぎしき」であり、我々にはとどこおりなくイベントをすすめるぎむとけんりを有する。外から来たきさまたちにとやかく言われるすじあいはないものとしれ』

「ききを正しくにんしきできていないとすれば、きくんに我々のこうどうをはばむしかくはない。とくべつにきくんにレベルを合わせて分かりやすいことばでつうたつするので良くきくように。すっこんでろ、役立たず」

『……こうせんのいしをかくにん。1げきでぶち抜いても文句はないな？』

と、急に狼狽えた人がいた。

Gカップアイドルのおほほだ。

『ち、ちょっと！　おほほ、さっきからきいていれば、おもいっきりケンカを売ってはおりませんか⁉』

んべっ、と無表情でお姫様は舌を出して答える。

「わたしはあいつとケンカしに来たわけじゃない。でも向こうがその気なら仕方がない」

『せっ、「正統王国」のジャガイモどもめ……‼　どいつもこいつも37はこんなのばっかりですの⁉』

『？』

「それから『7つの丘』の抜け穴ね」

なんかキョトンとした反応があって困る。

そんなに期待されたら罪悪感がよぎるではないか。元々『正統王国』と『情報同盟』の間に友好関係など皆無だというのに。

だからお姫様はしれっと言った。

ちょっとスライド移動して、音もなく『ラッシュ』の陰にもそもそ身を隠しながら、

「……ヤツのきほんは1げきひっさつで叩きつぶす『カベのこうげき』。だからあなたをタテにしてしのげば、次のチャージがおわるまえにとつげきできる」

『ぶろっちゅおほほいいかげんにしろジャガイモおおお‼⁉⁇』

閃光の壁が世界を平等に埋め尽くした。

ほとんど涙目でおほほがガトリング式の主砲を真下に向けて解き放つ。おほほの主砲は連速ビームだ。海水に直撃すると同時、凄まじい勢いで蒸発を促して海抜ゼロメートルに巨大な入道雲の壁を屹立させる。

言うまでもないが、レーザービームは曲がりやすい。塵や埃、気温や湿度など空気の性質にかなり大きく左右される。この二月の冷たい海の上でサウナよりも苛烈な蒸気の壁を構築すれば、寒暖の断層ができている辺りで確実に『ズレ』が生じる。

感覚としては、水の中に飛び込んで鉛弾の雨を回避するのに近い。

扇状に広がる死の斉射に『むら』が生まれれば、そこに機体をねじ込む事で無傷でやり過ごす事ができる。どれだけ頑丈であっても、歪んだ鉄格子では囚人を閉じ込めてはおけないのだ。

キホン小動物系のお姫様は可愛く言った。

気になる男の子の目がなくなると女子会は大体こうなる。

「おっと『れんそくビーム』のじゃくてんはっけん☆　うみに向かってうっているヤツ、じきやしおかぜでもだんどうにわずかなゆらぎが出ているみたいね。らっきー、メモしておこっと」

『もう「7つの丘」より先にこいつをころしたい……!!』

ともあれ、一発目のビンタはこれで回避できた。

今度はこっちの番だ。二発目の往復ビンタをもらう前に黙らせないと致命傷を負うのは分かっている。よって、お姫様とおほほは一気に沿岸に向けて距離を詰める。平和的な対話の窓口を閉じて最初に撃ってきたのは向こうだ。では正当防衛で殺戮しよう。

ギュン!!　と二機が海の上を疾走する。

一〇キロ圏、天から降り注ぐ曲射ではなく正面から真っ直ぐぶち抜く直射の間合いに入った。

お姫様は七つの主砲から兵装を選択。偶数は下位安定式プラズマ砲、奇数はレーザービームに設定していく。この場合、先に撃ったプラズマより光の速さで飛んでいくレーザービームの方が早く着弾するのがポイントだ。しかも高熱の壁によって光はねじ曲がる。

「とえはたえと死に、ぶざまなしかばねをさらすが良い!!」

『おほほ、お母さんがあたまをかかえていますわよ』

元々金属レールの上しか走行できない鈍重な第二世代だが、これで必殺確定。主砲の微細な動きから『発射順』に縛られて対応しようとすれば、下位安定式プラズマ砲を避けるつもりで身構えた瞬間、超強烈な『曲がる』レーザービームがこちらに向けた一〇〇メートル規模の主砲もろとも動力炉を焼き切る。

その一瞬前だった。

おかしな事が起きた。

8

移動拠点だったトレーラーを失い、『信心組織』系の警察から不審人物として追われている中であってもクウェンサー達のやるべき事、向かうべき先は変わらない。

「ローマ外周のゲート!!　それも一〇トン以上の大型トレーラーが行き来できる一番デカい正門だ!!」

「根拠を聞こう!!」

隠密行動を是とするミリアが至近のクウェンサーに叫んだのには訳がある。

わあっ!!　と。歓声とは違った種類の声の洪水がそこらじゅうの窓ガラスを揺さぶった。同じ街でトレーラーが爆発しても動じなかった観光客も、流石に今のはパレードやイベントの一環とは思えなかったらしい。

遠くの方に黒い戦闘装束の上からえっちな下着を重ねたような格好のヴァルキリエらしき影がちらほら見えるが、住民を守るべき警察系特殊部隊がこの人混みに逆らい、薙ぎ倒してまで即座にここまでやってくる事はできないだろう。クウェンサーは別の波に乗りながら、

「チェーンカッター部隊の巡航ミサイルは発射された。『信心組織』は『セプティモンティウム』？　とにかく秘密兵器を取り出して一〇〇発単位の猛攻を全て撃ち落としたところでご満悦かもしれないけど、それだって悪党を束ねるバッドガレージ側には織り込み済みだった。ミサイルは撃ち落とされて空中で爆発したって、それを見せられた群衆をほとんど確定でパニックにできるんだ！　一時滞在の観光客まで含めれば一千万人超えか？　それだけの人が一斉に逃げ惑ったら、平時のセキュリティ体制なんか保てなくなる!!」

すでに判明している情報として、エレクトリックドリル部隊はＳＭ・５１０Ｇｉ……大型トラックを街の中から盗むための電子ロック解除デバイスを確保している、というものもある。

だとすると推測できる未来はこうだ。

「元々ローマの外には本隊が待機していた。おそらくバッドガレージ部隊そのものだ」

クウェンサーは群衆の波にさらわれないよう気を配りながらも、それでも足を止めなかった。事態は切迫している。

「巡航ミサイルの群れは街に直撃しても撃ち落とされても大混乱を起こせる。怖がってローマの外に出たがる群衆を押さえるためにゲートの警備は使い物にならなくなってる、つまり今ならどんなトラックでもゲートを強引に突破してローマ入りできる!!」

「積み荷が何かは後で聞くとして、どっちみち自殺行為だぞ。ナマの人間の目は誤魔化せたとしても、ゲートには無数のカメラやセンサーがある。バッドガレージが騒ぎに乗じて一時的に突破したって車の特徴やナンバーを押さえられたらいずれ追い詰められて、っ」

途中で気づいたらしい。黙り込んだミリアに追い討ちでもかけるようにクウェンサーはこう叫んでいた。

「だから内部に入った瞬間、すぐに乗り換えを行うんですよ、外から中へ強行突破したバッドガレージ部隊のトレーラーAは必ずマークされるけど、積み荷をエレクトリックドリル部隊が用意した別のトラックBに積み替えて速攻で行方を晦ましてしまえば良い。たったそれだけでバッドガレージの連中はマークを外して秘密兵器を抱えたままローマの中を自由に動き回れるって寸法です!!」

「じゃあセンパイ、こんぽんてきなしつもんをしてもよろしいですか？」

突発的なドミノ倒しに呑(の)み込(こ)まれないよう、この混乱で親とはぐれたと思(おぼ)しき小さな兄妹(きょうだい)を壁際(かべぎわ)にそっと誘導しながらプタナがこう囁(ささや)いた。

「そのひみつへいきって、ぐたいてきに何なんですか？」

「……、」

クウェンサーにも答えられなかった。

……ここまで読んでもチェーンカッター部隊やエレクトリックドリル部隊には追い着けない。ヤツらを束ねる中心のバッドガレージはクウェンサーのもっと先を進んでいる。

後ろから派手な車のクラクションがあった。

一体どこから調達したのか、ヘイヴィアが馬鹿デカい消防車のハンドルを握っていた。車の追い抜きざま、クウェンサー達は路面電車に乗り込むような格好で側面に飛びついた。そのまま混乱を続けるローマの通りを突き進む。

これでひとまずサラサ＝グリームシフター率いる特殊部隊ヴァルキリエを突き放せる。

ミョンリが上から手を伸ばしてきた。

「結構揺れますよ！　握力に自信がないなら素直に屋根へ上がった方が安全です‼」

「さんきゅーミョンリ、じゃあ一抜けだ！」

基本モヤシという共通認識がすっかり出来上がっているクウェンサーが女の子勢より先にギブアップしていた。無理したらそのまま普通に死ぬのが戦争だ。ミョンリの手を借りてとっとと屋根の上へ這い上がる。

（……バッドガレージの狙いは『オブジェクト地球環境破壊論』の実証。つまりこのローマをオブジェクトが生み出す災害で粉々に吹っ飛ばすって形に収まるはずだ。でもそのために何を運び込む？　言ってもトラックに積める程度。まさか何十台ってトラックを用意してバラバラに分解したオブジェクトをローマ内部で組み立てて暴れさせるって訳じゃあるまいし。そんなのじゃ何ヶ月潜伏するか分かったもんじゃないぞ）

「いや、待てよ……」

「センパイ？」

「ちくしょう、そうだよ。部品は一つで良いんだ。組み立てる必要なんかなかった!!」

後から自力で上ってきたプタナが黒のポニーテールを風で嬲られながら首を傾げていた。ただ悪いがキュートな仕草を愛でている場合ではない。クウェンサーはおっかなびっくり消防車の前部に向かうと、ブーツのカカトでドカドカ運転席の屋根を蹴って相棒に注意を促す。

単純距離なら至近だが、ここは無線機に向かって叫ぶ。

「ヘイヴィア!!　このローマで一〇トン規模の大型トラックが直接入れる地下空間って言ったらどの辺になる？　最低でも深度は六〇メートル以上!!」

『このクソ狭い土地に何百万人が行き来してると思ってんだよ？』

「かんこうきゃくも含めればカーニバルかいさいちゅうの今は1000万人以上です」

『テメェに懐いた優等生の言う通りだ。つまり見た目華やかで景観保護だ何だとうるせぇから工事もしにくい分、無骨で泥臭い生活インフラは大体全部地下に埋まってるはず。平たく言えば地下鉄トンネルに無理矢理突っ込ませりゃ条件に合っちまうけど、それがどうした⁉』

「バッドガレージは『オブジェクトが生み出す人工的な災害』でローマを壊滅させれば勝ちだって考えている。そのための手段は選ばない」

クウェンサーは短く言葉を切って、深呼吸した。

そして、改めて挑む。

「なら、その『人工的な災害』っていうのは何だ？」

「まず思いつくのは地震か噴火。オブジェクトの巨重とフットワークが地盤に悪い影響を与えるってパターンだな」

握力に自信があるのか、未だに消防車の側面に張りついたままミリアが気軽に言ってきた。

「おあつらえ向きに、イタリア半島にはヴェズヴィオ山がある。エトナ山と並ぶ世界有数の活火山で、ローマ中心部から二〇〇キロ程度しか離れていない。この辺りじゃ鉱泉も珍しくない。つまり、地下では同じマグマ溜まりを共有している可能性すらある。今は休眠状態とはいえ、ポンペイを一夜で消滅させた膨大なエネルギーはまだ死んでいない」

「俺もそう思います。だからバッドガレージの連中は、そいつを人工的に刺激さえすれば良い。どんなに卑怯な屁理屈だろうが、とにかく『オブジェクトの技術を使って』『地震か噴火を起こせれば』少なくともヤツらの間ではそれで『勝った』と判断できる。だとしたら未知の秘密兵器なんかいらない、既存の技術の組み合わせで十分実現可能なんだ」

「あの、クウェンサーさん、それってまさか……」

同じ消防車の屋根にいるミョンリは否定してほしくて水を向けてきたようだった。

生憎と応えてやれそうにない。クウェンサーは首を縦に振るしかなかった。

「人工地震」

「……、」

「はるか大昔の地下核実験なんかじゃ衝撃と震動で地表に設置された地震計が誤作動を起こして、普通にマグニチュード五以上の記録を残していたらしい。……だったらできるだろ。別にオブジェクト丸々一機なんか必要ない。ハイパワーのJPlevelMHD動力炉だけトラック使ってローマに持ち込んで地下深くで起爆し、世界有数の活火山であるヴェズヴィオ山とも繋がっているマグマ溜まりを刺激すれば。それだけでこのローマは地下からの激しい突き上げによって、全部まとめてオレンジ色の溶岩の中に沈んでいくぞ!!」

9

結論から言えば、下位安定式プラズマ砲とレーザービームを複数混合したお姫様の必殺攻撃は回避された。七つの丘の一角、『ウィミナリス02』の取った行動自体もある意味シンプルだったと言える。いいや、シンプル過ぎたから逆に検討の候補から無意識に外してしまったと言っても良い。

とにかくこうなった。

ばこりっ、と。

一〇〇メートル規模の巨大な鉄塔の根元で、小さな動力炉が外れたのだ。

『なっ、何だあ⁉』

叫んだのはフローレイティアだった。

突如として排出されたのは一〇メートルもないまん丸の球体。そこから虫の脚のようなパーツが六つ飛び出すと大地を踏み締め、巨大な砲塔を盾にする格好でお姫様のレーザービームをやり過ごしていく。

武装の一つなのか、バランス制御用のオモリなのか、まん丸球体の後部では長い尻尾のようなものが左右に揺れていた。

『おほほ、マジですの？　かいひさいゆうせんでそうこうを丸ごとすてた「だい２せだい」ですって⁉』

「はっきり言ってじさつこうい」

　ばづん!!　と。おそらく特殊なバネでも組み込んでいるのだろう、分厚い鋼の板でも千切るような太い音と共に左右に細かく回避挙動を取る『ウィミナリス02』は、しかし確かにお姫様やおほほの追撃を的確に避け続ける。装甲は多めに見積もっても三センチ程度。当たれば一発で爆発するはずなのに、その一発がどうしても当たらない。

　そしてお姫様は確かに言った。

「まずい」

　動力炉とコックピットだけになろうが、コンビナートの煙突以上に巨大な主砲へあれだけのエネルギーを注いでいた機関はそのまま有効なのだ。チャージ完了を許せば二発目のビンタで致命傷を負う、と定義づけて行動していたはずだ。すでにその時間は超過している。

　分離した以上、次もレーザービーム系かは分からない。だが確実に『二発目』はやってくる。むしろ何が飛んでくるか予測がつかないからこそ、先ほどより死亡率は格段に高い。

　体感的な時間が鈍る。

　ついには止まる。

　自分の心音すら信じられなくなったコックピットで、これが死に近づく感覚なんだなとお姫様はどこか他人事のように主観的な異常事態を眺めていた。

　直後、

『あら？』

『逃げていきます、ね』

おほほやレンディの気の抜けた声と共に時間の流れが戻った。

ズバンッッッ!!!!!! と、何かしらのバネの力でも借りた『ウィミナリス02』は一度後ろへ大きく下がった。いいや、仲間と何かしらの連絡を取り合って方針変更したのか、海への威圧をやめてローマ中心へと高速で引き返してしまったのだ。

その影が地平線の向こうに消えて、すっかり見えなくなってから、おほほが今さらのように呟いていた。

『……な、何だかひょうしぬけですわね。おほほ。さすがに私たちにはかてないとおもってにげ出したのかしら』

「ヤバい」

無視してお姫様は一人で呟いていた。

喜んでいる場合ではない。そもそも『こう』ならないようにするための、オブジェクトを使った上陸・砲撃支援作戦なのだ。大型の敵を引きつけられなかった時点ですでに予定のレールから外れてしまったと見た方が良い。

至急リカバリーしないと全てが瓦解する。

つまりこういう話だった。

「……ローマ中央にはクウェンサーたちがいる。７きぜんぶがヨロイをぬいでみがるになったとしたら、クウェンサーたちが『７つの丘』に囲まれてフルボッコされちゃうってこと？」

10

ぶわり、とクウェンサー達の頭上を何か影が覆った。

思わず見上げてしまった『学生』は、いつまで経っても平和ボケが直らないのだろう。

世界最小のオブジェクトが流星のように落ちてきた。

「は？」

「センパイ‼」

プタナが横から思い切り突き飛ばした直後だった。

真上からの直撃と同時に走行中の消防車が前後で真っ二つに切り裂かれた。音などない。まるでピンと張った電熱線で発泡素材の塊を溶かして切り裂くような、あまりにも抵抗感のない斬撃だった。

しかし疑問を感じている余裕なんかなかった。プタナともども、クウェンサーはベルトグラインダーのように流れていくアスファルトの上へと放り出されていく。

「があぁッ⁉」

死ななかったのは本当にただの偶然だ。路面への直撃の寸前、たまたま流れてきたテント状の屋台の柔らかい壁面に二人して突っ込んだからに過ぎない。

ぎち、みし、という鋼鉄で作った筋肉が軋むような音が響いていた。

最低でも同じ道路に一機。

さらにプタナを抱き締めたままクウェンサーが顔を上げてみれば、道路の左右に広がる大聖堂やアパートメントの屋根の上にも、いくつか丸い影がある。長い尻尾のようなものを緩く振り、昆虫のように細く鋭い脚を六つ備えた『それ』は、おそらくオブジェクトの動力炉に最低限コックピットを取りつけただけの機体だ。

「同じきかくがふくすう？　『セプティモンティウム』……なんですか⁉」

回避最優先で、敵弾が一発でも当たれば即死確定。あまりにピーキー過ぎる設計。

そして動力炉が生み出すエネルギーは全て、丸い機体の前方から突き出た三本一組の電極に集束していた。純粋な、電気的エネルギー。恐るべき純白の光は、おそらく軽く押しつけただけで銀行の大金庫の扉を一瞬にして丸ごと消し飛ばす事だろう。

スタンガンのような、そういう電極かと思った。

でも違う。

「……あれ、送電用の金具か何かなんだ。本来なら動力炉から馬鹿デカい主砲に電気を送るための電源プラグを、そのまんま武器として振り回してやがる」

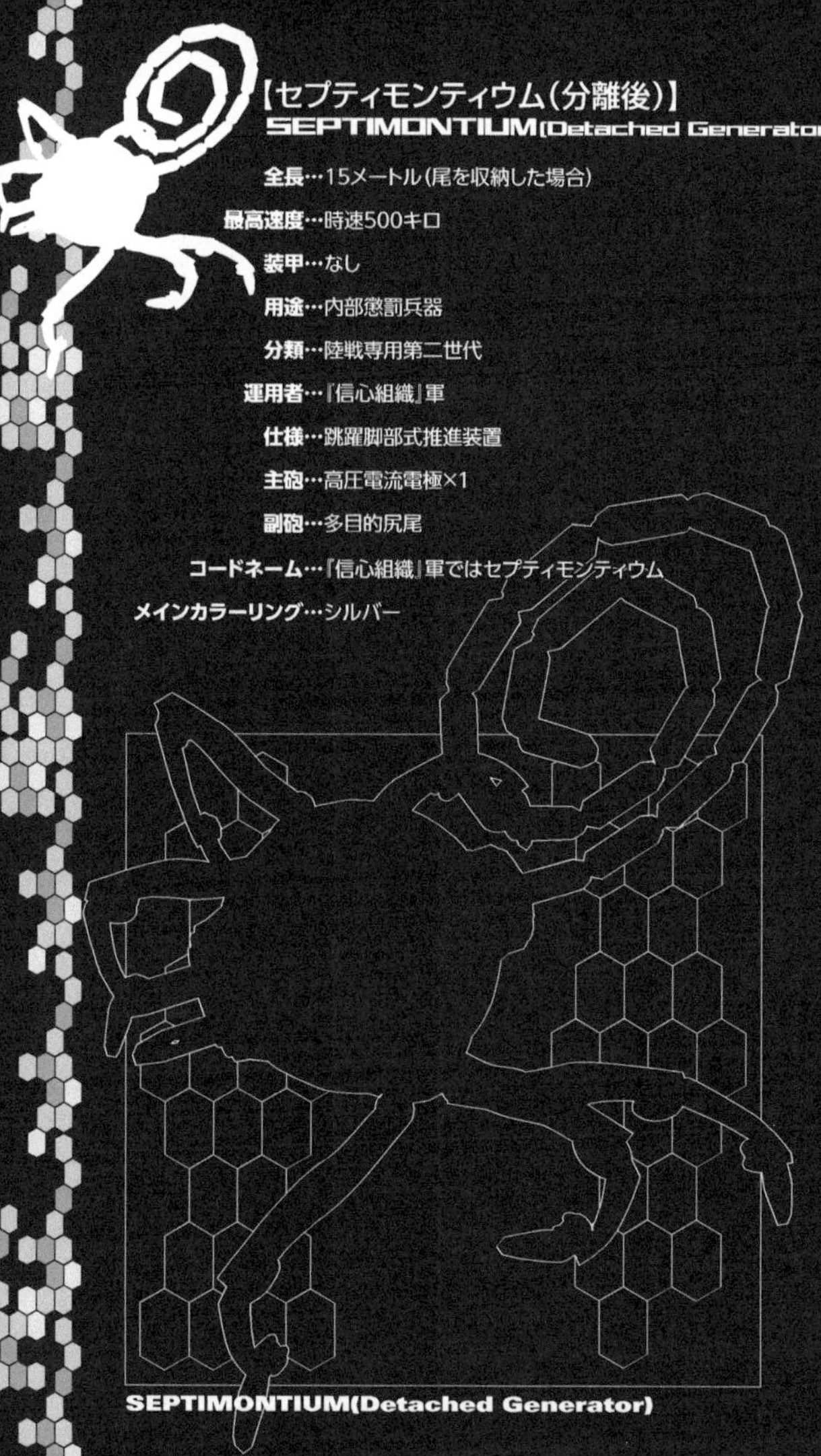

【セプティモンティウム（分離後）】
SEPTIMONTIUM(Detached Generator)

全長…15メートル（尾を収納した場合）

最高速度…時速500キロ

装甲…なし

用途…内部懲罰兵器

分類…陸戦専用第二世代

運用者…『信心組織』軍

仕様…跳躍脚部式推進装置

主砲…高圧電流電極×1

副砲…多目的尻尾

コードネーム…『信心組織』軍ではセプティモンティウム

メインカラーリング…シルバー

SEPTIMONTIUM(Detached Generator)

「だいとしの中でうんようするために作られた小回りゆうせんのオブジェクト……？」

プタナは悪夢の中でも彷徨(さまよ)っているような顔だった。

彼女も元々はオブジェクトの操縦士エリートだった。だからこそ敏感に感じ取るものがあったのかもしれない。

「ちがう、外からのこうげきで『本国』を守るためなら、そもそもしんにゅうされないようにじょうきょうをくみ立てていくはずです。つまりローマ内部に向けたこうげきは、外からのてきをたおすためにせっけいされたものじゃない。……これははじめから同じ『信心組織』の民をこうげきするためにつけられたきのうなんだ。そうやって、きょうふで民の心をしばりつけて安心をえるための……」

「ヤツのもう一つの顔……。世界最強の、内部懲罰専用オブジェクトだ」

物理的な攻撃力のみならず、恐怖で心を縛って精神的に屈服させるために極めた機体。

ある意味で人の心に寄り添い続けた『信心組織』らしい尖(とが)り方(かた)と言えばその通りだ。そもそも多種多様な信仰を『全て』一つの組織で受け入れるという体制自体が、内輪揉(うちわも)めを回避できない仕組みなのだ。例えば一神教信者は、自分達以外の神の存在を受け入れる事すら許容できないのだから。

だから、破綻しないように徹底する。

だから、破綻した時のための保険を十分に用意する。

どんなに狭い路地に逃げ込み、小さな建物に閉じこもって、善良な人間を人質に取っても、それでも迷わず殺す。

どんなに歴史的な大聖堂に立てこもり、数多くの国際遺産を盾にしても、それでも一発の流れ弾もなく邪魔者だけを排除する。

おそらくは見る者の嫌悪感を駆り立てる虫のような脚も、ただの機械ではなく『感情』らしきものを匂わせる尻尾の動きも、飛び道具ではなく敢えて高圧電流を直接押し当てて対象を爆発しながら処刑するという禍々しい武装も、オブジェクトのサイズ感からシルエットに至るまで、その一つ一つに『恐怖の科学』が詰め込まれているのだろう。

そういえば、落雷は閃光や爆音で理屈抜きの本能的な恐怖を呼び起こし、かつ洋の東西を問わず天罰という記号性もあったか。

考えるだけ無駄だ、だから諦めろ。

最初から考えなければ変な誤解に巻き込まれる事もない。

その殺しの正確性でもって内乱の可能性を事前に摘み取ってしまおうという、平和的で物理的には誰も死なない『精神的には完全に死に絶えた、起伏のない無の世界』。

『信心組織』の『本国』。

世界的勢力の一角そのものの真の顔。日々心穏やかだが指導者から与えられるのはそれだけで、自己の内面からは何も生み出す事のできない虚無の静寂。

いいや。

……ひょっとしたら上の人間は二の次にしているのかもしれない。安心を得るための行為によってそれ以外の全てを一つ一つ削り落としていった結果、常にいつもの生活を支えてくれて、なおかつ本当に困った時には神への祈りが届いたと思えるような鮮烈な体験を。

辛く厳しい修行の果てに、むしろ心を無に近づけていく思想もあるかもしれない。

だけどこれは明らかに違う。

ここにあるのはただ枯れ果てて何も出なくなった、死んだ泉だけだ。この乾ききった虚無から何かが潤う事は永遠にない。そして無の乾きは、放っておけばどんどん周りにも広がっていく。物理的な束縛に疲れ果て、世界をさまよい、目には見えない神にすがって『信心組織』へ辿り着いた者から順に、むしろ心の内からたった一滴の潤いも生み出す事のできない埋め立てられた泉へと作り替えられていく。

自分には理解できないから。

他人の大切にしているものも、躊躇なく大勢で踏み固める。

その結果自分以外の誰かが胸を痛めるかもしれないという、本当の本当に最低限の心の働きすら錆びついて忘れてしまった、肉を着ただけのブリキのロボット達。

「こんな……」

クウェンサーの腕の中で、プタナ＝ハイボールは震えていた。

恐怖から来る反応ではない。内外問わず敵を殺す『だけ』の怪物、七つの悪魔を睨み返す少女の全身から猛烈な怒りが立ち上っていた。

「……こんなおぞましいしんじつがみとめられるとでも？　あなたたちは、人がそれぞれのかみにいのり、己のたましいにみがきをかけて、心の内からのはたらきによっていつもの日々を正しく生きていこうというきもちを何だとおもっているのですか⁉」

当然のように『セプティモンティウム』の七機は答えなかった。

何を非難されているのか、どこに疑問があるのか。そこからすでに迷子になっているのかもしれない。だとすればそれは、とても哀れだ。『信心組織』とは無関係で目の前の現金ばっかり追い回している現実主義なクウェンサーから見ても。

そして疑問に思う自由も残っていなかったから、迷いもなかった。

七門の巨大煙突じみた主砲から切り離された七つの動力炉、つまり七機の最軽量オブジェクトが一斉に動く。

注目がこちらへ移った隙に、視界の端で諜報部門のミリア＝ニューバーグがするりと別の小道へ滑り込んでいくのが見えた。対応としてはあれが絶対に正しい。

「プタナ!!」

クウェンサーが叫んで、プタナを突き飛ばすようにしてすぐそこの細い路地へ雪崩れ込む。

「センパイっ。じゃましないでください!!」

「クールになるんだプタナ、いったん冷静になって俺が今あられもなく地面に横倒しなお前のどこに注目しているか言ってみろ。このミニスカナースちゃんめ、じーっ」

「～～～ッツッ!?　センパイのっ、ドへんたい!!!!!!」

褐色少女が片手でどこかを隠して逆の手できちんと平手打ちを放ってきた。

より大きな怒りに塗り潰された結果、自殺行為から別の道へ進んでくれたようで何よりだ。

忘れてはならない。クウェンサー達の目的はローマを守る——自国の国民すら躊躇なくオブジェクトで踏み潰していく彼らとは『守る』の定義に絶望的な隔たりがありそうではあるが——『七つの丘』の撃破ではない。莫大なエネルギーを内包した動力炉を抱えて地下に潜ったバッドガレージ部隊を排除しなくては、このローマ全域が人工地震の生み出すマグマの海に沈んでいく事になる。

こんな最低な『本国』でも、そこで暮らしている人々は何も悪くない。

相手は世界最小と言っても、それでも直径一〇メートルはあるまん丸球体だ。

「ふふん、美少女救ってあちこち覗いてご褒美ビンタまでいただくとか今日は俺パラダイスか？　今フォーチュンクッキー食べたら絶対すごいの出てくるぞう」

「一体何で平手打ちをはなったこっちがダメージをうけるんですか、汚らわしい……!?」

ガゴン!!　と。

路地の出入口の辺りで派手な衝突音があった。ギリギリと『七つの丘』の何番目かが鼻先をこちらに近づけようとするが、ピザ屋のスクーターを通すのも難しい狭さには対応しきれない。そしてヤツは飛び道具を持っていないのだ。溶接みたいな閃光が電極と電極の間で蓄えられるが、あれが『発射』される訳ではない。

ただし、

「安心なんかしていられないぞ。あれが電気だったら伝える方法なんかいくらでもある。そこらじゅうに水や鉄粉をばら撒かれただけで俺達は一瞬後に即死だ。だからプタナ、早く現実を見ろ！　あんなバケモノ徒歩じゃ振り切れない、どこかで車やバイクを……」

ひゅん、という風を切る音がクウェンサーの思考を断った。

尻尾。

いいや、大丈夫なはず。確かにまん丸球体の後ろから尻尾らしきものがのたくっていたが、長さはせいぜい球体の二、三倍程度。後ろから振り回して正面を攻撃したら、自分の体が邪魔になる。サソリの尾か肉食恐竜の尻尾のような接近戦にしか使えない、だから狭い路地の奥をアリクイの舌みたいにまさぐる事はできないはずだ。

大丈夫、大丈夫。

全然大丈夫。

なのに……どうして恐怖で止まった時間がいつまでも元に戻らない……？

「センパイ、伏せて!!」

プタナ＝ハイボールの叫びで逆に救われた。ようやく事態に気づく。路地の出入口で四苦八苦しているまん丸球体は後ろの尻尾を振り回し、表通りにあった自販機を毟り取ってこちらにぶん投げてきたのだ。それこそ、カメレオンの舌のように巻き取って。

重量は軽く三〇〇キロ以上。とっさに汚い地面へキスしていなければ、クウェンサーは腰から上が千切れて下半身だけ棒立ちになっていたかもしれない。

頭の上を重たい金属塊が流れていくのを確認すると、プタナは素早く起き上がってクウェンサーの腕を掴み、引っ張る。二人で互いを支えながら入り組んだ路地の別の出口を目指す。

ひゅんひゅん、と真上で何かが鳴り、太陽の光が不自然に遮られた。

建物の屋根から屋根へ『セプティモンティウム』が飛び移っているのだ。

「七機体制だ、俺達は囲まれてるぞ……。分かりやすい出入口のあいつは銃口の前に獲物を誘い出すための猟犬でしかない。そういうコンビネーションなんだ」

「分かっています。だけどわたしたちには『しせん』のかんちがある。ヤツらのこうげきのぜんちょうはつかめます。ほらセンパイ、こっちです」

プタナは別の出口に辿り着くと、注意深く表を観察して、そしていきなり脚を高く振り上げた。通りを抜けようとしていたライダーの首を刈ってバイクを奪い取る。

「おいプタナ！　その人一般人……!?」

「おやゆびのねっこについたすりきず、とくちょうてきなきんにくバランスとひやけあと、あとはうでにかいへいたいのタトゥーをほっていてもですか？　こいつは『資本企業』ぐんのPMCです！　さあ早く!!」

そこまであからさまだと逆に潜入中って感じがしない。やっぱり休暇中の軍人さんが観光でカーニバルにやってきたんじゃないだろうか？　まあ『資本企業』の『軍人』だという点は間違いないのだろうが。

プタナがシートに飛び乗り、クウェンサーが後部に続いた。バイクを盗んでスロットルを開放するまで三〇秒とかかっていない。それでも致命的な遅れだった。ぶわり、と頭上の太陽が再び何かに覆い隠される。

『七つの丘』だ。しかも一〇メートル級のまん丸球体が三機も修道院の屋根から飛びかかってきている。昆虫みたいな六本の脚は、まるで複雑に噛み合わさる得体の知れないエイリアンの顎のようだった。

「うわあ!!」

「行きますよっ」

真っ直ぐ進むふりをしてプタナはその場で派手にバイクを一八〇度ターンさせ、逆方向に向けて勢い良くロケットスタートしていく。未来の位置を見越して狙いを定めていた空中の捕食者達がフェイントにやられ、何もない道路へ鋭く食いついていた。考えなしに出発進行していたら最初の一秒で叩き潰されていた展開だ。

背後から褐色少女のうなじの辺りに顔を埋めながら、クウェンサーはチーズみたいに溶けていた。馬鹿みたいだけど本人は必死だ。

「プタナあったかーい、柔らかくて良いにおーい」

「……センパイ。きょうふでビビってしっきんしそうなのは分かりましたから、わたしをげんじつとうひのイケニエにしないでください。にんたいりょくにもかぎりというものがあります」

「このポニーテール食べたい、わふわふ」

「ふりおとしますよ？」

ギャギャギャギャギャリ!!　と勢い良く十字路を曲がりながらプタナが呆れたように息を吐く。

クウェンサーはさっきより少しだけプタナの腰を抱く両腕に力を込めて、

「ミリアさんはどうなったんだ、くそ……」

「……大丈夫。かのじょはひとごみに身をかくすプロです、ちゃんとにげていますよ。わたしたちが『7つの丘』を引きつれてさがし回るとぎゃくにピンチをまねくかもしれません。ここは放っておいて、ヤツらをげんばから引きはなすのがさいぜんです」

そう、まだ危機は終わらない。

そもそもあれがオブジェクトなら、時速五、六〇〇キロの高速戦闘に対応しているはずだ。徒歩よりは格段にマシだがバイクでも安心なんかできない。だだっ広い砂漠や平原と違って入り組んだ都市部では速度を出しにくいかもしれないが、それでも市販のバイクでは振り切れない。純粋な速度勝負で勝つとしたら、それこそロケットエンジンを積んだドラッグマシンが必要になってくる。

　プタナの細い腰に両手でしがみついたまま、後ろを振り返ってクウェンサーが絶叫する。

「来るぞ、ああ、来る来る来る来る!!」

「センパイ、もう少し人の役に立つはつげんをおねがいします」

　ばづんっ!!　と。

　分厚い金属板を引き千切るような音だった。相手は車輪やエアクッションなどは使っていないらしい。あくまでも昆虫に似た脚。一体どんなバネを搭載しているのか、細かくジグザグに切り返しながら短いジャンプを繰り返し、逃げるバイクを迷わず追ってくる。

「右ですセンパイ、たいじゅうあずけて」

　言うだけ言うと、プタナは思い切り体を横に倒してバイクを傾けた。真後ろから飛びかかってきた『セプティモンティウム』の一機を上に逃がすと、右側に勢い良く曲がってハードルみたいな遮断機の下を潜り、カンカンうるさい踏切を一気に突き抜けていく。

　お構いなしだった。

『七つの丘』は、あるいは近くの教会の壁を蹴り、あるいは踏切脇にあるトレーラーハウスの屋根に飛び移って、いずれも難なく障害物の貨物列車を越えてバイクを捕捉し続ける。

　ただの細く鋭い脚だけじゃない。

ヤツらは後ろから伸びた尻尾を使い、複数で胴上げでもするように味方を高い屋根の上まで放り投げたりしていた。あれは単なるバランス制御用の錘や威嚇装置だけではない、物を摑んだり体を支えたり、やはり『手』の代用としても扱えるみたいだ。

しかしバイクのハンドルを握る褐色少女は別の所に注目しているようだった。

「たてもののやねやかべにとびうつり、コンテナ状のいえもつぶれなかった……」

「ぷ、プタナ？」

「……そんなにおもくはないようですね。やはり『そうこう』はうすい。センパイ、ばくだんはありますか？　ヤツらに『かくでもはかいふのう』というぜったいてきな条件はありません。今ならふつうにヤれる」

「アホか稼働中のオブジェクトの動力炉だろ!!　中は磁気で閉じ込められた摂氏で言ったら最大で億に届くプラズマの塊だぞ。こんな人口密集地域で派手に吹っ飛ばしたら何百万人が死ぬと思ってんだっ、却下却下!!」

「ええい、厄介な。あらゆるいみでしがいちを味方につけたオブジェクトですね、本当に忌々しい」

別の通りから、ギャリギャリ音を立てて何かが合流してきた。

ヘイヴィアとミョンリだ。彼らはそれぞれスノーモービルみたいなオモチャを乗り回している。ただし雪上用に開発されたものではないらしい。

　クウェンサーは目を剝いて、

「何それ『信心組織』の秘密兵器⁉」

「一人乗りの個人自動車だとさ、スポーツタイプのオープンカー。あちこち入り組んだローマ向けだろ？　そっちはそっちで相変わらず女のケツに乗ってんのか、羨ましい‼」

「こいつイイ匂い俺スキ。知ってるかい、女の子ってカラダのどこを触ってもすべすべなんだ。こうして後ろから抱きついているとプタナの鼓動が伝わってくるのだぜ？」

「……、センパイ。仏のかおも３どまでということばはごぞんじですか？」

「『信心組織』スピリットは後にしてくれよ。なに、あれって三回やったらアウトなの？　四回目に踏み越えたらアウトなの？？？」

　馬鹿どもの騒ぎに巻き込まれたくないミョンリは気配を消しているようだ。

　この場に引率のお姉さんミリア＝ニューバーグがいないのが気になるが、『七つの丘』は全てこちらで引きつけている。今はそれだけ彼女の安全が高まっているのだと信じるしかない。

　とにかくこちらの目的は地下鉄線路に潜ったバッドガレージ部隊だ。

　しかし『本国』防衛を担う『セプティモンティウム』の恐怖も本物。これを一秒放置してよそ見すれば即死コースに乗っかる事間違いなしである。

　クウェンサーはプタナのつむじの辺りにおでこを押しつけ、小さく歯嚙みした。

「……結局、どこかで無理するしかないか」

「センパイ?」

「ヘイヴィア、ミョンリ！　走りながらで良い、攻撃準備。俺の合図と共に後ろの『七つの丘』を狙うぞ。いちいち腰をひねって後ろに銃を向けなくても、手榴弾系ならピン抜いて後ろに放り投げりゃ追っ手は勝手にヒットしてくれるさ。用意‼」

「おいっ、マジかクウェンサー」

「クウェンサーさんあのわさわさ動力炉こんな市街地で吹っ飛ばすっていうんですか⁉」

「狙いは動力炉じゃない、スモーク‼」

角を鋭く曲がったタイミングでヘイヴィアとミョンリが同時に金属缶を路面へ落とした。ぼわっ‼　と後方で色のついた煙が派手に広がっていく。

ただでさえカーブの途中。

そして『七つの丘』は履帯や車輪でべったり張りついているのではなく、細い脚を使って細かくジャンプを繰り返して高速移動している。言うまでもないが、目測を誤り地面から浮いている間は方向転換のしようがない。

派手に尻尾を振り回してもバランスは回復しない。摑むものがなければそれまでだ。

「ひいいい‼」

ミョンリが肩を縮めていた。壮絶なクラッシュ音と共に、曲がり切れなかった一機が向かいの鐘楼の壁を突き破って建物に埋まっていく。

「な、なんか来ますよ？　うわあッ⁉」

業を煮やした別の機体がいったん建物の屋根に飛び上がり、一気にクウェンサー達を追い抜いてから改めて道路の前方へと飛び降りてくる。正面から通せんぼをしつつ後ろから迫る味方に狩らせる構図だ。

チキン精神を発揮して反射的にブレーキを踏みそうになったヘイヴィアの個人自動車？　スノーモービルみたいな流線形の胴体をクウェンサーは靴底で蹴飛ばした。

「ビビるな‼　止まったら追い着かれて一〇〇％死ぬぞ、プタナもそのまま真っ直ぐ‼」

「マジかよおい……」

「あ、ちゃんと生き残るための努力はそっちでしてね。必勝法とか特にないよ？」

「マジかよおおおおおおおおおおおおおおおおおおおおおおおおおッッッ‼⁉⁇」

ヘイヴィアとミョンリの個人自動車はそれぞれ左右に分かれ、壁際を突き抜けていく。広い通りだと通せんぼ機はどっちを狙えば良いか迷ってしまうのは無理もない。そこへ真っ直ぐ中央へプタナのバイクが飛び込んだ。

ビュン‼　と鞭のようにしなる尻尾がクウェンサーの耳のすぐ横を薙ぐ。

プタナはバイクを倒し、まるでスライディングでもするように昆虫みたいな脚と脚の間を滑って器用に一瞬ですり抜けていく。

クウェンサーはオブジェクトの真下を通り抜けざま、何かを放り投げた。

電気信管を突き刺した粘土状の爆弾だった。

粘土がしっかりと貼りつくのを確認すると無線機のスイッチを親指で押し、躊躇なく起爆。狙いは動力炉ではなく細長い脚だ。中に機械や分厚いバネを詰めている以上、ただでさえ鋭く尖った脚には分厚い装甲で覆うほどの余裕はない。

後ろを振り返るまでもなかった。脚の一つが不自然に歪み、関節が潰されて、『セプティモンティウム』の一機が壊れたテーブルみたいにその場でぐらりと傾く。

邪魔な擱座機を体当たりで道路の端まで弾き飛ばし、さらに二機がこちらを追ってきた。

快哉を叫ぶ暇もなかった。ミョンリが悲鳴のような声を上げる。

「あっあれだって一応操縦士エリートが操るオブジェクトなんでしょう⁉　何であんな雑に扱えるんですか‼」

「『信心組織』らしく殉教でもシステムに組み込んでいるんだろ。それよりプタナ次は左だ、そこから地下に飛び込める‼　ヘイヴィア、ミョンリは自分で突入コース考えろ‼」

元は近所の悪ガキどもが巣作りしたスケボー用の仕掛けだったのかもしれない。背の低い花壇の縁へ斜めに立てかけられたベニヤ板を踏んで、プタナのバイクが設置者の想定をはるかに上回る勢いでド派手に宙を舞った。

金属の柵を飛び越え、一段低い段差の向こうはもう地下鉄線路だ。奇妙な浮遊時間の中、プタナから適切なアドバイスが飛んできた。

「センパイ、口はとじて。舌をかまないようにちゅういです」

「えーんぷたなー」

「こわいからって甘えん坊にならないっ!!」

あまりの恐怖に後ろから女の子の腰をぎゅっと抱いて髪をくんくんしてたら直後に下からの鋭い突き上げがあった。線路上に着地するも、減速などしている余裕もない。プタナの操るバイクはそのまま全速力で口を開いたトンネルへと飛び込んでいく。

「ま、まったく！　センパイははずかしくないんですか。こんな年下に好きかって甘えまくって、よわいところを見せて！　まったく、本当にまったく!!」

「あれ？　なんか心なしかプタナの胸の鼓動が速くなっているような……？？？」

「ぶぼふッはしからはしまでぜんぶ気のせいですバカなんじゃないですか!?　そんな、そんなふざけたはなしがあってたまるものですかッッッ!!!?」

地下はこれまでの十字架一色とは違った。左右のコンクリートの壁に、トンネルを支える等間隔の柱。これらには真っ白な女神像が寄り添っていた。おそらくローマ神話辺りがモチーフになっているのだろう。あるいはもっと古い、クウェンサーには名前も分からないマイナーな古代宗教なんかも混じっているのかもしれない。

「地下遺跡ダンジョンへようこそ」

「こほんっ。ローマって『だいよくじょう』でも有名なんでしたっけ？　どこかにあるのかな」

「おっとプタナと一緒にお風呂の予感ー☆」

「おぞましいこと言わないでくださいっ、もう本当におとしますよセンパイ‼」

と、すぐ横のメンテナンス用鉄扉がぶち破られた。階段でもガコガコ降りてきたのか、ヘイヴィア達の個人自動車が突っ込んでくる。

「おいクウェンサー、『七つの丘』は⁉　何機ついてきてやがる⁉」

「変だぞ……。ヤツら一機もいない。トンネルの出入り口自体は結構大きかったはずなのに」

ぷぁん、という警笛と鋭い照明が正面から叩きつけられた。

「きゃあ‼」

「危ねっ⁉」

プタナ、ヘイヴィア、ミョンリはそれぞれ左右の壁際ギリギリに寄って、こんな混乱の中でも走行している列車を何とかかわす。直撃はもちろん、暴風に煽られただけでバランスを崩して壁に激突しそうだ。こうなるとこっちに突き出た女神像の腕とか足とかが本気で怖い。

そしてそれでクウェンサーは気づいた。

「……トンネル自体は広くても、列車が来ると流石にかわせなくなるんだ」

「直径一〇メートルの球体ですもんね、つまり幅も。私達みたいに端に寄って列車をやり過ごせる訳じゃない……」

ギャリギャリギャリギャリギャリ‼　という金属の悲鳴が後ろから流れてきた。

『セプティモンティウム』は一般住民に規格外の武器を突きつけて恐怖で心を縛る外道だが、それでも『信心組織』の公式戦力だ。つまり役所を味方につけられる。おそらくどこかと連絡を取って列車を止めさせたのだろう。

だがわずかであっても稼いだ時間があるのは事実。

その間に彼我の距離はどこまでも開いていく。

「ヘイヴィア、最初の条件に戻るぞ。バッドガレージ部隊は地下深くで動力炉を起爆させて人工地震を生み出そうとしている。『本国』ローマ全体を溶岩の海に沈めるためにな。条件は六〇メートル以上の大深度地下。この地下鉄トンネルの中で合致する場所はどことどこだ？」

「一ヶ所。ただし『七つの丘』が気づいてなけりゃこれで振り切れる。何しろ地下はアリの巣みてえに広がってやがるからな。ノーヒントでたまたま迷路のどこかでばったり出くわす可能性は限りなく低いはずだぜ」

そいつは僥倖。

『セプティモンティウム』を引きずり回してバッドガレージ部隊に叩き込み、本来の仕事をさせる……という手もあるにはあるが、やはり不確定な要素が多過ぎる。アホな防衛部隊の攻撃でバッドガレージが持ち込んだ起爆用の動力炉が吹っ飛び、ローマ全域で人工地震が発生したら元も子もない。まして万が一『七つの丘』が場末のテロリストどもの返り討ちに遭ったらそのまんま起爆用動力炉の数が増えてしまう。……『核でも破壊できない』というオブジェクト最大の売り文句を自ら放棄し、ろくに身動きの取れない狭いトンネルへ無理矢理突っ込んできた場合は、予想外が起きないとも限らない。

バイクの後ろにまたがったお荷物野郎が偉そうに言った。

「それじゃそろそろ真面目にお仕事してフルボッコと洒落込もう。バッドガレージの連中にはそもそも最初の最初から貸しがあるんだ、利子がどれだけ膨らんだかヤツらに教えてやる」

11

六〇メートル以上の大深度地下。

十字架よりも古い時代の宗教の遺跡だらけになっている地下鉄トンネル内をヘイヴィアの案内で進み、目的地から少し離れた場所でバイクやスノーモービルに似た個人自動車を停めていく。当然ながら、いつ再開するか読めない列車の邪魔にならないよう端に寄せて、だ。

「な、なんかさっきまでとはまた毛色が違っているような……？　ここにある女神像、ローマ神話じゃないですよね」

「いえ、ここにあるのはギリシャしんわがまざるまえのものですね。地下にもぐるほど年代が古くなるのかもしれませんよ」

ミョンリとプタナの真面目ちゃんコンビがそんな風に言い合っているが、汗臭い馬鹿二人は太古の遺跡を眺めてありし日の古代宗教に思いを馳せるほど心が豊かにはできていない。

今は目の前の問題だ。

「……バッドガレージの連中はどうやってここまで動力炉を運び込んだんだ？　ヤツらの積み荷だって小さくねえはずだぞ」

「ライターで天井を炙って火災報知機でも動かしたんじゃない？　アリの巣みたいに入り組んでいるんだろ、目的の区間だけ列車の運行を止める方法ならいくらでもあるよ。列車って結構細々と止まったりするじゃん、五分一〇分のトラブルくらい誰も不自然には思わない」

クウェンサーはリュックの中から『ハンドアックス』を取り出し、鶏の卵よりちょっと大きいくらいの塊に練りながらそんな風に言った。今までは『信心組織』系に追われていたが、バッドガレージは別系統なのでどんな兵器を使ってくるかデータがない。そしてこれまでの行動を追う限り、絶対ろくでもないのが待っている。

「……密閉されたトンネルだぞ、ガスや細菌なんかじゃないと良いけど」

「センパイ、そんなオモチャがあったらもっとかんたんにローマ全体をこんらんに包めたはずでは？　オブジェクトのぶひんで『本国』をたおす、というテーマはかくていとしても、じょうきょうを有利にととのえるために色々こざいくできればやっているはずです」

「そりゃそうか」

現実に巡航ミサイルや燃料気化爆弾なんかは使おうとしていたようだし、とクウェンサーは思い出す。連中はここにきて出し惜しみなんかしないだろう。

「ちなみにプタナの予想は？」

「みっぺいされたトンネルですよね？　かえんほうしゃきが1ばんこわいです」

「ちくしょういっそ楽に殺してくれっ!!」

クウェンサーとプタナが言い合っている横で、ヘイヴィアとミョンリが黒い合成樹脂でできた縦長の四角い弁当箱みたいなものを広げていた。いや違う、バタフライナイフみたいに手の中でくるりと回ったと思ったら、それはT字のサブマシンガンに組み変わっていた。私服で武器を持ち込むのも大変そうだ。

一方、プタナの武器は刃渡り四〇センチ以上はある大振りなコンバットナイフらしい。接近戦専門かなと思ったら、グリップの辺りに穴が二つ空いていた。刃を向けた先に鉛弾が飛び出すギミックがついている。

太古の女神像だらけの地下トンネルを少し進むと褐色少女が立ち止まってこんな事を言ってきた。

「『しせん』があります」

「っ」

「でもこれはにんげんのものじゃありませんね。きかいてきなセンサーをおいているんじゃないかと」

元々の防犯カメラではなさそうだ。列車に撥ねられないよう、壁際に三脚が立っている。おそらくはバッドガレージ側のオモチャ。プタナの案内で『視界』に入らないよう逆サイドの壁際をそろそろと歩いて三脚の裏側に回り込み、退路確保も込みでケーブルを引っこ抜いてセンサーを黙らせる。

ここから先はヤツらのテリトリーだ。とにかくあちこちに女神像があるので身を隠して進むのには困らない。

緊張感が高まる中、フルオート可能な銃を持ったヘイヴィアとミョンリが前に出る。

クウェンサーは自分で潰したセンサーの方を振り返って、

「……連中、意外と数は多くないのかも。哀しい事に単価だけ考えたら高感度なセンサーより見張りを立たせた方が安いはずだ。バッドガレージは金で労働力の代用品を買ってる」

「自分にとって都合の良い想像は黙っていたって勝手に広がっていくもんだぜ。だから目が曇る。『きっと』は構わねえが『こうに決まっている』はやめとけよ、自分の妄想が死因になりかねねえぞ」

さらにいくつか三脚や、天井にダクトテープで張りつけられたセンサーを潰して先に進む。この薄暗いトンネルだ、視線恐怖症を逆手に取ったプタナのアドバイスがなければ途中のどこかで引っ掛かっていた。

そして、

「あれだ」

ヘイヴィアが呟いて立ち止まり、そっと壁際の女神像の陰に寄り添った。

五〇メートルほど先に、これまでとは違ったものがふらりと横切っていくのが分かる。人影だ。まさかこのタイミングで観光客が迷い込んだとは思えない。二人一組で行動し、目元は暗視ゴーグルで覆い隠して、両手の先では二リットルのペットボトルより大きなサプレッサーが揺れている。どうやらA4のコピー用紙よりもコンパクトなPDWに銃本体以上に巨大な消音器を無理矢理取りつけているらしい。機能性重視でどこか未来的なPDWは本体だけ見れば格好良いが、あの小さなサイズだと大男が肩につけて構える時はかなり猫背になりそうだ。アクション映画みたいに左右に二丁持って腕をピンと伸ばしたまま連射できる訳ではない。

「(……かれらの『しせん』は外れています。わたしたちは抜けおちている)」

だからと言っていきなり雄叫びを上げて銃乱射をする訳にはいかない。全体で何人いるのか、動力炉の起爆準備がどれだけ進んでいるのかは全部未知数なのだ。そもそもバッドガレージ部隊は真っ当に自分の命を惜しむ連中なのか？　最悪、侵入者を発見＝スイッチ一つでドカンもありえる。

プタナの指示に従っていったん二人を完全にやり過ごしてから、クウェンサー達は壁際にあったメンテナンス用の鉄扉に向かう。元々アリの巣のように広がる地下鉄線路だが、さらに路線図にはない作業員向けの連絡通路や小部屋がいくつも存在する。いくらでも迂回路はあるのだ。

そうやって扇状にぐるりと迂回して、さらに何人かの見張りを見つける。分布を調べていくと、逆に彼らが隠しておきたい『中心点』が浮かび上がってくる。

動力炉があるのはそこだ。

「（……分布を見るにおそらく二、三〇人。しかも定時連絡なし。例の三脚は床に通信ケーブルを這わせていたろ？　分厚いトンネルの中だから無線の電波が届かねえんだ）」

「つまり？」

「殺してもバレない。やるなら今だ」

勇気と思いやりの戦争タイムが始まった。

ヘイヴィアとミョンリは遠方からT字のサブマシンガンを向けるが、あくまでもこちらはいざという時のサポート要員。バッドガレージと違ってサプレッサーがないので一発撃ったら派手な銃声が炸裂して大騒ぎになる。なのでナイフを手にしたプタナが『視線』の有無を確認しつつ背後から二人一組へ迫り、瞬く間に背中を刺して喉を掻っ切った。

お姫様やおほほとはまた違う、『戦う』エリートだ。

「おわりました、センパイ」

「手伝う」

死体についてはその辺にあった青いビニールシートでくるんでからみんなで引きずって変電系の作業室に放り込む。床の血だまりはどれだけやっても完全には拭いきれないので、こちらいる。

もやはり新品の工事用ビニールシートを見つけて適当に被せておいた。ヘイヴィアやミョンリは敵の武器から太いサプレッサーを取り外すと、ダクトテープを巻いて強引に銃口に固定している。

「規格合ってないじゃん、そんなので大丈夫なの？」

「ないよりゃマシ。枕に銃口押しつけるよりかは頼りになるだろ」

銃が使えれば選択肢が増える。

正面からの撃ち合いになれば、敵のテリトリーではこちらが不利になる。だがプタナが『視線』の有無を逐一確かめて死角から闇討ちに徹すれば、バッドガレージが実力を見せる前に仕留めてしまえる。不意打ち成功率一〇〇％、やはりプタナの視線の逆探知はレアリティが高過ぎる。

「こっちは、ダメか……」

クウェンサーが屈み込んで死体の装備を漁っていた。敵は一応無線機を持っているようだが、ヘイヴィアの読み通り、耳を傾けてもひどいノイズしか聞こえない。地下深くのトンネル内で敵同士の連絡が取り合えないのはこちらにとってはプラスに働くだろうが、ここからバッドガレージ全体の大きな動きを読むのは難しそうだ。

動力炉は今どうなっている？　無線が通じないとしたらどうやって起爆するつもりだ？

「……あっあの、なにか、ありますよ……？」

器用貧乏のミョンリがまた貧乏クジを引いていた。

三〇メートル以上先だ。複数の線路が交差するジャンクションのような場所だった。この深さは一ヶ所しかないという話だから、すり鉢状に線路が集まっているのか。その分だけ空間が広い。一〇メートル大のまん丸球体を置くとしたら悪くはない場所だ。あそこなら列車が飛び込んできてもぶつかる事はないだろう。

それにしてもあそこだけやけに空間が広い。ひょっとしたら元々並べてあった女神像や装飾用の大理石の柱をどかしているのかもしれない。

プタナが促して、クウェンサーに双眼鏡を押しつけてきた。

「センパイ」

「まん丸の表面に何かデジタルのタイマーっぽいのがある。時限式か……？　だけどそれ一つだけとも限らないな。いざという時は本体に飛びついてスイッチでも弾けば一発ドカンかも。いずれにしても、もうカウントは始まっている。つまり起爆できる状態なんだ」

ただし、だ。

ミョンリが見つけてしまったのはそっちではない。

何か細長い鉄の塊が広い空間を横切るような格好のまま、緊急停車していた。列車だ。『七つの丘』がトンネル内へ潜るために促したせいだろう。しかも相手は貨物列車ではない。普通の地下鉄車両だった。つまり側面にはたくさんの窓があり、不安げに外を覗き込んでいる顔がずらりと並んでいる。

概算で一〇〇人から二〇〇人。

人質を詰め込んだ巨大な檻(おり)の周りを、銃を持った男達がゆっくりと回っていた。

ここから見えるだけでも二人一組が五チームほど。プタナに視線の数を調べさせれば正確な数が判明するだろうが、おそらくもっといる。ミョンリは涙目で自分のサブマシンガンに目を落とした。サブマシンガン二丁とナイフでパパッと仕留められる数とは思えない。そして一人でも逃がせば道連れ狙いの銃乱射が始まるか、動力炉の起爆でもやらかしてしまうだろう。

見張りは列車の周りだけで、車両内の通路を誰も行き来していないのも気になる。いたくない理由でもある？　例えば各車両の天井に爆弾でも設置して反乱を防いでいるとか。

何にせよ、ヘイヴィアがこう言った。

「最悪だ」

その時だった。

クウェンサーは顔をしかめる。それからもう一度双眼鏡で遠方の詳細を覗(のぞ)き込(こ)んだ。

「センパイ？」

プタナは『視線』の向きや数が分かるエリートの中でも特殊な少女だ。自分に向けられたものが専門だが、それでもクウェンサーが動力炉や見張りを観察している訳ではないと気づいたのかもしれない。

彼が見ているのは列車だった。窓から外を不安げに見ている人質の中に、小さな男の子がいた。作り物の視界の中で、電子的な分析が唇の動きをそのまま文章化していく。

『……いるもん』

何か握っていた。

屋台で買ったのか、あるいは仮装の小道具なのか。安いヒーローのお面だ。元々はカーニバルの行事に来たはずだ。それをぎゅっと握ったまま、その子は窓の外をじっと見ていた。

唇の動きを双眼鏡が言語化する。

映画の字幕のように、クウェンサーの視界の下の方に補整された一文が表示された。

列車は急に止まった。銃を持った一団に命を握られた。『信心組織』の軍や警察が助けに来てくれる様子はない。すぐそこではローマ全体を溶岩の海に沈めるための巨大な爆弾の起爆準備が進められている。世界の仕組みなんて全部信じられなくなってもおかしくない状況だ。

クウェンサー達だって、最優先はローマ壊滅の阻止だ。

動力炉か列車か。二つに一つと言われたら動力炉を選ぶしかなくなる。その程度の、対岸の火事を眺めるだけの良識派の皆様からは顔に唾を吐かれて当然のクソ野郎の集まりでしかない。

なのに。

だというのに、だ。

『それでも正義のヒーローはいるもん』

クウェンサー＝バーボタージュはそっと息を吐いて、双眼鏡を顔から離した。

正面を睨み、そのまま言う。

「……だってさ。なりたいヤツは挙手」

「全員行くに決まってんだろクソが」

12

条件を確認しよう。

まず剝き出しのJPlevelMHD動力炉は非常にデリケートだ。うっかり銃撃戦や爆弾などで巻き込んだら即刻誤爆で吹っ飛び、ローマ全域が溶岩の海に沈むリスクがある。

次に立ち往生した列車の中では一〇〇から二〇〇人ほどの乗員乗客が人質になっている。列車の周囲には最低五組の見張り、おそらく総数はそれ以上。一人でも取り逃がせば、極めて高確率で列車の窓への乱射が始まる。車両内を見張りが行き来していないところから、中に何か仕掛けがしてある可能性も否定できない。

じゃあ具体的な作戦だ。

全部で何人いるかも読めないバッドガレージ部隊を、たった一回の反撃をさせる暇もなく全員同時に仕留める方法を考えろ。

場違いでも分不相応でも良い。

今だけで良い、とにかく正義のヒーローをやってみせろ。

「こんなので大丈夫なのかよ……？」

ヘイヴィアの疑問にクウェンサーはさらっと答えた。

「向きは揃えているけど、ここは密閉されたトンネルの中だ。ある程度は俺達にも影響は出るぞ。だから逃げ込む先を確保しておいてくれよ」

言いながら、『学生』はリールから長いケーブルを引き出していた。無線機が使えない状況だと爆破の方式に気を配る必要がある。

爆破。

ただし当然ながら、敵陣に肉薄してこっそり爆弾を設置し、バッドガレージ部隊のならず者を爆炎や鋭い破片の雨に巻き込むつもりはない。そういうやり方だとヤツらの近くにある動力炉を誘爆させてしまう恐れがあるし、列車の裏側に回った見張りを取り逃がす可能性がある。

そしてもうヒントはクウェンサー自身が言っている。

ここは密閉されたトンネルの中だ。

「センパイ」

「圧力計算はこれでオーケー、こっちは準備完了だ。なに、シェルターって掃除用具入れなの？」

ようは、学校の教室の半分くらいの物置だ。

長いケーブルを床に這わせながらプタナの方へ近づいていったクウェンサーは、鉄扉の敷居を越えた。ドアで挟んでしまうしかないが、ひとまず電気さえ通れば良い。最低限太いケーブルの中で導線部分を断線させてしまわないよう、そっと鉄扉を閉めていく。マカロニ状の光ファイバーではないのでこれでも十分だ。

向こうの様子は見えない。

そして敵の位置取りは関係ない。空間全部を埋めてしまえばバッドガレージ側に逃げ場はないはずだ。

つまりこうなった。

遠方からの発破。

そして密閉されたトンネル内部を、お風呂のパイプ掃除のように衝撃波が突き抜けていく。

ドガッッッ!!!!!!　と。

派手な爆音と共に閉じたはずの鉄扉がくの字に折れてこちら側へ盛り上がった。くわんとクウェンサーの視界が揺れる。衝撃波は弱い方へ流れていくはずだが、やはりそれでも影響はゼロにはできなかった。

自分で立っていられず壁に寄りかかりながらも、耳鳴りが止まらない頭を小さく左右に振ってクウェンサーは叫んだ。

「行けヘイヴィア、ミョンリ!! 三半規管を揺さぶる衝撃波のスタンはそんなに長く続かないぞ、猶予は三〇秒弱。それまでに全員撃て!!」

歪んだドアに四苦八苦するが、それでもサブマシンガン組二人がトンネルへと飛び込んでいく。プタナに肩を借りながらクウェンサーもその後に続いた。

列車のこちら側だろうが裏側だろうが、見張りの連中は衝撃波や急激な気圧の変化に耐えられず昏倒しているはずだ。空間全部を埋める極端な気圧変化の場合は、遮蔽物の裏にいてもダメージは免れない。そしてバッドガレージ部隊は列車の中にはいなかった。密閉空間内に閉じ込められている人質には影響は出ないし、繊細とはいえ剝き出しの動力炉だって気圧変化くらいでは誤爆しない。

ばすっ!! どすどす!! と。

サプレッサーで抑え込んだ鈍い音と共に虐殺が始まった。床に倒れて動けない兵士の頭や胸を一方的に撃つヘイヴィア達は、列車内の一般人から見ればどっちが悪党か分かったものではないかもしれない。だが実際には死にかけのミミズみたいにのたくる誰かが一人でも起き上がったらその時点でゲームオーバーだ。列車の人質か動力炉、どちらかに乱射の雨が降り注いで大勢の命が散る。

悲鳴も嫌悪も受け入れろ。

クウェンサーに肩を貸したままプタナは空いた手でコンバットナイフを構え、グリップに仕込んだ鉛弾を撃ち漏らしの兵士の頭に叩き込んでいく。

「死体にまぎれている人がいます。それでも生きた『しせん』はごまかせない!!」

ようやく『学生』の三半規管が調子を取り戻してきた。

プタナのサポートなしでも歩けるようになるが、条件はバッドガレージも一緒だ。こちらが歩けるという事は、ヤツらも回復しつつある。

倒れたまま、震える指で何かのスイッチを押し込もうとする兵士がいた。

(軍や警察への技術力の誇示や、絶対解除できないって恐怖を見せつけるのが目的じゃない。つまりパズルみたいに複雑な爆弾じゃないはず!!)

クウェンサーはまん丸の動力炉に取りついてデジタルのタイマーを両手で毟り取る。放り捨てるのと同時に、ヘイヴィアのサブマシンガンが生き残りの頭を撃ち抜く。

ばじじじじわ!!　と床の上で溶接みたいな白い火花だけが散っていた。見れば太い金属レールが高温で溶けている。一瞬遅れていたら動力炉の外装が焼き切られて摂氏で言えば最大で億に届くプラズマが大気中に飛び出していたはずだ。

「こいつでクリアか!?」

「多分。でも人質はそのままだ！　何故か見張りは車内にいなかったろ、列車の方に何が仕掛けてあるかはまだ確かめていない。ドアを手動で開けた途端にドカンもありえる!!」

クウェンサーは注意深く窓から中を覗き込み、それから列車の下にも潜った。ある。自動ドアの開け閉めに使う圧縮空気のコンプレッサの金属タンクに、何かカラフルなコードが絡みついている。開けたらドカンで間違いないらしい。

(バッドガレージ側にとっても予期せぬ人質のはずだ。本命の動力炉の仕掛けだってシンプルだった、映画みたいなコードだらけの爆弾なんて用意はなかった……)

ごくりと喉を鳴らして、クウェンサーは両手を動かした。最低限、車内の人質から解除されなければ構わなかったのだろう。テスターを使って通電状況だけ確かめると、洗濯バサミみたいなクリップを外して危険なコードを排除する。

そして全部の車両のドアを開放する必要はない。一ヶ所さえ安全を確保すれば、車両間を移動して内部の人間を全員外に逃がせる。

クウェンサーは緊急開放用のレバーを操作すると外からドアをこじ開けて、それから身振りを交えて『正統王国』の言葉で叫んだ。

「一人ずつゆっくりと!!　段差があるから気をつけてください!!」

中の様子はおっかなびっくりという感じだった。ドアに近づくのは怖いが、実際に開いてしまったのだからいつまでも留まる理由もない。そんな感じで困惑しながら、ドアの近くにいた小さな男の子がおどおどとこちらに向かってくる。

安心させるため、クウェンサーは笑ってこう話しかけた。

「早くおうちに帰ろう。俺達は正義のヒーローになれたかな？」

その時だった。視界の端でプタナが怪訝に眉をひそめるのが見えた。

ぎっ、と。

男の子のすぐ足元の床で、メンテナンスハッチの四角い蓋が下から押し上げられた。

「センパイ!!　まだいます!!」

開いたドアから何かを投げ込まれた。

それは金属缶だった。ピンの抜かれたスタングレネードだ。

一人でも残っていたら迷わず動力炉を起爆しに来るはず。

遠くから見て車内の通路を見張りが行き来していなかったから、実際に爆弾が仕掛けられていたから、だからバッドガレージは電車の中にはいないはず。

……『きっと』は構わない、だけど『こうに決まっている』はやめておけ。そう言っていたのはヘイヴィアだったか。

「しまっ」

全員が唯一開いたドアへ注目していたのもまずかった。直後にマグネシウムの閃光がトンネルを埋め尽くし、『正統王国』側全員の視覚と聴覚を残らず潰していった。

13

実際、だ。

奪われた時間はどれくらいだっただろう?

三〇秒か、あるいは一分以上か。五感を真っ白に飛ばされ、極度に混乱した頭はまともな時間感覚も失われていた。『安全国』での何気ない生活の中ならほんのわずかな時間だが、互いに銃口を突きつけ合っている戦争の真っ最中なら話は別だ。それだけの時間があれば人数差なんて覆せる。バッドガレージ、最後の一人。ヤツはクウェンサー達を順番に撃ち殺していく事だってできるはずだ。

リュックだけ意識してクウェンサーはとっさに降りてきた男の子を抱き締めて自分の背中で庇うようにしたが、それさえ断言はできない。目や耳はもちろん、頭自体が混乱しているのか今も抱え込んでいるはずの男の子の感触がどこにも存在しないのだ。

べったりと塗り潰したような白い残像がしばらく居座った。

とにかくこうなった。

「ごっ……」

鈍い、血の混じった水っぽい呻き。

だけどそれはクウェンサーの口から出たものではない。

極至近、本気で一メートル以内。そこでメンテナンスハッチからスタングレネードを放り投げた最後の一人が、奇妙に体をくの字に折り曲げたまま動きを止めていた。

見た事ない青年だった。

躊躇なくプタナが腰だめに構えたコンバットナイフをその脇腹に突き刺していた。

『視線』を読み取る特殊なエリート。五感を潰された中でも正確にヤツの視線の出処を辿って懐まで潜り込んでいたのか。

真っ直ぐクウェンサーを狙えば良かったものを、プタナ含む全員に視線を投げたのだろう。

ヤツは最初、驚いたように自分の傷口に目をやって。

それから音もなく顔を上げて、正面のクウェンサーに笑いかけた。ヤツの手には何かのスイッチがあった。トンネル内では無線機が使えないと言っても、距離数メートルの近接無線なら話は別だろう。笑って青年は言った。

「……ハッピー、ニューワールド」

クウェンサーは抱き抱えた男の子の視界を掌で塞ぐ。

ズパン‼　という乾いた発砲音があった。

深々と刃を突き刺したまま、だ。人差し指で金属のツメみたいに小さな引き金を引いて、プタナがグリップに仕込んだ鉛弾をダイレクトに叩き込んだのだ。その衝撃で男の体が吹っ飛び、強引にナイフが抜けていく。背のギザギザがさらに刺し傷を広げていく。

横倒しに倒れた青年の手元から、クウェンサーは何かのスイッチを蹴飛ばして遠ざける。

彼はもう起き上がらなかった。

血まみれの笑みを浮かべ、青年は呟く。

「ここまで、私達を追ってきたのなら、この世界の欺瞞についても理解できるはずだろう？」

「アンタ一体誰なんだ……？」

「デイエリア村。三年も前に、オブジェクト災害で地震と溶岩の中に沈んでいった村で暮らしていた誰かだよ」

聞いた事もなかった。

これまで一度も出てきていない。

そんな事件があった事も、そんな村が存在した事も。

青年はうっすらと笑っていた。だから、かもしれない。何より守りたかった全てを失っても、世界の誰も関心を持ってくれなかった。だから、誰も目を逸らす事のできない巨大な『本国』で同じ災害を起こして証明したかったのか。

「次は君が苦しむ番だ」

「……事件はもう終わった。こんなのは戦争ですらないよ。オブジェクトの巨体がこの星にもたらす『歪み』についても、上は薄々勘付いている。早いか遅いかはさておいて、いつか対策を練る方向に舵を切る日が来る。アンタが考えるほど短絡的な、地球規模の大災害までは起こらない」

「違う。これからオブジェクト災害は起きる、このローマで」

クウェンサーは思わず動力炉の方に目をやった。起爆装置は外したはずだが、彼は解体処理の専門家ではない。二つ目、三つ目の起爆装置が組み込まれているリスクはゼロとまでは言えない。

だが青年は否定した。

「あんなのはただの保険だ。事が予定通りに進まなかった時、苦し紛れで行う爆破準備。動力炉を起爆して人工地震を起こしたって、それは二〇万トンの巨重が地盤に刺激を与えたとは言い難いだろう？　あくまでも、本命は別にある」

「何だ……？　テメェ、まだ何か隠してやがるのか⁉」

「ダメですへイヴィアさん、この人はもう助かりません。乱暴にはできないんです‼」

カッとなった『貴族』をミョンリが慌てて止めていた。別に黒幕の人権について考えている訳ではない、重要な情報を引き出す前に死なせてしまっては宙ぶらりんになってしまう。

「……ローマの周りには鉱泉も少なくなかった。つまり広範囲にわたって地下に溶岩がある。元々、世界有数の活火山であるヴェズヴィオ山と同じマグマ溜まりを共有するローマ一帯は不安定な土地だった」

ただ、青年の方も隠すつもりはないようだ。

すでに仕込みが終わっているという事か。

「後はそこに、一定以上のオブジェクトを集めれば良い。決まったレールの上しか動かない、必要なら動力炉だけ切り離して身軽になれる『セプティモンティウム』だけでは足りなかった。だから、よその勢力からイレギュラーに介入してもらう口実を与えるのが肝要だった」

「まさか……」

クウェンサーは気づいた。

「本当のトリガーはお姫様やおほほかッ⁉」

彼女達が海から上陸してしまったら、その時こそコップいっぱいになみなみと注いだ水が溢れる。たった一滴の異物が表面張力の限界を超えて全てを台なしにさせてしまう。

慌てて無線機を掴み、少年は叫んだ。

「こちらクウェンサー、お姫様、聞こえるか⁉　お姫様、『ベイビーマグナム』‼　くそっ⁉」

青年は倒れたままうっすらと笑っていた。

分厚いトンネルの中では無線機の電波は使い物にならない。特に、地上までは絶対に届かない。それが分かっているからだろう。

「チェックメイトだ」

ずっ、と。

何かが揺れた。下からの不気味な突き上げがあった。

「……ハッピー、ニューワールド。これで世界から欺瞞は取り除いた。ようこそ、新しい、剝き出しの世界へ。ここから先は、もう『クリーンな戦争』なんてペテンは通じないぞ」

「……、」

「正しい戦争に溺れてくれ。……際限のない『大戦』をな」

14

「？」

海戦用のフロートを取り外した『ベイビーマグナム』はテベレ川河口から内陸へと移動を始めていた。フロート換装の必要がないエアクッション式の『ラッシュ』は一足先にローマ中心地へ向かっているはずだ。

（……先に行っているんだし、じゃまなオブジェクトを1きでも片付けてくれていればありがたいんだけど……まあダメか。ポンコツはいまいちあてにならないし）

『おほほ、何か失礼なことを考えておりませんか？』

「何でいちいちはなしかけてくるの？　さびしいの？？？」

お姫様やおほほだけではない。『アンダーゲート』や『バレットレンズ』など、『資本企業』の第二世代もちらほらと見えた。関連して、『無許可の平和維持活動』を迎え撃つつもりなのか『信心組織』からも『ゾンビパウダー』、『ブラストサムライ』などのエース級がよそから『本国』入りしているのも分かる。……御大層な増援を呼びつけたという事は、結局『信心組織』は自分で『七つの丘』の力を信じていないと認めたようなものでもあるが。

ともあれ、これで四大勢力の揃い踏みだ。

つまり今このローマはオセアニア軍事国攻略並みのスパークエリアと化しているのか。おそらく全ての陣営のオブジェクトを合わせたら総数二〇機を超えるのではあるまいか。

その時だった。

何度目かになる、小さな違和感があった。

最初はセンサーの不具合かと思った。静電気式は二〇万トンもの巨体を浮かび上がらせて移動させる。整備兵のみんながフロート換装を急ぐあまり、大地の凹凸を測るレーザー系のセンサーでも引っ掻いてしまったのではないかと。

でも違った。

ブレが強くなる。違和感という曖昧な言葉では済まなくなる。揺れているのだ。『ベイビーマグナム』が、ではない。見渡す限り広大な大地そのものが、不自然に。

『おほほ。なっ、ななな何なんですのこれは⁉』

「そっちもゆれてる？」

収まらなかった。

きっとこの辺りが上限なのだろう、という想像を超えて止まらない。核でも破壊不能なオブジェクトのコックピットにいても本能的な恐怖がお姫様の心臓を摑みにかかる。イメージがあった。これは致命傷。ナイフで刺されたり銃で撃たれたりした時に、感じた事のない痛みが天井知らずにぐんぐん強くなっていくような、そんな感覚に近い。

『やはりこれは、オブジェクトの巨重による……』

『よせ「情報同盟」のクソ馬鹿将校！　それを彼女達に聞かせても状況は改善しない‼』

フローレイティアの焦りがかえって答えを言ったようなものだ。

間違っていなかった。

これは、星の致命傷だ。

そして限界の時がやってきた。揺さぶりに耐えられず、惑星の表面を覆う分厚い殻が砕けて破れたのだ。

つまりは大地そのものが裂けて、地の底からオレンジ色の溶岩が噴き出した。
この日、世界地図の上から『信心組織』の『本国』が消滅した。

終章

何しろ六〇メートル以上の大深度地下だ。ビルの高さで言えば二〇階分くらいはある。一〇〇人以上の一般人を連れてぞろぞろ歩いたら普通に数時間はかかるかもしれない。だから不気味な震動が止まらず、コンクリートの壁や天井に次々と太い亀裂が走っていく中でもクウェンサー達はすぐさま安全な地上まで出ていける訳ではない。

まして今は列車に閉じ込められていた人質が一〇〇人単位でいる状況だ。

これではトンネルの途中に残してきたバイクやスノーモービルに似た個人自動車なども使えそうにない。小さな子供や老人もいる。いつも以上にゆっくりと歩いて、混乱や疲労でも脱落に気をつけながら地上を目指すしかない。

「どうすんだこんなもん……。バッドガレージは潰したが結局何も収まらねえ。上は今どうなってやがるんだ。野郎の死体写真とDNAサンプルで納得すんのか?」

「そうだよ『セプティモンティウム』がそのまま残ってるじゃん、俺達お尋ね者のまんまだろ。逃げ道用意しないと普通に狙い撃ちされるぞ」

幸い、途中で天井が落盤して全員生き埋め、なんて展開はなかった。

途中何度か恐怖や焦り(あせ)が膨らんで制御しきれなくなり、どこへともなく走り出そうとする若者なんかもいたが、そういう兆候はプタナの『視線』検知で大体摑(つか)める。そしてこういう時は銃を突きつけるのが一番だった。形のない恐怖は、より具体的な恐怖で上書きできる。もちろん、安全を守ったところで相手から感謝される事はないが。

あちこちで女神像が倒れていた。中には転倒時の衝撃に耐えられなかったのか、首が取れて転がっているものもある。この先の運命を暗示しているかのようで、観光客の皆さんは無言で目を背けていた。

「な、何でこの像こっち側にコケているんだ？　ただの地震とは違うぞ……」

「じっとりぬれていますね。かべにきれつがありますし、まさかすいじょうき……？」

と、ミョンリが額の汗を手の甲で拭う仕草をした。

「えと、なんか、蒸し暑くありません……？　か、壁の向こうからシュウシュウ音が鳴っているような……」

「人のせいだろ。一〇〇人単位が肩を寄せ合ってるんだぜ」

ヘイヴィアは小馬鹿にしたように言っていたが、どこか声が震えているような気もする。

それでもクウェンサー達は誰も欠ける事なくトンネルの出口までやってきた。

何故(なぜ)か出口の光を見ても誰も走り出そうとしなかったが。

悪い予感くらいはあったのかもしれない。

クウェンサーは呻いた。

「ああ……」


黒とオレンジ。

『本国』ローマの末路が眼前いっぱいに広がっていた。


怒号に絶叫、泣き声くらいならまだ分かる。

だけど溶岩の中に沈み、傾いて倒れていく鐘楼を前にして、何故か力のない笑いみたいなものまで聞こえてくるのはもう理解不能だった。

オレンジ色の海の中で何かが傾いていた。

『セプティモンティウム』のまん丸球体、そのどれかだった。

あちこちで鳴り響いているサイレンは消防、救急、あるいは暴動に対処している警官隊か。

時折聞こえる銃声は火事場泥棒ではなく、崩れゆく街並みを見ながら誰かが自分の頭でも撃っているのかもしれない。

ミリア＝ニューバーグはどうなった？

フローレイティアやお姫様とはまだ連絡が取れる状態なのか？

トンネルを出た事で無線機もまた機能を復活させていた。辺り一面の叫び合い以上に、軍民問わず様々な電波が飛び交っているのがそれで分かる。

……クウェンサー＝バーボタージュは、自分達は助けられる側だと思っていた。

散々な一日だったけど、仕事は終わらせた。叱責は受けるかもしれない。だけど何か大きなものに身を委ねれば、せめてひとまずの安全くらいは約束してもらえると。

なのに四角い機材からはこうあった。

『ちくしょう、始まったぞ。「信心組織」の連中、完全にパニックで大局を見失ってやがる。連中からの宣戦布告は国際会議で正式に受理された、相手は「正統王国」。うちらが情報共有を渋ったせいで自前の「本国」を潰された腹いせだとさ、そっちこそ協力を拒否しておいて！　今回は金も命も際限なしだ、報復戦は必ず等価交換でやってくる。ヤツら本気でパリの街並みを火の海にするまで止まらんぞッ!!』

『もう誰が犯人かなんてどうでも良いの……？　こんな八つ当たりで道連れにされてたまるもんですか、ドちくしょうがああ!!』

『おい、今の光の雨見たか？　宣戦布告から五秒後には前線警戒基地が消滅してるぞ……。国際条約違反だ、発射の瞬間はまだ布告前だろうがッ!!』

『全員聞け!!　敵、「信心組織」軍は攻撃ヘリと戦車の大規模な地上攻撃部隊を編制してこちらへ向かっている。アルプス山脈が防衛線になるぞ、ここを越えられたら後はもう「正統王国」本国のパリまで一直線だ!!　自宅のハードディスクは諜報部門が消してくれるぞ。我々勇猛なる「正統王国」軍はパリで暮らす無実の一般人より遅れて鉛弾をもらうつもりはない。日頃の座学と鍛錬を全て思い出せ、たとえ血と肉の盾を並べてでも必ずここで食い止める!!』

『ごぶっ、がぶあ!!　こちらコルス島早期警戒レーダー基地より緊急……かはっ、ガスだ。ヤツら条約を無視して化学兵器を投入してる……!!　うぶうえっっっ!!!??』

『「資本企業」と「情報同盟」も動いてる……。連中うちの衛星を次々と撃ち落としているぞ。漁夫の利狙いで戦勝国に収まって人様の領土を削り取る気かよ!!　でっかいスプーンで世界地図からプリンでも抉(えぐ)り取(と)るようにっ!!』

『地中海海上側は我々ツァーリ艦隊が死守いたします。皆様はどうか後ろに下がり、この間にオブジェクトの出撃許可を取りつけて堅牢無比(けんろうむひ)な海上防衛体制の構築を。我々が稼ぐ時間を無駄にしないでください。……みんな行くぞお!! 狩りの時間だ、「信心組織」軍の海戦専用オブジェクト相手に船乗りのケンカを見せてやれ!!!!!!』

救援の要請に、あるいは諦めに満ちた報告。

これだけあって、散々命をすり減らしてきたのに。

……ひょっとしたら、クウェンサー＝バーボタージュはまだまだマシな戦争をしていたのかもしれない。

「始まった……」

呆然と、だ。

クウェンサー＝バーボタージュは立ち尽くしたまま、ただ呟いていた。

四大勢力の総意?

そんな形もないものがまだ仲良しこよしで肩を組んでいるのなら、是非この混乱を収めてくれ。もう、多分そういった段階じゃなくなっている。これはテーブルの脚と一緒だ。どこか一つが折れたら、全部が崩れる。こうなってしまえば総意すら一つの塊ではなくなる。総意はお互い世界の裏で話し合って平等に利益を享受してきたから悪巧みで結託できたのだ。四つの中から『信心組織』だけ『本国』潰されちゃったけどみんなのために泣き寝入りしてね、なんて話は通じない。

足を引っ張るなら全力で。

そういう時代を作ったのだ。

名前も知らないバッドガレージ部隊の青年、自分の村をオブジェクトに破壊されたあの男が世界の全部にやり返した。六〇億なり七〇億なりの誰も彼もがすでに息もしていない死人に振り回されていく。

こう言うしかなかった。

「……ついに始まったんだ。今度は『クリーンな戦争』じゃない、そんな上っ面の建前なんかどこにもない。四大勢力が本当の本当に全てを焼き尽くすまで止まらない、世界全土を巻き込む戦い。『大戦』が始まったんだ……」

ぎゅっと。

クウェンサーの手を握る別の手があった。

さっき助けた小さな男の子だった。

それでも正義のヒーローはいるもん。

答えられるか？

自分の持っているもの、抱えている技術。その全てを並べて考えろ。

大戦。

『正義』という言葉の定義すら今にも塗り潰されそうな灼熱の地獄の中で、クウェンサー＝バーボタージュには一体何ができる……？？？

あとがき

鎌池和馬です。

そんな訳でヘヴィーオブジェクトも一九冊目となりました。

超大型兵器とトンデモテクノロジーがビュンビュン飛び交うこのシリーズ、さてアツいテクノロジーは何かしら、と思ってあれこれ調べた結果、今回はこうなりました。ずばり『恐怖の研究』です。砲弾の威力やミサイルの精度なんていう話ではなく、もっとダイレクトに人間の心の内側に手を突っ込んでかき回す悪魔の所業。作中では恐怖を増大させる方でまとめましたが、逆に味方の恐怖を緩和する研究技術もあるようですね。無人機やサイバー攻撃の発展以降、戦争や軍事はコンパクトでコントロールのしやすい方向に進んでいる香りもしますが、この分野だけはおそらくは正反対。何しろ研究のスタートの時点から人を外からの刺激で暴走させ、コントロール不能の状況を意図的に作って有利に立ち回ろうという訳ですから。

目には見えない何かで人を選んで不快にさせる。

それによって仕掛けた側に利益を生む状況を作る。

……最も身近なところでは、今や懐かしい響きすらあるモスキート音なども含まれるのでしょうか？　確か店先にたむろする不良少年をおじさんおばさんには聞こえない不快音響で追っ払うとかいう名目だったはずですが、しかしまあ効き目には個人差があって実際心の働きがどう切り替わっていくかもはっきりしないものを良くお店の軒先にぶら下げたものです。もしもあれきっかけでイライラが爆発して強盗事件とか起きていたらどうするつもりだったんだろう？　というか仕事でお店から離れる事のできないアルバイトの中にだって高校生や大学生などの若者も普通にいるでしょうに……。

『資本企業』のマリーディから始まり、『情報同盟』の新兵器が『正統王国』のクウェンサー達に牙を剝き、ついには『信心組織』を巻き込んで世界のタガが完全に外れました。今回、ラストが『信心組織』だったのも何気にポイント。やっぱり恐怖の研究と正面切ってかち合うなら人の心の内面を最も重視する『信心組織』だよね！　という事でラストの舞台はローマになっています。とはいえここまでお読みいただいた皆様ならお分かりの通り、『信心組織』という容れ物の中もなかなかひどい事になっていましたが……。

小ネタとしては一人乗りの個人自動車が何気にポイント。ＩＴ企業が相次いで参入の気配を漂わせている電気自動車辺りと組み合わさるとこの辺かなり『普通の車っぽくない』自由度で色んなモデルが出てきそうじゃないかなと。一人乗りでオープンカー、スノーモービルやボブスレーっぽい車が出てきても格好良いのではと思いましたが皆様いかがでしょう？　マジメな話、あんまり既存の車の形にこだわらない方が（ここ最近はちょっと話題が下火になりつつある）『空飛ぶ車』も実現しやすくなるんじゃないかなーと思うのですが。

それから今回は久しぶりにプタナ＝ハイボールのバイクチェイスが書けて楽しかったです。マリーディの空中戦と同じくらい好き。本人は根が真面目なのにアウトローな戦いで大活躍、というギャップに自分で惹かれるのかもしれません。あと本文でも言及しましたが、プタナの視線恐怖症があるとほんと白兵戦が超絶イージーモードでサクサク終わるなあ!!　絶対敵には回したくない娘ランキングの一位はマリーディでもキャスリンでもなくプタナだったのかも？　ただ戦車砲の爆風と破片でズタボロにされながら、爆撃機に乗って制空権の確保もできていない交戦区域に飛び出して最後まで生き残ったクラハイトもなかなかだと思います。さて、万全の体調で最新鋭の戦闘機に乗っていたらマリーディは彼に勝てたのか……？

イラストの凪良さんと担当の三木さん、阿南さん、中島さん、浜村さんには感謝を。幽霊から大災害まで、もはや軍や戦争の域を超えた展開の連続だったのでイラストの方も大変だったと思います。今回もお付き合いいただき本当にありがとうございました。

そして読者の皆様にも感謝を。人間の汚さや醜さを笑い飛ばしていくこのシリーズもここまでやってきました。でもそんな荒廃した瓦礫の世界に咲く小さな花のような善性や奇麗ごとを楽しんでいただければ、と願っております。

それでは今回はこの辺りで。

ハッピー、ニューワールド

鎌池和馬（かまちかずま）

インターミッション

渡せないプレゼントがあった。誰にも相談できない悩みがあった。

だけど、もうそんな事は言っていられない。

『ベイビーマグナム』のコックピットから操縦士エリートのお姫様は全てを見ていた。大小無数のレーダー、センサー、レンズなどをびっしり装備するオブジェクトは、あるいはローマ内部で逃げ惑っている兵士達より多くの情報を収集しているのかもしれなかった。

『おほほ……。いったい、一体何がおきておりますの⁉　ローマが炎の中に沈んでいく。私が、私たちが……オブジェクトの巨体が「これ」を生み出してしまったっていうんですの……⁉』

噴き出す溶岩。

燃え盛る炎。

沈む景色。

（ああ……）

嘆く。

だけど言葉にはできない。

そんな資格はないのだという事くらい、理解できたから。

(机上のくうろんじゃない、そういうかせつでおわってくれない。本当の、本当に。わたしたちオブジェクトが『たいせん』の引き金を引いたんだ……)

こうして『大戦』が始まる。

一人の少女の心をズタズタに引き裂きながら。

◉鎌池和馬著作リスト

「とある魔術の禁書目録（インデックス）①〜㉒」（電撃文庫）
「とある魔術の禁書目録（インデックス）SS①②」（同）
「新約　とある魔術の禁書目録（インデックス）①〜㉒　㉒リバース」（同）
「創約　とある魔術の禁書目録（インデックス）①〜④」（同）

「とある魔術の禁書目録（インデックス）　外典書庫①②」（同）
「ヘヴィーオブジェクト」　シリーズ計19冊（同）
「インテリビレッジの座敷童①〜⑨」（同）
「簡単なアンケートです」（同）
「簡単なモニターです」（同）
「ヴァルトラウテさんの婚活事情」（同）
「未踏召喚：//ブラッドサイン①〜⑩」（同）
「とある魔術のヘヴィーな座敷童が簡単な殺人妃の婚活事情」（同）
「最強をこじらせたレベルカンスト剣聖女ベアトリーチェの弱点①〜⑦
その名は『ぶーぶー』」（同）
「とある魔術の禁書目録×電脳戦機バーチャロン　とある魔術の電脳戦機（バーチャロン）」（同）
「アポカリプス・ウィッチ①〜④　飽食時代の【最強】たちへ」（同）
「神角技巧と11人の破壊者　上　破壊の章」（同）
「神角技巧と11人の破壊者　中　創造の章」（同）
「神角技巧と11人の破壊者　下　想いの章」（同）
「使える魔法は一つしかないけれど、これでクール可愛いダークエルフとイチャイチャできるならどう考えても勝ち組だと思う」（同）
「マギステルス・バッドトリップ」　シリーズ計３冊（単行本　電撃の新文芸）

本書に対するご意見、ご感想をお寄せください。

ファンレターあて先
〒102-8177　東京都千代田区富士見 2-13-3
電撃文庫編集部
「鎌池和馬先生」係
「凪良先生」係

本書は書き下ろしです。

電撃文庫

ヘヴィーオブジェクト 人が人を滅ぼす日（上）

鎌池和馬

2021年９月10日　初版発行
2024年10月10日　再版発行

発行者　山下直久
発行　株式会社KADOKAWA
〒102-8177　東京都千代田区富士見 2-13-3
0570-002-301（ナビダイヤル）
装丁者　荻窪裕司（META＋MANIERA）
印刷　株式会社 KADOKAWA
製本　株式会社 KADOKAWA

ISBN978-4-04-913997-6　C0193　Printed in Japan

電撃文庫　https://dengekibunko.jp/

電撃文庫創刊に際して

文庫は、我が国にとどまらず、世界の書籍の流れのなかで〝小さな巨人〟としての地位を築いてきた。古今東西の名著を、廉価で手に入りやすい形で提供してきたからこそ、人は文庫を自分の師として、また青春の想い出として、語りついできたのである。

その源を、文化的にはドイツのレクラム文庫に求めるにせよ、規模の上でイギリスのペンギンブックスに求めるにせよ、いま文庫は知識人の層の多様化に従って、ますますその意義を大きくしていると言ってよい。

文庫出版の意味するものは、激動の現代のみならず将来にわたって、大きくなることはあっても、小さくなることはないだろう。

「電撃文庫」は、そのように多様化した対象に応え、歴史に耐えうる作品を収録するのはもちろん、新しい世紀を迎えるにあたって、既成の枠をこえる新鮮で強烈なアイ・オープナーたりたい。

その特異さ故に、この存在は、かつて文庫がはじめて出版世界に登場したときと、同じ戸惑いを読書人に与えるかもしれない。

しかし、〈Changing Times,Changing Publishing〉時代は変わって、出版も変わる。時を重ねるなかで、精神の糧として、心の一隅を占めるものとして、次なる文化の担い手の若者たちに確かな評価を得られると信じて、ここに「電撃文庫」を出版する。

1993年6月10日
角川歴彦

電撃文庫DIGEST　9月の新刊

発売日2021年9月10日

七つの魔剣が支配するⅧ

【著】宇野朴人　【イラスト】ミユキルリア

盛り上がりを見せる決闘リーグのその裏で、ゴッドフレイの骨を奪還するため、地下迷宮の放棄区画を進むナナオたち。死者の王国と化す工房で、リヴァーモアの目的と『棺』の真実にたどり着いたオリバーが取る道は——。

俺の妹がこんなに可愛いわけがない⑰　加奈子if

【著】伏見つかさ　【イラスト】かんざきひろ

高校３年の夏、俺は加奈子に弱みを握られ脅されていた。さんざん振り回されて喧嘩をして、俺たちの関係は急速に変化していく。加奈子ifルート、発売！

安達としまむら10

【著】入間人間　【イラスト】raemz
【キャラクターデザイン】のん

「よ、よろしくお願いします」「こっちもいっぱいお願いしちゃうので、覚悟しといてね」実家を出て、マンションの一室に一緒に移り住んだ私たち。私もしまむらも、大人になっていた——。

狼と香辛料XXⅢ
Spring LogⅥ

【著】支倉凍砂　【イラスト】文倉 十

サロニア村を救ったホロとロレンスに舞い込んできたのは、誰もがうらやむ貴族特権の申し出だった。夢見がちなロレンスを尻目に、なにかきな臭さを覚えるホロ……。そして、事態は思わぬ方向に転がり始めて!?

ヘヴィーオブジェクト
人が人を滅ぼす日(上)

【著】鎌池和馬　【イラスト】凪良

世界崩壊の噂がささやかれていた。オブジェクト運用は世界に致命的なダメージを与え、いずれクリーンな戦争が覆されると。クウェンサーが巻き込まれた任務は、やがて四大勢力の総意による陰謀へと繋がっていき……。

楽園ノイズ3

【著】杉井 光　【イラスト】春夏冬ゆう

「男装なんですね。本気じゃないってことですか」学園祭のライブも無事成功し、クリスマスフェスへの出演も決定したPNO。ところがフェスの運営会社社長に、PNOの新メンバーを見つけてきたと言われ——。

インフルエンス・インシデント
Case:02 元子役配信者・春日夜鶴の場合

【著】駿馬 京　【イラスト】竹花ノート

男の娘配信者「神村まゆ」誘拐事件が一段落つき、インフルエンサーたちが集合した配信番組に出演した中村真雪。その現場で会った元子役インフルエンサーの春日夜鶴から白鷺教授へ事件の解決を依頼されるが——？

忘却の楽園Ⅱ
アルセノン叛逆

【著】土屋 瀧　【イラスト】きのこ姫

あれから世界は劇的に変化しなかった。フローライトとの甘き記憶に浸りながら一縷の望みを抱くアルム。そんな彼に告げられたのは、父・コランの死——。

僕の愛したジークフリーデ
第2部　失われし王女の物語

【著】松山 剛　【イラスト】ファルまろ

暴虐の女王ロザリンデへ刃向かい、粛正によって両腕を切り落とされたジークフリーデ。憎悪満ちる二人の間に隠された過去とは。そしてオットーが抱える想いは。剣と魔術の時代に生きる少女たちの愛憎譚、完結編。

新作　わたし、二番目の彼女でいいから。

【著】西 条陽　【イラスト】Re岳

俺と早坂さんは、互いに一番好きな人がいながら「二番目」に好きなもの同士付き合っている。本命との恋が実れば身を引くはずの恋。でも、危険で不純で不健全な恋は、次第に取り返しがつかないほどこじれていく——。

新作　プリンセス・ギャンビット
～スパイと奴隷王女の王国転覆遊戯～

【著】久我悠真　【イラスト】スコッティ

学園に集められた王候補者たちが騙しあう、王位選挙。奴隷の身でありながらこの狂ったゲームに巻き込まれた少女と彼女を利用しようとするスパイの少年による、運命をかけたロイヤルゲームが始まる。

SWORD ART ONLINE
ソードアート・オンライン
川原 礫
イラスト/abec
「これは、ゲームであっても遊びではない」
《黒の剣士》キリトの活躍を描く
究極のヒロイック・サーガ!
電撃文庫

絶対ナル孤独者《アイソレータ》
THE ISOLATOR
realization of absolute solitude
「絶対的な、《孤独》を求める……
だから僕のコードネームは孤独者《アイソレータ》です」
『AW』と『SAO』に続く、川原礫の描く第3の物語！
Reki Kawahara
川原 礫
illustration»Simeji
イラスト◎シメジ
電撃文庫

暴虐の魔王と恐れられながらも、闘争の日々に飽き転生したアノス。しかし二千年後、
蘇った彼は魔王となる適性が無い"不適合者"の烙印を押されてしまう!?
「小説家になろう」にて連載開始直後から話題の作品が登場!

はたらく魔王さま!
和ケ原聡司
イラスト■029
Satoshi Wagahara
Illustration■Oniku
魔王城は六畳一間!?
フリーター魔王さまの庶民派ファンタジー!
世界征服間近だった魔王が、勇者に敗れて辿り着いた先は、異世界"東京"だった!?
六畳一間のアパートを仮の魔王城に、フリーターとして働く魔王の明日はどっちだ!!
電撃文庫

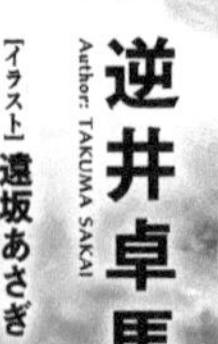

豚になった俺が、異世界で美少女といちゃラブ(!?)するファンタジー

逆井卓馬
Author: TAKUMA SAKAI

[イラスト]遠坂あさぎ
illustrator: ASAGI TOHSAKA

純真な美少女にお世話される生活。う〜ん豚でいるのも悪くないな。だがどうやら彼女は常に命を狙われる危険な宿命を負っているらしい。

よろしい、魔法もスキルもないけれど、俺がジェスを救ってやる。運命を共にする俺たちのブヒブヒな大冒険が始まる！

豚のレバーは加熱しろ

Heat the pig liver

the story of a man turned into a pig.

電撃文庫

最強をこじらせたレベルカンスト剣聖女ベアトリーチェの弱点
その名は「ぶーぶー」
鎌池和馬
KAZUMA KAMACHI
illust.
真早
『とある魔術の禁書目録』の
鎌池和馬が贈る異世界ファンタジー!!
巨大極まる地下迷宮の待つ異世界グランズニール。
うっかりレベルをカンストしてしまい、
最強の座に上り詰めた【剣聖女】ベアトリーチェ。
そんなカンスト組の【剣聖女】さえ振り回す伝説の男、
『ぶーぶー』の正体とは一体!?
電撃文庫

魂が震える
壮大なる本格ファンタジー戦記！
戦争嫌いで
怠け者で
女好き。
そんな少年イクタが、
のちに名将とまで
呼ばれる軍人になろうとは、
このときは誰も
予想していなかった——。
Uno Bokuto
宇野朴人
Illustration 竜徹
キャラクター原案 さんば挿
絶賛
発売中
ねじ巻き精霊戦記
天鏡のアルデラミン
Alderamin on the Sky
電撃文庫

七つの魔剣が支配する

宇野朴人

illustration ミユキルリア

運命の魔剣を巡る、
学園ファンタジー開幕！

春——。名門キンバリー魔法学校に、今年も新入生がやってくる。黒いローブを身に纏い、腰に白杖と杖剣を一振りずつ。胸には誇りと使命を秘めて。魔法使いの卵たちを迎えるのは、満開の桜と魔法生物のパレード。喧噪の中、周囲の新入生たちと交誼を結ぶオリバーは、一人に少女に目を留める。腰に日本刀を提げたサムライ少女、ナナオ。二人の、魔剣を巡る物語が、今始まる——。

電撃文庫